むいむいたん

著 † 無為無策の雪ノ葉
絵 † 柏井

もくじ

contents

第一章 本当の意味で魔法使いになった 005

第二章 洗礼 033

番外編 ＜なぜなにむいむいたん＞ 130

第三章 きっとどこまでいっても身勝手な自分だから 133

番外編 ＜なぜなにむいむいたん2＞ 245

あとがき 248

第一章　本当の意味で魔法使いになった

目が覚めたらよくわからないことになっていた。

視界がおかしいのである。

元々、余り視力の良い方ではなかったのだが、今はもう本当に薄ぼんやりとしか見えないくらいに目が見えなくなっている。その上、視界がおかしなコトになっている。まるでパソコンのマルチディスプレイのように視界に右三つ、左三つの画面がある感じになっているのだ。もうね、見える箇所は増えたけれどどこを見ていたら良いかわからなくて頭が混乱する。とりあえず本能に従って足下一杯に広がっている葉っぱを食べる。もしゃもしゃもしゃもしゃ。

再度、現状確認。

昨日の夜露が溜《た》まってできた水たまりに映る自分の姿を見る。青い外皮に節のある体、腕なのか足なのか左右四本ずつの手足……まんま芋虫です、ありがとうございました。って、どういうことだー！ なんで芋虫？ ま、まぁ、深く考えずに葉っぱを食べよう。もしゃもしゃもしゃもしゃ。


更に現状確認。今、自分は大きな葉っぱの上に乗っているっぽい。そして葉っぱは美味《お》しくいただけるみたい。もしゃもしゃもしゃ。食っちゃ寝の生活です。更に気づいたコト。足下の葉っぱをいくら食べても（と言っても葉っぱのサイズから言うと自分が食べた分なんて葉っぱに小さな穴を開けるくらいだけれど）次の日には復活している。翌日、起きてみると食べて開けたはずの穴がなくなっているんですよね。つまり食料に困ることはないッ！ ということでもしゃもしゃもしゃ。

さてもしゃもしゃ食べているだけでは何なので色々現状を考えることにする。寝て起きたら今のようになっていた。黙々とストレスの溜まる真っ黒な仕事を終え（ストレスの多い現代社会ですね）コンビニで晩ご飯とショートケーキを買って……そうだ、思い出したッ！

あれは誕生日の前日だったんです。一人寂しく誕生日のためにコンビニケーキを買って、ついに自分も魔法使いの仲間入りか、とさめざめと布団の中で泣きは

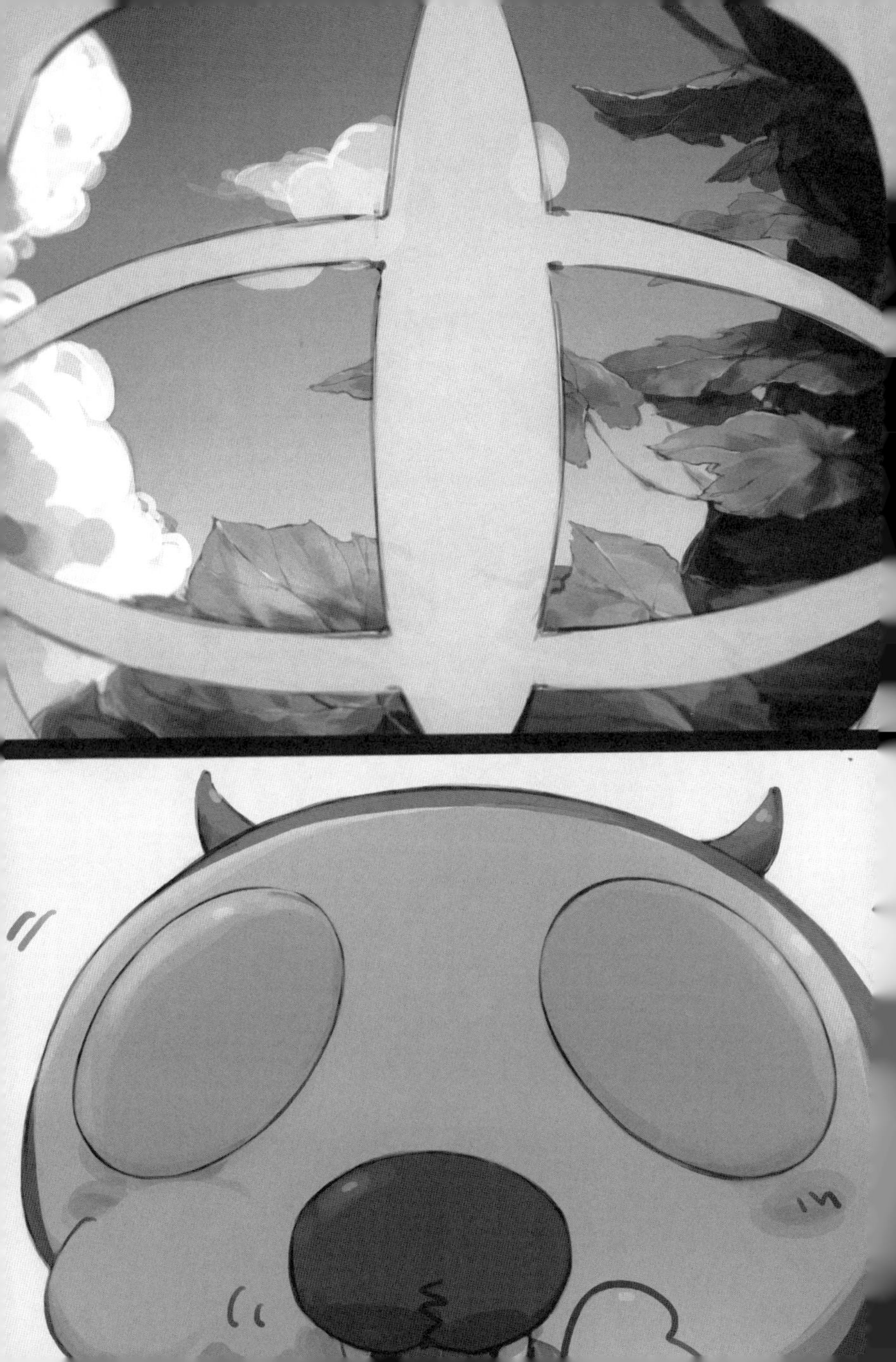

らしていたんだよなぁ。もうね、まさか自分が魔法使いになるとは思っていなかったので本当に哀しかったんです。

ネンレイ＝カノジョイナイレキデス。

ホント、モテナカッタ。

自分で言うのも何ですが、それほど容姿が悪かったとは思わないんだよな。ちょっと中性的で背もそれほど高くはなかったけれど年齢よりも幾分か若く見られる程度の普通に中程度の容姿ではあったはずだ。性格もそこまでは悪くなかったと……うん、多分、大丈夫だったと思う、思いたい。会社の後輩の子にも慕われていたし……いや、あいつは飯を奢《おご》ってやったときだけ「さすが、先輩です。私も先輩みたいになりたいです」と調子の良いことを言ってくれるが、すぐに「え、先輩、その年で彼女の一人もいないんですか？」と笑ったり、「一緒に帰って誤解されると困るのでー」なんてからかってきたりする性格の悪い人間だった。

え、俺ってもしかして、そんなに慕われてなかった？

え？　とまぁ、色々話が脱線したけれど誕生日の前日までの記憶はあるんだよなぁ。

それがどうしてこうなった。……まぁ、よくわからないので葉っぱを食べよう。もしゃもしゃもしゃ。

飽きもせずにもしゃもしゃと食べては寝てを繰り返している。

そして変化は突然に訪れた。

視界に『靄《もや》』がかかるようになったのだ。最初は霧でも出てきたのかな、と思ったが、どうにも霧とは違う感じだ。色が赤かったり、青かったり、黒かったり……もうね、最初はついに気が狂ったかッ！　と思ったね。本能に従って、その霧？　を吸い込む。お腹の中にある不思議器官に取り込むことを意識して吸い込む。どんどん吸い込む。何故、自分でもそうするのかわからない、それが本能だから！　どれくらい吸い込んだだろうか。溜まりに溜まった謎の霧を謎器官の中で精製し吐き出す。

――《糸を吐く》――

口から糸が吐き出される……で？　と、とにかく考えよう。これ、口から出てるっぽいけど口ではなく謎器官からだよねぇ。

何度か糸を吐いて色々確認してみる。

連続で糸を吐くことはできない。これはいわゆる〝リキャストタイム〟みたいなものなんだろうか？

糸を出すのは疲れる。なんというか精神的なものが削られている気がする。

自分の意志で糸の長さを変えられるし、吐き出す勢いも変えられる。長く伸ばせば伸ばすほど疲れる気がする。

糸を吐き出したまま（口に繋《つな》げたまま）だと糸は粘着力を持っており、色々なものにくっつけることができる。まるで某蜘蛛《くも》の人みたいなことができそうだ。

糸を切る（口から離れる）と粘着力は消える。とても丈夫で綺麗《きれい》な絹糸みたいな感じになる。

糸を吐き疲れたら、足下の葉っぱを食べ、寝て、起きたら糸を吐き、実験を繰り返していく。何度も何度も糸を吐いていると待ち時間的なものが短くなって連続で糸が吐けるようになってくる。ゲーム的に言えばスキルのレベルが上がったって感じだな。

何度も何度も糸を吐いて気づいたんですが、これ魔法的な何かじゃね？　周りからだと（いや、俺自身も当初はそう思っていたけれど）口から出しているように見えるけれど、これ不思議エネルギーを溜めた謎器官から出しているし『通常の物理法則ではない』だーね。

芋虫の本能に従って糸を出しているけどさ、上手くすれば他の何かを生み出せるんじゃね？　それは『奇跡の閃《ひらめ》きだったのか必然だったのか』とフレーズが浮かんでくるくらいの思いつき。もし、この世界が異世界的な何かで、漂っている霧のようなものが魔力的な何かだとするのならば……!?

それはゲーム的で厨二的な思いつき。

まずは氷をイメージしよう。ゲームでは不遇なコトが多い氷魔法が俺は大好きだからさ——だから、まずは氷をイメージしよう。そして糸を吐いたときと同じ感覚で氷を精製しようとする……しかし上手くいかない。が、体の中の謎器官に何かが生まれそうな感覚。

（イメージ力が足りない？　それともやり方が間違っ

ているのか？）

それからも何度か試行錯誤を繰り返す。何度も、何度も、足下の葉っぱを食べて、色々試して、何度も何度も。何度も繰り返すうちに、なんとなく手応えを感じるようになってきた。（多分、コレ、イメージ力だ）

まずは水をイメージする。そして水が凍ってつららのようになっていく力をイメージする。

――［アイスニードル］――

いつの間にか自分の目の前に手のひらほどの小さな氷の針が浮いていた。

で、できたッ！　うおおぉぉぉぉ、魔法です。魔法ですよッ！　目に見える形で現実に魔法がぁッ！

その瞬間、俺は本当の意味で魔法使いになった。そして何かにごっそりと力を持っていかれる感覚とともに、俺は気を失った。

とりあえず食事をしよう、もしゃもしゃ。というわけで現状確認。魔法があるということは異世界？　なのかなぁ。物語などでよくある異世界転生なんでしょうか。にしても人ではなく芋虫に転生とか、もうね。せめて、せめて赤ん坊に転生くらいが良かった。ん？

魔法のある異世界――ということは、もしかして芋虫ではなく、芋虫型のモンスター？

しかしまぁ、芋虫型のモンスターというと序盤の雑魚か、中盤に入った程度の雑魚モンスターのイメージしかないんだよなぁ。上位クラスにランクアップとかないんでしょうか！　雑魚のままは勘弁です。いくら魔法があるといってもランクアップまではないのかな？　または芋虫モンスターが上位モンスターの可能性も？　これはワンチャンあるか？　うん、ここまで考えて思うけどさ、ホント現実味がないよなぁ。とまぁ、ここで色々考えていても答えは出ないわけで――これは人里に下りないと駄目だろうね。（まぁ、人里があると仮定してだけどさ）

人里へ下りるにしても、（魔法とかがある世界みたいだし）ある程度は力を付けないと怖いね。俺ってばモンスターっぽいもんね。

まずは力を付ける。

何にしてもコレです。幸いにも食事は足下の葉っぱを食べれば良いわけだし、生きていく上で困ることがないのは助かるよなぁ。千年でも耐えてみせるぜー。HAHAHA。

魔法や糸を吐いて疲れても足下の葉っぱを食べると元気になるんだぜー。ホント、凄い葉っぱだッ！　コレ、ホント、何の葉っぱなんだろうね。葉っぱ、葉っぱと言っているけれど、足下の葉っぱ自体のサイズは自分の背の高さを基準とすれば横が芋虫八匹分、縦が芋虫一〇匹分くらいはある。ちょっとした学校の教室くらいの広さが思い浮かぶ感じだな。

その広さの中、俺は糸を使って某蜘蛛の人みたいにひゅんひゅんと移動する。葉っぱは目の悪くなった俺でも充分端っこが見えるくらいのサイズなので落ちないように気をつけてっと。落ちたら即死だよね……。あー、あと、この体、歩くのが凄く遅いです。なので糸を吐いてそれを使っての移動にどうしてもなってしまうんだよなぁ。つまり移動＝糸を吐くの練習になるわけです。

そうそう、葉っぱのサイズで思い出したんだけどさ、自分以外にも仲間がいました。葉っぱのサイズを測っているときに気づいたんだけど、たくさんある葉っぱの一つに自分とよく似た芋虫がいました！　端っこからぎりぎり見えるくらいの距離ですが、俺と同じようにもしゃもしゃ葉っぱを囓《かじ》っている姿が見えます。いやぁ、これで寂しくないね。体色は自分みたいな青ではなく緑だけれどアレは同種族で間違いないないね。うん、間違いない。

彼？　の名前は『芋虫次郎』君にしよう。（自分が長男、彼？　が次男ということで）これからは彼の動向も観察することにしよう。

それからは、毎日、芋虫次郎君を観察しながら魔法の練習を続けた。練習の成果か、魔法は手の平大に大きくなった氷の塊を六個くらいは浮かべられるようになったな。

で、問題発生です。

氷の塊を他の葉っぱにぶつけてみてもキズ一つ付かないんですが……。揺れもしません。うっすらと青い光を発して氷の塊が砕け散りやがります。もしかして、魔法って凄く弱いのか？　いや、まだだッ！　葉っぱが超耐久力の可能性もあるッ！

とまぁ、そんな感じで毎日毎日練習をしていたのですが……。

その日、いつものように、俺が糸での移動練習、魔法の練習をしていると、遠目ではあるが木の枝を伝って何者かがやってきた。結構、長く葉っぱの上にいるつもりだけれど、こんなことは初めてだ。俺のいる場所からは結構距離があるので、今の自分の視力だと大体の姿形しかわからないが、先頭を歩いているのは身軽な皮鎧《かわよろい》っぽいものを着た女の子？（金色の長めの髪なので女の子と判断）だった。その女の子が何やら周囲を警戒しながらゆっくりと木の枝の上を歩いている。その子に続くのが重そうな金属鎧っぽいものに包まれた塊。枝が折れないか心配だね。最後がローブを着た男？　この距離だとフードをかぶっている？　くらいしか判別が付きません。これはアレだ。盗賊、戦士、魔法使いの冒険者じゃね？　うおぉぉ、お近づきになりたい。話しかけて色々訊きたいッ！

彼女らが歩いている木の枝だと芋虫次郎君のお住まいの葉っぱが近いね。お、次郎君が冒険者に気づいたみたいだ。彼からのアプローチはどうなるのかな？　とワクワクして見ていると……。芋虫次郎君がゆっくりと女盗賊？　に近づき糸を吐いた。女盗賊が糸に絡め取られる。いやいや、いきなり糸を吐きかけた芋虫次郎君にもびっくりだけれど、警戒していたはずの女盗賊さんが次郎君に気づかずに糸に絡め取られるとか、無能さんですか。

そして、一瞬。

女盗賊の後ろにいた戦士が一瞬で芋虫次郎君との間合いを詰めていた。そして手に持った長剣を一閃《いっせん》。次郎君は真っ二つになっていた。

……はぁ？

こ、こえぇぇ。問答無用ですか。確かにいきなり糸を吐き付けた芋虫次郎君に非があるとはいえ、即殺は

──ない。ホント、ない。お近づきになりたいとか言ったけど、コレはない。ホント、ないです。

戦士は長剣をしまい、後ろの魔法使いは魔法っぽいもので女盗賊に絡みついた糸を焼き切ってあげている。遠目だが、女盗賊はなんだかプリプリと怒っているように見えた。そして戦いの終わった三人が木の枝を歩いていく。そのまま枝と葉を伝って、木のうろへと入り消えていった。

あ、あんな所に木のうろがあったのか──頑張れば俺でもいけそうだな。も、もう少し修業したらいってみることとしよう。いや、ホント、できる限り力を付けないと、俺も芋虫次郎君みたいになりそうだ。はぁ……、にしてもさ、芋虫次郎君、退場が早すぎるよ。君のことは忘れないぜ。

芋虫次郎君が瞬殺されたことで衝撃を受けて気づくのが遅れたけれど、人を見たことで実サイズの比較ができるじゃないか！（これって結構、重要なコトだよな？）

まずは自分の体の大きさだけど、彼、彼女らがびっくりするくらい小さな人たちだった──なんていう例外を除けば、自分のサイズは一メートルくらいか。割と小さめ。葉っぱのサイズは八×一〇メートルの広さ。（ホント、その葉っぱが無数生えてるこの木のサイズは、どれくらいだって話だよな）

木を見上げれば、端が見えないくらいの大きな胴体から多くの枝が伸び、上にいけばいくほど多く茂っているようだ。（ホント、びっくりするくらいに大きな木だな）

いやはや、まったく、ただの芋虫に転生とかではなくて本当に良かった……良かったッ！　このよくわからない現状でもさ、結構いっぱいいっぱいなのに、ちっぽけなただの虫に転生とか心が耐えられなかったと思うんですよー。俺ってば虫が好きだったってわけでもないしね。ホント、人に近いサイズってだけでも救われた気がするよな。（いや、人に近いサイズの虫って逆に怖いか？）

自分の大きさもわかったところで次のステップです。ここまできて思ったのは武器が欲しいってことだ

よなぁ。（芋虫次郎君みたいに真っ二つにされたらたまったものじゃないからな）

遠距離攻撃ができて威力もあり、今、作れるもの。そう弓だッ！

俺は、葉っぱから枝へと伝って歩き、伸び始めている小さなサイズの枝の前に立つ。（いやまぁ、立ってはいないんですけどね）

まずは魔法で枝が折れるか試してみる。そうそう魔法が少し強化されました。手の平サイズからボーリングの玉くらいのサイズになったのです。地道な練習の成果ですな。そしてそれを六個ほど生み出す。

――［アイスボール］――

浮かべた六個の氷の玉を次々とぶつけ続ける。氷の玉がぶつかるたびに枝にうっすらと青色の発光が見える――そして、えーっと、枝、無傷です。なんというか魔法が弱いというよりも無効化されている気がします。仕方ないので囓って枝を折ることにします。がじがじがじ……イヤ、これすっごい堅い。

毎日、毎日、枝を囓り続けてちょっとずつ削っていく。本当に地味な作業です、ありがとうございました。

ある程度削れたら、枝に魔法糸（あ、自分が出す糸、魔法糸って名称で呼ぶことにしました）をくっつけ力任せに引っ張る。何度も何度も引っ張ることで、ゆっくりと折れ曲がり――ぎぎぎという音ともに、ついに枝が折れた。

枝ゲットだぜッ！

と、そうそう、その魔法糸ですが、手からも出せるようにしました。口から出しているように見えて、謎器官を経由しているだけで口から出てないんですもん。手からも出せるんじゃねと思って頑張ってみたら出せるようになりました。これがすっごい便利なんですよ。今まで手が短かったんで不便だったんです。一番上の手が少し長めで（といっても、頑張っても腕が組めないくらいの長さしかありません）他は体を支えることができる程度の長さなんですよ。短くて色々届かなかったのが手から出した魔法糸を使って届くようになったのです。それに合わせて、任意で粘着糸から粘着なしへ切り替えられるようになりました。もう、これは俺の腕の代わりであり、手ですね。

頑張れば一番下の足だけで体を支え立ち上がることもできるので、上六個の手、全てから糸を出せるように練習しました。そのおかげか魔法も六個出せるようになったんですよね。何事も練習、鍛錬大事。

枝をしならせ、自分の魔法糸を結びつけて弦とし、簡単な弓が完成です。矢は囓って削ったときの削りカスから作成。羽部分はいつも食べている葉っぱから作成。この葉っぱ意外と丈夫なんですよね。それをサクサクと毎日、もしゃもしゃしている俺の歯はどれだけ丈夫なんだって話だよなぁ。

というわけでさっそく試し打ち。

魔法糸を弦にくっつけ、そのまま前に歩いて弓を引き絞っていく。ある程度、前進したところで魔法糸の粘着を解除する。ばしゅっと良い音で矢が飛び、木の枝に刺さりました。適当に作った割には良い威力です。ただまぁ、削りカスに葉っぱの羽と適当な矢だからかあまりまっすぐに飛ばないのだった。命中精度に問題ありありです。うーん、これは練習でなんとか……なるのか？

毎日の日課に矢の作成が加わりました。魔法の練習。吐いた糸で（魔法糸の細かい動作練習も兼ねて）鞄《かばん》を作成。囓った葉っぱをすぐに食べずに溜める作業。そしてnew枝を削り出して矢の作成。new矢の練習。

（コレが今の日課かな）

なんというか地道な作業が好きな性格で良かった、良かった。

弓の扱いにもある程度慣れ、矢の数も溜まってきたので（実に一〇〇本ほどッ！）以前、冒険者たちが入っていったうろの中へ進んでみることにした。左腕部分から斜めに自身の魔法糸で作成した鞄を下げ、その中にはお弁当としてのたくさんの葉っぱのかけらと手製の矢。小さな右の腕に引っかける。

さあ、ついにやってきた冒険の第一歩ですね。

糸を吐き、遠くの枝にくっつけ、その糸を縮めることでの高速移動。ホント、気分は蜘蛛の人です。今は手からも出せるようになったので、ホント、まんまアレですね。

そしてついにうろの中へ。

中は少し薄暗いけれど見えないほどではない感じだな。最初、木をくりぬいた通路って感じだったのが、途中から木の壁の中に人工物が混ざってきた。え、何コレ？

建物に木が絡みついているって感じではなく、木と石が混じっているんですよ。しかも建物と石を融合させようとして失敗した感じというか……。ゆがんだ建物から木の壁が生えているというか……もうホント、何コレ。うーん、異世界。ホント、ここが自分のいた世界と別物だということを叩《たた》き付けてくれます。

中を進めば進むほど、木の割合が減っていき何かの遺跡を探索しているような感じになってくる。と、普通に移動しようと魔法糸を地面に当ててると、何やらカチッと音が……ががが。

一瞬の間に糸の下から槍《やり》が生えてきた。……はぁ？

槍が生えるとかダンジョンは凄いなぁ。って、え、何コレ。罠《わな》？　こんなの刺さったら間違いなく死ぬんですけど。しばらくして槍は地面に消えていきました。

……はぁ？　いや、なんというか、こんな罠のあるところを進むのは無理でしょ。これ無理でしょ。さすがにコレは罠とかを発見できる才能を持った人がいないと無理無理。絶対、無理。というわけで回れ右です。

ここの攻略は別の方法を探しまーす。ま、まぁ、冒険者を追っかけてみようかなってだけで中に入ってみただけだしね。と、そこでチーチーといった鳴き声が聞こえてきた。まさか鼠《ねずみ》？　そして、そいつは空からやってきた。って蝙蝠《こうもり》だー。大きな青い蝙蝠が襲ってきた。仲間は見えないので一匹だけみたいだね。HAHA、初戦闘、初エンカウントですね。さあ、俺様の力を見せてやるぜ。

まずはいつもの魔法から。

――［アイスボール］――

氷の玉を青蝙蝠目掛けて飛ばす。しかし、ひらりと回避される。な、なんだと？

そこで諦めずにどんどん氷の玉を作っては飛ばしていく。四個目で初ヒット。が、やはり薄く青い光を発して氷の玉が砕け散る。青蝙蝠にはまったく効いている様子がありません。いや、もうね、なんだコレ。魔法ってゴミなのか、ゴミなのか、そうなのか。って、そんなことを考えていたら青蝙蝠がこちらに齧り付こうと飛びかかってくる。俺はとっさに魔法糸を吐き高速移動で距離を取る。（あ、あぶねぇ……）

魔法が効かないというのならば、弓しかなかろう、なんですぜ。弓を構える。握りを持ち（一応一番上の手だけはミトンみたいに親指部分だけ分かれているので握ることくらいはできる）もう一方の一番上の手から伸ばした魔法糸で弦を引っ張る。そこに二番目の手から伸ばした魔法糸で矢を取り、番《つが》える。

青蝙蝠の動きをよく見て――放つ。

矢の勢いだけは良いが、やはりまっすぐ飛ばず青蝙蝠を擦《こす》るにとどめる。それでも少しはダメージを与えたのか矢が擦ったところから血ぽいものが出ていた。うーん、やはり矢とか物理は効くのね。

青蝙蝠はダメージを受けたことにびっくりしたのか、チーチーと鼠のような鳴き声を発して奥へと消えていった。……ふぅ。これがゲームなら逃がしたことで経験値が入らなかった、ってトコなんだろうけど現実的には命拾いしたって感じだな。もうね、今の状態で戦うとか無理だ。ホント、無理。

とりあえずマイホームたる葉っぱに戻ろう。一応、次の行動も考えているしね。

現状、うろの中を進むのは未知数すぎて無謀に近い。そこで俺が思いついたのは外周ならどうだろうか、ということなのだ。

俺の、この魔法糸の能力なら葉っぱから葉っぱへ、枝から枝へと移動が可能だ。これなら時間さえかければ最上部まで登れるはず。逆転の発想だッ！　（糸で移動ができる自分だからこその発想だよなぁ）

何が起こるかわからないため、大量の食料を確保する。といってもいつものように葉っぱを囓り取って鞄の中に溜めていくだけなんですけどね。ホント、この魔法の葉っぱには助けられています。

さあ、出発だ。

最初は葉っぱも枝も多く移動は楽ちんです。（お腹が空いても足下の葉っぱがそのまま食料になるもんなぁ）

たまに移動した先の葉っぱに自分と同じような芋虫がいることも……どーも、こんにちは。芋虫さんは食事に夢中みたいでノーリアクションです。まぁ、いきなり攻撃されるよりは全然良い――のか？

そこらにいる芋虫は自分と同種族だと思うんですが、外皮が緑なんですよね。自分だけ青――もしかして亜種とか希少種とか、そういう感じなのか？（俺ってば特別なのか？）

ある程度、上に進むと枝の数が少なくなってきた。枝から枝への距離があまりにもあるときは木の幹に張り付いて移動する。そしてお腹が空いたら木の幹に張り付いたまま、お弁当の葉っぱを取り出して食べるのです、もしゃもしゃもしゃ。

やがて視界に霧が――霧っぽいものではなく本当の霧がかかってくる。先ほどまで晴れていたのが嘘《うそ》のように強い風に吹かれ雨が降ってきた。くっつけた魔法糸が雨によって取れることはないけれど自分の体が吹き飛ばされそうだ。そんなことを思った瞬間、俺の体が風に吹かれ木の幹に叩き付けられた。体に衝撃と痛みが走る。しかし、俺は諦めない。魔法糸を伸ばし上へと登っていく。

唐突に風と雨がやむ。（いや、雲の層を抜けたのか？　どんだけでかい木なんだよ……。まだ頂上が見えないんですけど）

それから何度か食事をした後、ついに頂上らしき所へと到達した。そこには、いやその中心には一つの建物があった。枝のない、幹の先端というところから生えている建物。石のようなものでできた、そのドーム型になった半円形の建物は出窓のようなものがあり、そこから飛び降り台のように少しだけ足場が延びていた。

出窓？　に魔法糸をくっつけ足場に立つ。遙か下に雲の層が見える。あー、もっと視力が良かったならと思えるくらいに幻想的な景色だ。そのままお弁当の葉っぱを囓る、もしゃもしゃもしゃ。

さあ、中に入ろうか。

建物の中はあまり広くなく、目の悪いこの体でも見渡せる程度の広さしかなかった。部屋の中央にとても精巧に装飾された台座がある。（描かれているのは竜……かな？）

そして奥に真っ黒い石碑？　と思われる黒い直方体が見える。それ以外、この部屋につながる扉などは見えなかった。（ん、ということはさっきの出窓からしか入れない？　にしては外から見た建物のサイズとこの部屋の広さが合ってない気がするなぁ。ま、まぁとりあえず台座を調べてみようかな、台座の上に何か置いてあるみたいだしさ）

台座の上にあったのは――こ、これは？　何だか戦闘力が測れそうな単眼式眼鏡っぽいものが置いてあります。こ、これは付けて『戦闘力……たったの5か……ゴミめ』とか是非言わないと！

俺はさっそく台座から取り顔に付けた。最初、芋虫の顔に取り付けられるのかな、とも思ったのだが、吸い付くように張り付いて――取れなくなった。って、ホントくっついて取れないんですけど、まさかの呪いのアイテム（？）ごっこ遊びをしようとしている場合じゃない？

それに合わせ、突然、視界（六個ある視界の右上）に謎の文字が表示された。（うお、なんだコレ）

次々と表示されていく謎の文字。何行か読めない文章が表示された後、見覚えのある文字で文章が表示された。


【言語解析終了、異能言語理解スキルを作成します】

【異能言語理解スキル使用補助のため、念話スキルを作成します】

【ようこそ、最果ての地へ。初回設定により記録されていたメッセージを表示します】

『ああ、うん、初めましてだよ。ようこそ、最果ての地へ。よくもまぁ、こんなところまで辿《たど》り着きやがったモノだよね、糞虫《くそむし》ども。あー、私は迷宮王と呼ばれている存在だよ。ここまで辿り着けた君らなら聞いたこともあるよね。君らが手にしたそれは、叡智《えいち》のモノクルと私が名付けたものだよ。まぁ、君らにその価値も意味も理解できるとは思いにくいが、もしそれが理解できるというのならば、残りの迷宮も攻略してみると良いよ。全ての迷宮を攻略した先にこの世界の本当の意味を置いてきたよ。まぁ、できるものならば頑張れば良いんじゃないかな』

【初回限定メッセージを終了しました】

（……なんだコレ。ちょっと厨二病入った支離滅裂な文章もびっくりだけれど、気になる言葉が色々と出てきたんだけど）

最果ての地？

迷宮王？

残りの迷宮？

この世界の本当の意味？

厨二病の妄想か、頭のおかしい人間の戯れ言かって言いたくなるような言葉だ。（にしても『叡智のモノクル』だと？　なんで例の戦闘力を測る装置と同じ名前にしなかったんだって言いたい）

『叡智のモノクル』が装着されてから、右中の視界に色々と表示されるようになった。色々なものから線が延びて単語表示がされている。例えば、あの壁に寄りかかっている骨なんかからは延びた線の先に『迷宮王の骨』とか表示されていた。って、おい。

迷宮王、死んじゃってるよ。

『迷宮王の骨』の下からも線が延びていて『ステータスプレート（黒）』なんて単語がくっついている。

（す、ス、ステータスプレートだとぅ？　コレはアレですか、自分のステータスがわかるようになる異世界に来て冒険者ギルドとかでもらっちゃうアレですか。是非ゲットせねば）と、ステータスプレートを注視していると右上の視界に文字が表示された。

【ステータスプレート（黒）：迷宮王特製のステータスプレート。クラス制限とスキル制限を解除する】

（も、もしかして『叡智のモノクル』って調べることができるのか？　試しに自分の体を見て調べると念じてみる）

【名前：氷嵐《ひょうらん》の主】
【種族：ディアクロウラー（ジャイアントクロウラー劣化種）】
【筋力：それなり　体力：わりと　敏捷《びんしょう》：酷《ひど》い　精神：まあまあ】
【これ以上の情報を開示するには鑑定スキルのランクアップが必要になります】

（……う、コレも突っ込みどころしかないんですが。なんでステータスが『わりと』とか適当な感じなんだよ。というか、劣化種って、劣化種って。どうりで青い外皮の芋虫を見ないはずだよ。弱い方にレアだったのかよッ！　い、いや、と、とりあえずステータスプレートだ）

俺は魔法糸を飛ばし、ステータスプレートを手に取ってみる。今回はモノクルのように外れなくなるということもなく、すっぽりと俺の小さな手の中に収まる。なんというかＰＣタブレットみたいだ。ステータスプレートを地面に置き、タブレットみたいに指を滑らせてみる。（お、画面が光った）

【ステータスプレート（黒）認証完了】

ステータスプレートに文字が浮かぶ。

名前：氷嵐の主
種族：ジャイアントクロウラー　種族レベル：1
クラス：なし
ＨＰ：90／100
ＳＰ：82／810
ＭＰ：682／1620
筋力補正：4

体力補正：2
敏捷補正：0
精神補正：1

所持スキル：中級鑑定（叡智のモノクル）　糸を吐く：熟練度6443
クラススキル：なし
所持属性：水：熟練度　312　風：熟練度　312
所持魔法：アイスニードル：熟練度　100　アイスボール：熟練度：　524

うおおお、ゲーム的な情報に燃える。というか熟練度があるんだね、うおおお、熟練度埋め大好きなんですよー。カンストまで頑張りたくなるー。というか千の桁まであるということはＭＡＸ９９９９かな？　はふぅ。と、情報の量に埋もれちゃいそうですが、その前に色々調べないとね。目の前の黒い直方体とか！

さっそく調べてみる。

【スキルモノリス（飛翔）：飛翔系のスキルツリーを獲得できる】

【追記：モノクルで初めて調べてみた人のための補足だよ、スキルツリーは基本的に四つまで保持できるよ】

（こ、これは……予想していたけれどスキル、か）

スキルモノリスに触れてみる。するとモノリスに文字が浮かび上がった。

【飛翔系のスキルツリーを取得しますか？　Ｙ／Ｎ】

これはイエスで。まだスキルツリーを一個も持ってないし、さっきの追記の感じだと入れ替えができそうだからな。

【飛翔系スキルツリーを取得しました。内容はステータスプレートをご確認ください】

ステータスプレートを見るとクラススキルの下にサブスキルというのが増えていた。

サブスキル：飛翔　浮遊ＬＶ０（０／10）　転移ＬＶ０（０／80）　飛翔ＬＶ０（０／300）　超知覚ＬＶ０（０／100）

飛翔系のスキルツリーを獲得すると同時にスキルモノリスは崩れ去った。（飛翔のスキルツリーは再取得できないってことか）

部屋の中は他に何もなく、その場に留まっていても仕方ないのでホーム葉っぱへ戻ることにする。出窓から、外に出て、そのまま飛び降りる。ある程度落下したら魔法糸をくっつけるを繰り返し、下へ、下へと落下していく。登りは何日もかかったのに帰りは一瞬だった。

試しにホーム葉っぱをを鑑定してみた結果、ここが『世界樹』だということがわかった。（どうりで超巨大な樹なワケだ。もしかして北欧的な神話世界なんだろうか）

俺が頑張って作った持ち物も鑑定していく。

【手製の世界樹の弓】
【世界樹から作られた弓。本来は水と木の属性を持っているが加工が悪く、その力は失われている】

【世界樹の葉のかけら】
【ある程度までならステータスプレートに記録された身体状況を参考として治療し、失われたＭＰも回復する】

【手製の靴（Ｓ）】
【ジャイアントクロウラーの糸から作られた小さな靴。本来は高い工芸価値を持つが加工が悪く、その価値は失われている】

【世界樹の矢】
【世界樹から切り出された矢。本来はあらゆるものを

貫く加護を持つが加工が悪く、その力は失われている】

持ち物を調べた結果がコレだ。もうね、加工が悪い、加工が悪いってうるさいっての。で、思ったんだけど、どーもこの鑑定、ある程度の決まった単語、フレーズから自動的に文章が作られている感じだ。手製の品にも対応しているしね。上級鑑定になれば攻撃力とかもわかるのかなぁ。そして、手に入れたスキルツリーだが使うことはできなかった。（多分、ＬＶ０《ゼロ》なのが関係していると思うんだよなぁ。ＬＶの横にあるのが何で増えるかわからないけれど、アレが増えて１にならないと使えないんだと思う。何で、こっちは熟練度じゃないんだろうか……？）

というわけで、俺はホーム葉っぱに戻ってきたのだった。（次の目標は再度のうろの中、探索かな。ちょっと考えがあるからね。コレ、自分が思ったとおりなら、うろの中の探索も楽勝な気がするんだよな）

うろの中は――予想どおりだった。

地面や壁の至る所から白い線が延びて、スイッチとか、針とか、槍とか、表示されている。もうね、どんだけ罠だらけなんだよってくらいの数が表示されている。（鑑定で調べられるものには名前が表示されるのを逆手に取ったんですぜ。ホント、鑑定チート乙）

俺は見える罠を避けながら進んでいく。その間、モンスターに会うことはなかった。（多分、前回の青蝙蝠はトラップの音に反応したのかな？）

ある程度進むと床に四角い穴が開いており、そこから文字が流れてきた。右下の視界に文字が表示される。

「むふー、まずいです。でも頑張る」

あ、コレ、洋画とかの字幕みたいだ――って穴の下に誰かいるのか？　その声を字幕として拾ったのか？

俺は少し考え、思い切って念話スキルを使ってみることにした。

『だ、誰かいるのか？』

少し間があり、返事が返ってきた。

「な？　頭の中に声が？　だ、誰ですか？」

お、通じた。ふむ、念話ってテレパシーみたいな感じなのかな。

『すまない、事情により声が出せないため、念話スキルを使わせてもらっている』

「あ、はい、そうなんですね。って、もしかして、この落とし穴の上にいるんですか？」

『ああ』

うーん、字幕だと相手の性別がわかんないなぁ。言葉の感じだと女の子ぽいけど、これで筋肉ムキムキのおっさんだったら……どうしよう。

「むふーっ！　あ、あの、あの、もし良かったら助けてもらえないでしょうか。もう長いことこの落とし穴の中で暮らしておりまして……助けてくださいっ！」

落とし穴の中で生活？　いやいや、この人、よく生き延びているな……。

『助けるのはかまわない。ただし条件がある』

「じょ、条件ですか！　あ、あのここまで来るということであれば、あなたもそれなりの冒険者でしょうし、お金とかではないと思いますが……ある程度なら魔法の品とかをギルドに預けているので差し上げられます」

『いや、もっと簡単なコトだ。自分の姿を見ても驚かないで欲しい、というのといきなり襲いかかってこないで欲しいってことだ』

魔法の品とか、ギルドとか、その辺の単語が、すっごい気になるんだけどね。

「むふー。わ、わかりました。た、助けていただけるなら」

『わかった。では糸を垂らすので、それに掴《つか》まって欲しい』

俺は穴に魔法糸を垂らす。

「掴まりましたー」

魔法糸に何かが触れた感触。俺は出した魔法糸を短くしていき、そのまま引き上げる。

そして、現れたのは女の子だった。背の高さは今の自分より少し大きいくらい、（一四〇か一五〇センチくらいか）雪のように白い肌、その上に青く染められた皮鎧と小さな青い外套《がいとう》を着込んだ、銀の長い髪を持った少女だ。特徴的なのは木の葉のように伸びた耳だった。少女はこちらを見て一瞬びっくりし、何かに納得したのか静かになった。（って、この耳って、もしかしてエルフ娘ですか？　異世界ですか。うわああ、ちょ、本物ですか）

俺は、とりあえずエルフ娘を鑑定してみた。

【名前：シロネ・エヴァーグリーン・スイロウ】
【種族：半森人族】

う、情報が少ない……。というか森人族ってエルフだよねぇ。

「あ、あのー、下ろしていただけないでしょうか」

あ、エルフ娘を引っ張り上げて持ち上げたままだった。すぐに魔法糸を解除する。

「むふー。助かりました。いやぁ、驚かないでと言った意味がわかりました。星獣様でしたか」

『星獣？』

「あー、ご存じありませんか。私たち人は知恵を持った獣や魔獣などを星獣様と呼んでいるんです。大体が迷宮の奥で宝物を守護していたり、ある特定の部族や村を守護してくれてたりするんですが、こう普通に動かれている方には初めて会います。もしかしてこの世界樹の守護星獣様だったりしますか？」

『違います』

俺みたいな存在って、この世界だと割と多いのか？

「あら、そうですか。とっと、すいません、まだ名乗ってませんでしたね。私はシロネ、シロネ・スイロウといいます」

俺は、どう名乗るか少し悩み、答えた。

『一応、自分の名前は氷嵐の主らしい』

それが俺とシロネの初邂逅《かいこう》だった。

「ということは、ランちゃんですね」

……何のことだ？　俺は、最初、それが自分の名前のことだとは理解できなかった。

「むふー、ち、違いましたか？」

『い、いや、それで良い』

と、というか、さっきから、この娘の字幕の最初に『むふー』って単語が表示されているんですが。でも実際には『むふー』って言ってる感じがしないんだよな。何を変換しているんだろう。あー、この翻訳ではなく、本当に言葉が理解できていたならなぁ。

『と、ところで、もし良ければ色々教えて欲しいのだが。良いだろうか？』

「え、ええ。私で答えられることなら……？」

そう、まずは……、

『この世界のことを教えて欲しい』

「せ、世界ですか？　そ、それは宗教的な何か……ですか？」

う、質問が大雑把すぎたか。まずはここがどこか知りたいんだけど、うーん。

『人里というか、だ。この近くで買い物したり、食事したり、そういったことができるような場所はあるだろうか？』

「むふー、なるほど。なんとなく訊きたいことの意味がわかりました。ここはナハン大森林という島国です。今いるのは迷宮王の作った八大迷宮の一つ、世界樹ですね。ナハン大森林には一六の氏族と一六の村落があり、ここから一番近いのはスイロウの里ですね。もしクラスを得たいのであれば、ここから北東に二日ほどの距離にあるフウロウの里にいくのが良いでしょう。と、知りたいコトって、こういうことで間違ってませんか？」

『あ、ああ……』

「あ、そうそうスイロウの里ですが、私の名前がスイロウなので勘違いをされる方も多いのですが、特に大陸からの方に多いんですけどねー、スイロウの里で生まれた森人族は皆、スイロウって名前が付くんですよ。むふー、なので、私はスイロウの里生まれってことですね。スイロウの里は、冒険者ギルドなどもあり、ナハン大森林で一番発展しているといっても過言ではないですね。もう、街っていった方が良いくらいなんですよ」

『あ、ああ……』

こ、この娘、勢いが凄すぎる。文字を読むだけでいっぱいいっぱいになりそうだ。ろ、ログが流れるぅ状態です。にしても訊きたいことをちゃんと理解し想像して答えてくれるのは有り難い。

『ち、ちなみにクラスというのは……』

「むふー、そうですね。ランちゃんさんはクラスを持ってますか？　クラスというのは職業に近いのですが、就職するという意味ではなく、スキルを得たり、ステータスを補正する——冒険を助けてくれるものですね。ちなみに私は『狩人』のクラスも持っています。『狩人』は『弓士』の派生クラスですね。むふー、冒険に役立つスキルが多いので、メインとはいわなくてもサブクラスに付けている冒険者が多いクラスですね。『弓士』のクラス自体は先程言ったフウロウの里で取得できますよ、ってこの説明で理解できますかねー」

『だ、大丈夫、り、理解できます、はい』

「訊きたいコトって、それくらいですか？　ホントは情報って、ナハン大森林では凄い価値があるので、あまり教えたり伝えたりしないんですよー。命の恩人だから教えてあげるんですよ。里の方にいったときにあれこれ訊いていると信用がガクガク落ちちゃいますよ」

『ちなみに自分が里にお邪魔しても大丈夫なのだろうか？』

「むふー、私が里にいった後のことを話している時点で理解して欲しいんですが……、まぁ、お答えしますと、多分、大丈夫だと思いますよ。その辺はいけばわかりますね」

『さ、最後に、よく落とし穴の下で生き延びられたね？』

「ホント、訊きたがりさんですね。まぁ、お答えしますと、コレですねー」

——［クリエイトフード］——

シロネさんの右手に黒っぽい塊が生まれる。何だ、何だ？　固形の栄養食みたいだな。

「あとはこれですね」

――［サモンアクア］――

今度は左の手の平の上に水球が浮かぶ。

「木の魔法、クリエイトフードですね。見た目はアレで、食べ物って色じゃないんですが、食べるとある程度の栄養は取れるんです。むふー、まぁ、とてもとてもまずいので、ホント、ぎりぎりまで食べたくなかったんですよ。あとは水魔法のサモンアクアで私たちなら水分が取れるのです。が、この魔法の水だけだと魔法で作ったからか本当の水ほど乾きが取れないのでいずれ死んじゃいますけどね。それとクリーンの魔法ですね」

なるほど、そんな魔法があるのか。と、クリーンの魔法は多分、アレですね。周囲を綺麗にするんですね。というか魔法万能。

「むふー。このまま探索するのも無理そうなので、私はいったん里の方に帰ろうと思うんですが、もし良ければ一緒に来ますか？」

お、これは願ってもない。この世界のことを知っている人と一緒に里にいけるのは凄い助かる。

『もちろん、お願いしたい』

「では、一緒にこの世界樹の迷宮を戻っていきますか」

ん？

『一つ訊きたい。里はこの世界樹の麓にあるってことで間違いないな？　世界樹の途中にあるとかではなく』

「それはもちろん」

『なら、近道がある』

「むふー、さすがは世界樹の星獣様ですね」

『少しアレな道だが、よろしいか？』

「私としては早く里に帰りたいので、命の危険がないのならば、何でもー」

『では、御免』

俺は魔法糸を造り、シロネさんを捕まえる。そして自分の背中に乗っけ、落ちないように結びつける。そのまま魔法糸を飛ばし、うろの中を――迷宮を高速移動する。背中からぎょえーとか女子にあるまじき悲鳴が聞こえるが気にしないことにした。

そのままホーム葉っぱまで戻る。

「ちょ、ま、ま、まさか、ここから」

俺は、シロネさんに最後まで言わせない。そのまま葉っぱから飛び下りる。

グッバイ、マイホーム。

死ぬ死ぬとか字幕が見える気もするが気にしない。多分、風の声を字幕として拾ったのだろう。時々、魔法糸を幹に飛ばし減速をかける。減速をかけるたびにむぎゅうとか内臓が出るぅとかの単語が見えた気がする。

俺が頑張ったおかげが一瞬で地上に到着。初めての地上である。（本当に地上があったんだな）

「し、死ぬかとおほった、は、はひう」

シロネさんの息は荒い。まぁ、なんというかジェットコースター感覚で楽しめたと思うんだがね。

『では、スイロウの里に案内してもらっても良いかな？』

「ちょ、ちょっと、待って。息を整えるから、う、うう、酷い」


さて人里か……。何というか『ここからが本当の戦いだ』とか『俺の物語は始まったばかりだ』みたいなフレーズが浮かぶシーンだよなぁ。

ま、この異世界？　の本番は……、本当にこれからだよね。

第二章　洗礼

深い森の中をしばらく進むと森が開け自分の背の高さの三倍はある複数の柵が見えてきた。柵は、ぱっと見、端が見えないくらいの距離を等間隔に並んでいる。柵の高さ、数は、凶暴な魔獣の進入を防ぐために必要なのだろう。（あの柵と柵の間、開けているところが入り口かな？）

入り口には門番らしき武装をした男性がいた。あー、エルフじゃないのね、普通に人もいるのか。一応鑑定してみよう。

【名前：ハガー・ベイン】
【種族：普人族】

（えーっと、普人族ってのが一般的な人類になるのかな？）

シロネさんが門番に声をかける。

「久しぶり。里に入れさせてもらっても良いかな？　それと……」

「ええ、どうぞ。っと、後ろの魔獣は？　もしかしてテイムしたんですか？　テイムするにしてももっと良い魔獣がいるでしょうに……」

「むふー、いや、あのテイムしたのではなくて……」

シロネさんがこちらを見る。これは自分から言った方が良いのかな。

『自分は氷嵐の主という。星獣の身ではあるが冒険者になりに来た』

シロネさんが『え？』という顔でこちらを見る。あ、喋《しゃべ》っちゃ駄目だったのかな？　それとも冒険者になりたいって伝えてなかったことかな？

門番の人もえっという顔を一瞬したが、すぐにキリッとした顔を作った。

「あー、星獣様か。では、普通に門番の仕事をしますか。ステータスプレートの提示をお願いします。ステータスプレートをお持ちでない方の場合は一万五三六〇円をいただいています」

え？　里に入るのにお金取るの？　って、今、円って言った？　ここの通貨って円なの？　というか、俺、今、一円も持ってないんだけど。あ、俺、ステータスプレート持ってたッ！

ステータスプレート（黒）を門番に見せる。

「あー、はい、星獣様のステータスプレート、確かに確認しました。ようこそ、スイロウの里へ」

というか、星獣『様』って『様』呼びだけれど敬われている気がしません。多分、叡智のモノクルの言語変換が自分に理解できる単語を選んでいるだけで『星獣様』で一単語なのかな。

スイロウの里に入ると、シロネさんが足を止めこちらへ振り返る。

「ハガーさんが言っていたけど、私からも。ようこそ、スイロウの里へ」

とびっきりの笑顔だ。

「むふー。さっきは冒険者になりたいって聞いてなかったから、ちょっとびっくりしました」

あー、そっちに驚いていたのね。

「さてと冒険者ギルドは、この大通りをまっすぐいけば見えてくる白い大きな建物がそうですねー」

シロネさんが大通りの先に見える大きな白い建物を指さす。通りには木でできた建物が多い中、ギルドの建物は土と石でできた建物のようだった。

『なるほど。ありがとう』

「ええ、これで助けてもらった恩は返せたよね。それじゃあ、私はいくところがあるから、また縁があったらよろしくねー」

え？　ちょ、ちょっとマジで。こういう場合のお約束で一緒に冒険してくれたりとか、異世界に詳しくない自分をサポートしてくれたり、とか、そういう感じじゃないの？　なんて考えている間にシロネさんはいなくなっていた。異世界の人里にモンスターの姿の自分が放置された。そう、俺が、まだ人型だったならば……ッ！　と、あまり悩んでも仕方ないので大通りに目を向ける。エルフの里だから木の上に家でも建っているのかと想像していたが、そういったこともなかった。うーん、がっかり。

気をとりなおして町並みを見まわしてみた。

木でできた建物も多いが、ある程度は土壁の建物も見える。木でできた建物が元からあった建物で土壁でできた建物の方が新しく見え、後から増やされた建物のようだ。大通りには屋台やござの上に果物のようなものを広げて商売をしている人たちもいる。どうやら、そこそこに活気があるようだ。歩いている人たちもエルフばかりではなく普通の人の姿も多い。

（って、今、視界に猫耳が！）

お、おい猫耳がいるぞ。猫耳の人は俺が鑑定する前にどこかにいってしまった。うわああ、お知り合いになりたかった――いやいや、まずは冒険者ギルドか。

（にしても、あの猫耳、背中に大きなナギナタぽいの背負っていたけど冒険者だったんだろうか……？）

猫耳さんと仲良くなれなかったことを残念に思いながらも大通りをモゾモゾと歩き続け、そのまま冒険者ギルドに入る。

ギルドの中は一番奥にカウンターがあり、その手前に何個かの丸テーブルが置かれていた。まるで酒場みたいだ。そして、そこには数人の冒険者と思われる者たちがいた。と、その冒険者たちから声が飛んできた。

といっても何を言っているかわからないから右下の字幕を見るしかないんですけどね。

「おいおい、冒険者ギルドに魔獣が入り込んでいるぞ！」

って、しまったー。最初は、よくある絡まれ展開かと思ったが、今の自分の姿って、モンスターじゃん。こ、これは早く自分のことを説明しなければ、か、狩られてしまう。

先程、声を上げたと思われる輩が武器を取る。ま、まずい。

「待てッ！」

そこへ強い声がかかる。声は一番奥のカウンターからだった。その声を受け、さっきの男は武器を置く。

（どうでも良いけど偉い人ほど奥に座れるとかなのかな）

「魔獣が結界のある、この里の中に入れるわけがないだろう。よく考えろ」

カウンターに座っていた男が――短髪の赤髪をバンダナで逆立てた山賊風の男がこちらへと向き直る。そ

れを見て、さっき武器を持った男は「すいません、兄貴」とか言っていた。これ、ホントの意味での兄貴じゃないよね。っと、俺も何か言わないと。

『自分は氷嵐の主という名前の星獣だ。冒険者になりに来た』

それを聞いてギルド内の全員が驚いた顔をする。

「ああ、この頭に響くのは、《念話》スキルか。てっきりテイムされた魔獣が紛れ込んだのかと思ったが、こういうこともあるのか……」

驚いている兄貴と呼ばれた人は無視して、俺は上体を起こしカウンターまで歩く。うーん、やはり上体を起こして普通に二本足で歩くのは遅い。凄い無理している感じだ。

『冒険者になりたいのだが……』

俺はカウンターの向こう側にいるおっさんに念話を飛ばす。

「うお、《念話》スキルか。突然だとびっくりするな」

目の前にいるのは黒い眼帯をした禿《は》げのいかついおっさんだ。このおっさんがギルドの職員だろうな。


うん、えーっと、ギルドの職員って、それもカウンターにいる人って美女とかが定番じゃないの——何コレ。

『《念話》スキルを知っているのか？』

「ああ、こっちだと使う奴も少ないが、大陸の方だと天竜族なんかが《念話》で会話してくるからな」

天竜族だと？　人型なのか竜型なのか、それが重要だな。

「っと、冒険者になりたいんだったな。ステータスプレートは持っているか？　持っていないなら試験クエストを受けてもらうことになる」

『ステータスプレートならここに』

俺はステータスプレート（黒）を鞄から取り出し、渡す。

「お、なんじゃこりゃ。黒いステータスプレートなんて初めて見たぞ。って、加入だったな。借りるぞ」

そう言っておっさんは俺のステータスプレート（黒）を持ってカウンター奥の扉に入る。（これ、持ち逃げされていないよね？）周りの人たちは、もう俺に興味がなくなったのか丸テーブルに座って色々と好き勝手に喋っていた。盗賊がどうだとか、蜘蛛がとかそんな文字が見える。

しばらくすると奥の扉からおっさんが出てきた。

「ほら、返すぞ。随分と古い物のようだったから、中のデータも更新しておいてやったからな」

更新？　ＰＣのアップデートみたいなもんなんでしょうか。

「これで、お前さんもＧランクの冒険者だな。じゃあ、後は適当に頑張れよ、っと、それと質問は受け付けてねぇからな」

『へ？　あの質問なのだが……』

「質問は受け付けねぇって言っただろ」

いやいやいや、無茶苦茶だろ、それは。冒険者のことが何もわからないし、その他にも色々と訊きたいことが……。

「おいおい、おやっさん、さすがにそれは無茶苦茶だ。それに冒険者の支度品も渡していないしさ」

そう横から声を掛けてきたのは先程、兄貴と呼ばれた男だった。あら、まだいたんだ。

「相変わらず、お前ら兄弟はお節介焼きだな。どうせ、すぐにおっちんじまうような甘ちゃんなんて相手するだけ無駄だろうに」

眼帯のおっさんの暴言が留まるところを知らない。もうね、なんでいきなり好感度がマイナススタートなんだよ、俺がモンスターだからか、モンスターだからかッ！

「まぁまぁ、おやっさん、そう言わずに支度品を用意してあげてくれよ」

眼帯のおっさんがやれやれという感じでナイフと小さなポーチを取り出す。

「こいつは剝《は》ぎ取り用のナイフと魔法のポーチだ」

支度品ってたったの二つかよ。っと、文句を言っても始まらない。とりあえず鑑定鑑定っと。

【鉄のナイフ】
【鉄で作られたナイフ。剝ぎ取りなどによく使われる、そこそこ頑丈なナイフ】

【魔法のポーチ（2）】

【亜空間にアイテムを収納できる魔法のポーチ。収納できる種類は2】


あ、魔法のポーチってよくあるアイテムポーチなのか！　チートアイテムその一じゃないですか。支度品程度で、こんな良い物をもらってもよいのだろうか。

『魔法のポーチか。こんな良い物をもらえるのか？』

「ああ、構わないな。確かに現在作成することができない貴重と言えば貴重な品だ。が、袋の中には二種しか入れることのできない使い勝手の悪い物だし、ダンジョンから大量に発掘されているからな、価値はあってないようなもんだ」

え、そうなの？　大量に発掘って……初心者冒険者に配るほど余っているってことなのか。（まぁ、二種類しか入らないって使い道に困りそうだもんなぁ）

「魔法のポーチの使用者登録はしておけよ。触れて『登録』って言えば完了だ。これをやらないと使うことができないからな」

眼帯のおっさんの言葉を聞き、俺はさっそく魔法のポーチに触れ『登録』を……って言えないじゃん。あ、でも念じただけでも完了したっぽい。何だか使えるようになった感触が返ってきた。セーフ、セーフ、セーフだよ。

「登録者しかアイテムの出し入れができないから財布代わりにしている奴もいるな。あー、あと、手放すときは『解除』しておけよ。じゃないと次の奴が『登録』できないからな。ま、お前がおっちんじまえば勝手に『解除』されるがな」

まったく、俺が死ぬ前提で話さないでくれよ。ま、確かにもっとたくさん入るアイテムポーチが手に入ったら財布に使うってのはありかもね。

「ふん、支度品は受け取ったな。じゃあ、後は勝手にやりな。クエストを受けるなら、そこの掲示板から受けたいクエスト板を取りな」

そう言ってカウンター横に置かれた掲示板を指さす。掲示板にはいくつかの板がぶら下がっていた。（これ

神社に奉納された絵馬みたいだな)

うーん、しかしアレだね。俺にはゲームとかの知識があるから、どういうルールなのか予想ができるけどさ、投げっぱなし感が凄くないか。これがこの世界では普通なのか？ こんなよくわからない状態でなんとかしている冒険者って空気読みレベルがみんな高いってことなのか？ もうわけわかんないな。

「おやっさん、おやっさん、ランさんが固まっているじゃないか。ランさん、すまない、おやっさんは本来、こういった窓口に立つような立場じゃないんだが他に人がいなくて……あまり、説明とかに慣れていないんだ」

ランさん……？ ああ、ランさんって俺のことか。

『ああ、そうなのか』

「ああ、そうなんだ。と、ランさんは星獣様だからか、あまり人里のことや冒険者のことがわかっていないように思う。もし良ければ僕が初心者指導員を買って出るけど、どうかな？」

うお、もしかして色々教えてくれる的な？ それは非常に願ってもないことだ。ただ、そういう役割が野郎なのだけは残念だけど……。普通、異世界転生物とかだと美少女とかエルフ娘とかケモ耳娘とかが、その役割じゃん、じゃんよ……。

『初心者指導員というのは？』

「ああ、まずは名乗らさせて欲しい。僕はウーラ。これでもCランクの冒険者をしている」

Cランクねぇ……。あの眼帯のおっさん、ランクの説明をまったくしやがらなかったからわからないけど、俺がGから始まったし、A・B・C・D・E・F・GでAが凄い、でも実はSもあるんだぜ的なランクと予想すると……もうすぐ上級冒険者だぜ的な立場なんだろうか。

「それで初心者指導員のことだけれど、冒険者になりたての頃って死亡率が非常に高いんだ。それを防止するためにギルドが作った制度なんだよ。要は熟練の冒険者が初心者に冒険者としての心得とか知識を教えてあげようってことだね」

なるほどなー。

「といっても無制限というわけではなく、空いているDランク以上の冒険者がいることが最低条件だし、指導期間も一月の半分か、クエスト三回攻略までと決まっているんだけどね」

期限があっても色々教えてもらえるのは助かるなぁ。

「と、さっそく、何かクエストを受けるかい？」

『いや、今日は休ませて欲しい。そしてできれば、どこか換金できる場所と泊まる場所を教えて欲しい』

「なるほど。となると、まずは換金かな。冒険者ギルドの向かいにある建物が換金所だね。魔物の解体や素材の換金をしてくれるし、迷宮で手に入った道具類なども買い取りしてくれるよ」

え？　そんな何でも買い取る的な便利なところがあるの？　さすが異世界。

大通りを向かい合って、ギルドの目の前に建っている平屋の建物に入る。ウーラさんもついてきてくれる。

あー、ちなみにウーラさんの格好だけど、赤い短髪で、その短髪にバンダナを巻いて髪を立たせている。青い皮鎧の上に青い何かの毛皮を首に巻いてもいるね。両腰には片刃の斧《おの》をぶら下げている。ハンドアックスですね。ホント、山賊みたいです。しかし青い装備の多いこと、多いこと。この里で青色が流行《はや》っているのか？　と、うー、換金換金。

建物の中に入ってすぐの場所にカウンターがあり、そこにエルフの女性が立っていた。うお、こっちはちゃんと女性じゃん。しかもエルフ娘ですよ、エルフ娘。いやまぁ、この世界的には森人族なんでしょうが、俺的にはエルフなのだ。いや、郷に入っては郷に従えのことわざ通り森人族と呼ぶべきか。

「ま、魔獣！　え、ウーラさん？　ウーラさんのテイムした魔獣ですか？」

うへ。またもやテイムされた魔獣扱いか……。顔を覚えてもらえるまではどこもこんな感じなんだろうなぁ。

「いや、この人はランさん。星獣様だよ。今日、冒険者になったばかりなんだ。換金したい物があるってことなんで案内したところだよ」

森人族のお姉さんは、ウーラさんの言葉に最初驚き、すぐにこちらへ笑顔を向けた。お、プロの接客態度ですね。ホント、窓口はこうあるべきだよ。いきなり『どうせすぐ死ぬからシラネ』みたいな態度の眼帯のおっさんが間違っているんだよッ！

「ラン様、換金ですね。売りたい物を見せていただけますか？」

『ああ、売りたい物はコレなんだが……』

俺はそう念話を飛ばし手製の世界樹の弓と世界樹の矢の全部を置いた。

「これは……、鑑定してくるのでお預かりしますね」

そう言って窓口のお姉さんは奥に消えた。あの奥が作業場とかなのかな。平屋とはいえ、大きな建物だしね。持ち込まれた竜の死体を解体とかしてそう。

しばらくするとお姉さんが戻ってきた。

「弓の方は四万九六〇円、矢の方が一本二五六〇円、それが九七本ありましたので二四万八三二〇円ですね。全部で二八万九二八〇円になります。どうしますか？」

やはり円なのか……。物価がわからないから何とも言えないけど三〇万近くになったのは良い感じだと思う。（ま、こういうギルド公式みたいなところで足下を見られるということもないだろうからね）

『わかった、それでお願いする』

これで当座の活動資金には困らなさそうだ。

「はい、わかりました。では用意しますね」

そう言ってカウンターに置かれたのは……小さな金貨七枚と銅貨四枚だった。へ？　え？　円じゃないの？　金貨と銅貨？　どういうこと？

「どうしました？　確かに二八万九二八〇円あると思うのですが？」

窓口のお姉さんが怪訝《けげん》な目でこちらを見る。

『あ、いや、細かい物が欲しかったので金貨を一枚両替してもらいたかったんだが、できるだろうか？』

「あー、はい、大丈夫ですよ。では小金貨一枚を銀貨八枚でよろしかったですか？」

『ああ、それで頼む』

「はい、では四万九六〇円両替しますね」

ちょ、ちょっと待てー。なんで今度は円なんだ？

この世界の通貨は金貨とか銀貨ぽい。なのにお姉さんが喋った字幕では円で表記されている。

(……あ)

もしかして、通貨も翻訳されているのか……。これ、逆に訳がわからなくなるぞ。先程の例から小金貨ってのが四万九六〇円相当。で銀貨八枚と同じ価値ってコトは銀貨一枚は五一二〇円相当。それに当てはめて残った端数を計算をして銅貨四枚が二五六〇円相当で銅貨一枚は六四〇円相当か……。うへぇ、無駄に頭使っちゃったよ。これはホント、なんとかして欲しい。字幕を見ると円表記だから、そこから計算してお金を渡さないと買い物ができないわけでしょ？　ふ、不便すぎる。頼むー、翻訳機能のバージョンアップしてくれー。

俺はお金を受け取り換金所を後にした。ホント、前途多難だわ。


「それで、この後はすぐに宿屋かい？」

換金所を出たところでウーラさんが声を掛けてきた。

『いや、申し訳ないが武器と防具、日用雑貨を見にきたい。場所を教えてもらえないだろうか？』

換金所で上手くお金をゲットすることができたので、そのまま買い物をすることにする。この急な申し出にも、ウーラさんはイヤな顔をせずしっかりと案内してくれた。

で、最初に着いたのが鍛冶屋だった。

「ここには武器、防具屋ってないんだ。仕方ないので、ここの冒険者はこの鍛冶屋から武具を買っている」

ないのか……。いや、でもこの世界にってコトではなく、この里にってことだろうね。

鍛冶屋の中は至る所に剣や鎧などが散らばっており、足の踏み場がないほどだ。もちろん値札などは付いていない。と、奥から鍛冶士のおっさんが……って、おっさんなのか？

奥から現れたのは犬の頭を持った姿をした人物だっ

た。手には鍛治用の道具なのかハンマーを持っている。

「うお、ま、魔獣！」

犬のおっさん？　が、こちらを見て怯《おび》えている。いやいやいや、俺からしたらあんたの方が魔獣だよッ！

っと、俺は、一応、驚いている犬頭の獣人？　を鑑定してみた。

【名前：ホワイト・フウア】
【種族：犬人族】

あ、コボルトとかじゃないのね。獣人とかでもないのか？　うーん、訊くのも失礼になりそうだし、ここはおとなしくしておこうか。

「ああ、おやっさん驚かないでくれ。星獣様だ。今日、冒険者になったんだが武具を探していてね」

相変わらずのウーラさんのフォロー。なんというか、この人がいなかったらもの凄く大変だったんじゃね？

と思うことしかりです。どこにいっても受け入れられなくて世をはかなんで魔王にでもなっていたのかもしれん。

『驚かせてすまない。自分は氷嵐の主という星獣だ』

「あ、ああ、星獣様か。驚かすんじゃねえよ。で、何が要るんだ？」

ふふふ、欲しい武器は決めていたんだ。このリーチのない腕だと剣などは持てないからなッ！

『短めの槍が欲しい』

「あ、斧じゃないんだ……」

何故かウーラさんががっかりしている。（斧、好きなのか？）

「ああ、短槍か。今、売れる物だと鉄の槍くらいだな。一万五三六〇円で良いぞ」

一万五三六〇円だから、銀貨三枚か。相場がわからないけど、こんなもんなのかな。にしても鉄の槍かぁ、第二王子の最強装備ですな。

『ああ、それをもらおう』

俺は銀貨三枚を渡し、槍を受け取る。さっそく鑑定っと。

【鉄の槍】
【鉄で作られた標準的な短槍。特別な力はない】

木でできた柄の長さは一メートルちょっとくらい。ここは鉄じゃないのね。その先端、穂には三角錐《さんかくすい》のシンプルな鉄の塊が付いている。俺は魔法糸を吐き、槍に結びつける。これで俺の小さな腕に引っかけてもずり落ちることなく運べます。

「うお、突然、糸を吐くんじゃねぇ。とはいってもお前の糸、便利そうだな」

そうだろう、そうだろう。この魔法糸、すっごい便利なんだぜ。

鍛冶屋をあとにしたところでウーラさんが声をかけてきた。

「ランさん、良かったら服を買わないか？　服を着ているだけでも魔獣と間違われなくなると思うんだ」

あ、目から鱗《うろこ》です。服を着るって文明人の第一歩じゃん。というか、よく考えたら、自分って今……裸なのか、裸族なのか、そうなのか……いやーん。

『ああ、そうだな。服を買えるところに案内してもらっても良いだろうか』

「もちろん、服飾店はここからすぐ近くなんだ」

服飾店は鍛冶屋のすぐ隣だった。すぐ近くじゃなくて隣だろうがッ！　表に何も出ていなかったから気づかなかったよ。

服飾店の中にも既製品の服などは飾ってなく、反物が置いてあるだけだった。え、もしかして作るところから？

「あ、こちらは星獣様のランさんです。ランさんに合う服を見繕って欲しいです」

服飾店に入ってすぐにウーラさんが店員さんに説明をする。いやまぁ、何度も同じ展開を繰り返すのも、なんだしね。

「え、あ、はい。で、ではサイズを測らせてもらいます」

店員さんは普人族の女性だった。店員さんが近づいてくる。

「か、噛《か》みませんよね？」

噛まないです。

「うーん、こちらの方の体型だとベストかガウンでしょうか。今ある物だと銀糸製と麻糸製がありますね。どちらも少しの手直しでお渡しできますよ」

『それぞれの値段と材料の違いで何が変わるかを教えてもらっても良いだろうか？』

「はい、銀糸製だと魔法の付与が可能になりますね。肌触りも良いです。麻糸は普段着用ですね。銀糸製のベストが四万九六〇円、ガウンが一二万二八八〇円、麻糸製のベストは二五六〇円、ガウンが五一二〇円です」

えーっと、銀糸のベストが小金貨一枚、ガウンが小金貨三枚、麻糸だとベストが銅貨四枚、ガウンが銀貨一枚か……。うーん、銀糸製も買えるけど今の総資産的に買ってしまうのはあとが怖いなぁ。

『麻糸製のベストとガウンを一着ずつもらえるだろうか？』

「はい、一着ずつですね。全部で七六八〇円になります」

素直に銀貨一枚と銅貨四枚を渡す。

「はい、確かに。では手直しがありますので明日また来ていただけますでしょうか？」

あ、今もらえるわけじゃないのね。というか、この世界にも麻があるのかッ？ 翻訳の誤訳じゃないよな？

「じゃあ、次は日用雑貨を見にいくかい？」

ああ、そういえばそんなことも言っていたなぁ。といっても見るだけで買う予定は今のところないんですけどね。

ウーラさんは大通りに並んでいる露店などを案内してくれた。売っているのはランタンやロープ、背負い袋や水袋、火付け石などもある。あ、買わないって言ったけど水袋だけは買っておこう。

そして、最後にやって来たのは宿屋です。冒険者ギルドからは結構な距離があり、モゾモゾと歩くのがキツかったです。俺の足の遅さに文句をまったく言わないウーラさん、ホント、人間ができていると思います。

宿屋は木造二階建ての建物で一階が酒場になっているようだ。自分が酒場に入ると酒場にいた人たちが驚いた顔でこちらを見る。はいはい、またこのパターンね。

「ああ、驚かないでくれ。彼は星獣様のランさんだ。今日、冒険者になったばかりなんだが、泊まるところを探しているということで、こちらの宿屋を案内した」

ウーラさんの説明も手慣れたものである。それを聞いた酒場の住人たちもそっか、って感じで普通に手に持った飲み物を飲み始めた。(……順応早いなぁ)

俺は上体を起こして立ち上がり、そのままカウンターにいる女将さんの所までのしのしと歩く。

『すまない、星獣の氷嵐の主という。宿泊したいのだが』

とても恰幅《かっぷく》の良い女将さんは念話に驚いたのか、一瞬変な顔をしたが、すぐにこちらに笑いかけてきた。

「ふーん、なかなか面白いねぇ。で、宿泊だったね。一泊五一二〇円、体を拭くお湯と食事ありなら一万二四〇円だね……それと馬小屋ならタダで良いよ」

最後の台詞はとても面白いことを言ったって感じに得意気だった。

「お、女将さん、彼はっ!」

うん？　ウーラさんが慌てている。馬小屋がタダって普通じゃないのか？

「あはは、冗談だよ。それにそこの人は意味がわからなかったみたいだしね」

うーん？　どういうことだ？　というか、人……か。初めて自分を人扱いしてくれる人に出会えた気がする。星獣様って扱いはしてくれるけど、人扱いしてくれる人はいなかったもんなぁ。

俺は小金貨二枚を女将さんに渡す。

『これで八日分頼む』

「ふーん。食事ありを一週間分だね。わかったよ」

あれ？　八日分頼んだつもりなのに一週間になるの？　何か余分な手数料が取られるんだろうか？

うーん、わかんないや。

「それじゃあ、部屋の鍵を渡すね。宿を出るときは鍵は返しておくれよ。帰ってきたときにはまた渡すからね。私は大抵ここにいるけど、私がいないときはそこにいる娘の方に言ってくれれば良いからね」

そう言って女将さんは鍵を渡してくれた。女将さんはかなり恰幅の良い方なのだが、娘さんの方もかなりの横幅だった。うん、そっくりなサイズだね、間違えようがないね。

「あー、それと食事はどうする？　もう出した方が良いかい？」

『いや、今日は必要ない。明日からよろしく頼む』

食事に関しては時間が決まっているわけではなく、頼めば作ってくれるのか。親切じゃないか。ま、今の状態で人の食べ物が食べられるかまだ試してなかったし、実験は明日ってことで。

「それじゃあ、ランさん、また明日」

ウーラさんが別れの挨拶を、と。

『明日はどうすれば良い？』

「あー。そうだね、昼過ぎに冒険者ギルド前に合流で」

『ウーラ殿、本当に助かった。明日もよろしく頼む』

ウーラさんは片手を上げて、そのまま宿屋から出ていった。多分、他に住むところを持っているんだろうね。

娘さんに案内されて二階の部屋に。そこはベッドがあるだけのシンプルな部屋だった。小物入れとか洋服掛けとかがあるわけじゃないのね。はぁ……、しかし何というか、ホント、異世界に来たって感じだなぁ。明日からクエストをやって自分を鍛えて……冒険者の始まりだあ。っと、とりあえず食事をしよう。手製の鞄から世界樹の葉のかけらを取り出す。

うー、食事食事。もしゃもしゃもしゃもしゃもしゃ。

朝起きてすぐに、くるりと転がり、そのまま天井を見る。ああ、異世界だなぁ。

魔法糸を飛ばして木の窓を開け、外を見てみる。いやあ、外はまだ薄暗い感じだねぇ。昼まではまだまだ時間がありそうだ。ちょっと早く起きすぎたみたい。
ということで朝ご飯をもらいにいくことにする。初めての葉っぱ以外の食事にチャレンジです。今の時間だったら食べて体調を崩したとしてもお昼頃にはなんとかなりそうだしね。

一階へ下りるとカウンターには、すでに女将さんが立っていた。

「ああ、なんだい。もう起きてきたのかい?」
『ええ、何か食べるものをもらえないかと思って』
「ふーん、なるほどね。もしかしたら知らないかもと思って説明するけれど、もらった料金だと二回分の食事代だから、三食目からは料金をもらうからね」
『ええ、かまいません』

そっかー。この世界だと一日二食が当たり前なんだね。

女将さんは何かのスープと丸いパンのようなもの二個を用意してくれた。

「ここで食べるかい? それとも部屋で食べるかい?」
『部屋で食べます』
「ああ、皿は後でカウンターに置いといてくれたら良いよ。っと、あんた、ちゃんと部屋まで持っていけるのかい?」

ははは。俺のこのミトンのようなかわいらしいお手々を心配してくれるのか。この程度の容器を持つくらいなら、なんとかなるんだぜッ!

右手に何かのスープが入った容器を、左手にはパンのようなものがのった皿をッ! そして階段をのっしのっしと上がる。自分の部屋の前に来て気づく……ドアが開けられない! なーんてね。ここで《糸を吐く》スキルの出番です。魔法糸で鍵を取り出し鍵穴に入れ、もう一個の魔法糸でドアを開ける。ホント、器用に扱えるようになったものです。

部屋に入り、さて実食。まずは何かのスープ。里芋っぽいものとお肉が浮いてます。里芋っぽいものを食べてみる。ゴリゴリしているけど、少し甘みがあって本当に里芋みたいな感じだ。次に何かのお肉。ちょっと筋張った感じがするけど柔らかく煮込んであり鶏肉みたいな味がする。全体的に薄味だけど、まぁ食べられるかなって感じです。というか、この体でも味覚がしっかりあるッ！ 良かったー。実は凄く嬉しいんだよね。ホント、食べられない、食べても味がわからない――そんなことを心配していたからね。やはり食が楽しめるというのは良いッ！

次は丸いパンのようなものです。俺は一口齧ってみる。齧った側からサクサクとクッキーみたいに崩れた。粉っぽいし、まったく美味しくないッ！ なんだコレ。多分、スープに浸けて食べろってコトなんだろうけど、スープに浸けて食べてみても、食べやすくなるだけで美味しくないんですが。人の食べ物とは思えない。んでまぁ、後になってから気づいたんだが、このパンもどき、お腹が凄い膨れます。ああ、そこそこ食べられるスープを付けるので、後はこの片栗粉の塊のようなものでお腹一杯にだけはしてくださいねってコトなんだろうか。

総評価。スープは薄味だけど普通に食べられる。パンは栄養剤とか錠剤系と同レベル。（これが毎日続くのはちょっとキツいなぁ）

あ、そうだ。魔法のポーチに入れる物を決めました。とりあえず小金貨四枚を魔法のポーチに、残りの銀貨は手作りの鞄に入れることにし、残りの一枠にステータスプレート（黒）を入れました。貴重品を入れるのが正解な気がするんだよなぁ。

翌日、昼前には宿を出た。早めに出たのは寄るところがあるからなんだよな。まずは露店で背負い袋を購入。皮製で大きめなのを買ったので銀貨二枚もしたけど、おおむね満足です。君とは長いつきあいになりそうだ、よろしく頼む。

次に寄ったのは服飾店。できた服を受け取らないとな。

『お邪魔する』

「ああ、お客様、お待ちしておりました。服の方はできていますよ。ここで着て帰られますか？」

『ああ、すぐに着てみたい』

「ええ、では奥が試着室にもなっているので、こちらにどうぞ」

試着室に案内される。試着室は四畳半くらいの広さがある。お、おい、これ、下手したらかつて俺が住んでいた部屋よりも広いぞ……。なんで試着室がこんなに広いんだよッ！

とまぁ、憤りながらも服に袖を通してみる。まずは麻糸のベストを。なんだか上半身だけ服を着ているといわゆる紳士スタイルに通じるものがあるな。その上から麻糸のガウンを羽織る。前は結ばない。ホントはそういう着方じゃないと思うんだが、気にしない。これはコートを羽織っているみたいで割とカッコイイ気がする。……って、素直に、ガウンじゃなくてコートにすれば良かったんじゃね。うん、ちょっと訊いてみよう。

『えーと、コートとかもあるのかな?』

「はい、コートもありますよ。防水のレインコートや防刃のコートなんかは冒険者の方々に人気ですね」

あ、あるのかよ。しかも魔法効果が付与されているっぽいのがあるじゃないか。なんだソレ、サイショニショウカイシテクダサイヨ。

『え、えーと、何故、最初に紹介してくれなかったのか訊いても良いだろうか?』

「お客様の場合ですと、コートの場合は手直しになる部分が多すぎてコートの形を成さないからですね。袖などは全部切り取ることになりますし……それなら素直にベストなどの方がよろしいかと思いました。ただ、まさか、お客様がベストの上から着込むことを想定してガウンを買おうとしていたとは……予想外でした」

あ、あー。なるほどなー。服の手直しを考えたらそうなるか。言われてみれば、その通りだよな。この体型だと着ることができるものが限られるもんなぁ。俺の体型だと、あとはストールやマントくらいになりそうな予感。

『すまない、では、ガウンとベストをもう一着ずつもらえるだろうか』

「はい、では今回も七六八〇円お願いします」

俺は銀貨二枚を渡し、お釣りを受け取る。

『ところで、この服は青くないんだな』

「あー、そうですね。ここの冒険者の方々の装備は青色ばかりですからね。気になりますよね。アレはファッションで青くしているんじゃないんです。水の属性を付与しているので青くなっているんです」

え、そうなの？ もしかして一般常識だった？ うは、もしかして恥ずかしい質問をしてしまった？

『そ、そうなのか』

「ええ、この里にも魔法具屋に付与術士の方がおられるので銀糸製などの付与をしやすい服を買われたときはお願いしてみることをオススメします」

乗せられている気もするけど、お金ができたら銀糸製装備を買うことにしよう。と午前中の用事を済ませたところで、ちょうど太陽が真上に来ていた。急いで冒険者ギルドにいくことにしよう。

冒険者ギルドの前にはすでにウーラさんがいた。待たせてしまったのだろうか。

『すまない、遅くなった』

「いえいえ、僕も今着いたところですから、それほど待ってませんよ」

な、なんだ、この会話。っと、にしてもウーラさん、良い人すぎませんかねぇ。見た目は山賊なのにね。

「ああ、そうそう、ステータスプレートには時計機能もありますよ。知っていたらごめんなさい」

え？ 今、なんて言いました？ 時計機能？ 凄い現代チックな字幕が見えたんですが。翻訳機能が壊れちゃったのかなぁ。

俺は魔法のポーチからステータスプレート（黒）を取り出して確認してみる。右上に12：08って数字が見えた。

「あ、見えます？ 右上に表示されている12というのが正午って意味ですよ」

し、知っているよ。えーっと昨日の段階ではなかったよね。これ、なかったよね。そこで気づく。冒険者ギルドにいた眼帯のおっさん、あのとき、『更新した』って言ってたよな。うは、確認しなかった俺のミスじゃん。しかし、何だろうな、コレ。本当にタブレットPCみたい。この板の違和感が凄い、というか異物感が凄い。それを当たり前に、馴染んでいるこの世界の住人も、なんというか、なんなんだろうな……。

『すまない。自分のステータスプレートは旧式で今まで時計機能がなかったのだ。更新後確認をしていなかった』

「そうなんですね。じゃあ、裏面に履歴が見えるのも知らなかったりします？」

知りません。裏面も使えるのかよ。

俺が裏面を見るとソコには……、

データ更新・ver 1.66
前回からの更新内容
器用さ補正の導入
ギルド制の導入
時計機能の導入
所持金表示機能の導入
パーティ最大数4→8
・
・
・

もうね、ホント、なんだコレ。ちゃんと下にもスクロールする。自分がこのステータスプレート（黒）を手に入れたところから始まって、そこから起こった大きな出来事も記載されている。記載される内容とされない内容の違いが今の段階だとわからないけどさ、全てが記入されるわけじゃないみたいだ。それでも個人情報が漏れすぎだろうと思う。自分にはパソコンとかの現代知識があるから違和感を覚えるけれど、『こういうものだ』って思ってしまっているこの世界の人たちには普通のものなんだろうか。

『このステータスプレートは誰が作ったのだろうか？』

「迷宮から発見されることから迷宮王が作ったんじゃないか、とはいわれているね」

ふーん。また出たね、迷宮王。ま、骨になっていたんだけどさ。古代の超文明的なものなんだろうかなぁ。それにしては生活に密着している気もするけど。

俺たちが冒険者ギルドに入ると、そこには眼帯のおっさんの代わりにちびっ娘《こ》がいた。眼帯のおっさん、

いつの間にちびっ娘にクラスチェンジしたんだッ！

「今日はソフィアちゃんが受付なんだね」

ちびっ娘はこくんと頷く。お、可愛いかな、と思ったが……。

「虫、虫がいる」

そんなちびっ娘が口を開いて喋った第一声がこれだった。

『いや、虫というか、虫なんだが……できれば人として扱ってもらいたい。自分は星獣、名を氷嵐の主という』

「虫の声、頭に響いた。虫、喋る？」

虫って、人として扱えって言っているだるぅおぅ。

『そうだ、知能があるからな。喋りもするぜ』

「虫、何しに来た？」

クエストを受けに来ましたぁ、来ましたッ！

「ああ、クエストを受けに来たんだ。彼、ランさんは昨日、こちらに来たばかりなんです。なので、まずは初級のクエストを、と思ってね」

「そうか、最初の三つか？」

最初の三つ？

「ええ。彼はステータスプレートを持っているので受ける必要はないんですけれど。クエストに慣れてもらうためにも、そこからかな、と」

説明を要求します。

「最初の三つ。森の食用キノコ採取、食用のホーンドラットの狩猟と解体、戦闘技能確認の森ゴブリンの退治」

「ええ、その三つを終えると冒険者として認定されてステータスプレートがもらえるんです」

あー、試験クエストって言われたのが、コレか。多分、この三つって冒険者の基本的なクエストなんだろうな。だから、ステータスプレートを持っている自分は本来受ける必要がなかったけれど基本を学ぶために受けさせるって感じだろうか。

『ちなみに一度に三つ全てを受けることもできるのか？』

「ええ、できるんですが、今回は三回に分けます。今日はキノコ採取クエストです」

『何故、分けるかを訊いても？』

「はい、初心者指導はクエスト三回攻略までなので一日で終わらせるのは勿体《もったい》ないかな、と」

あー、なるほどね。なんというか、この人、なんでこんなに親切なんだ？　裏があるんじゃないかと思うくらいだ。

「虫、クエスト板ください」

ちびっ娘が要求する。って、どれを取れば良いんだ？

「ああ、ランさん。クエスト板の上に描かれているのが受けることができる階級です。ランクなしとGランクはGランククエストまでしか受けられないんですが、Fランクに上がると一個上のランクまでは受けられるようになります」

ほうほう。今、自分はGランクだから、Gのクエストしか受けられないのか。

「このキノコの絵が描かれた板が今回のクエストですね。これをソフィアちゃんに渡してください。ちなみにキノコ採取クエストは常設クエストなので何度も受けることができますよ」

キノコの絵が描かれた板を見る。何度見ても絵馬みたいだ。目に近づけてよく見てみるとキノコの絵がとても精細に描かれているのがよくわかる。傘があり、途中に節のあるキノコ、ぱっと見は椎茸《しいたけ》によく似ている。この形のキノコを探すってことね。そして、その絵の下に色々書いてあった。

常設クエスト（採取）
森の食用キノコの採取
スイロウの里近くからよく採れるキノコの採取
森の特選キノコを三本納品してください。
クエスト保証金：なし
報酬：六四〇円
獲得GP：1
キノコ、四本目からは一本三二円で買い取ります。
一日一回限定

ああ、コレ、アレだ。例の狩猟ゲームだ。にしてもくっそ安い賃金です。これじゃあ生きていけないよ。

クエストをクリアしても銅貨一枚……。にしても一本三二円って、銅貨一枚より小さな貨幣、あったんだ。

『ところでGPというのは?』

「あー、おやっさんが説明を省いたから……。GPが一定以上に増えるとランクアップの試験を受けられるんです。それをクリアすると一個ランクが上がるんです」

なるほどなー。まぁ、ステータスプレートに新しく書いてあったから、多分そうだとは思ったけどね。ちなみにGP0/100となっていたので、100でFにランクアップってことだね。

キノコクエストでGP1って……先は長いなぁ。


里の外へ。

「森の食用キノコは、この先にたくさん生えてますよ。里の子供なんかがお小遣い稼ぎに取りに来るくらいですからね」

報酬の金額が金額でしたもんね。そりゃそうか。

森の中を少し進むと、木の根元にキノコが生えているのが見えた。視界の右中にキノコから白い線が延びている。白い線の先には『森の特選キノコ』って書いてある。これ間違えようがないね。

キノコ一本目、ゲットだぜ。と更に周囲を見回すと、あるある、右中の視界一杯にキノコの線が延びてます。中には『森の厳選キノコ』って単語が……それ以上いけない。

「そういえばランさんはクラスを持っていますか?」

『いや、残念ながらまだ持っていない』

「経験値が手に入ると、種族レベルとは別にクラスレベルも上がるので、できれば早めに手に入れた方が良いと思います」

『なるほど』

「ここから一番近いのでは、フウロウの里で『弓士』のクラスが取得できますね。あとはかなり南のフウキョウの里で『侍』、結構北にいったフウユウの里で『農士』が取得できます」

ちょっと待ったー。侍、あるのか侍。ということは刀もあるのか……浪漫《ろまん》だねぇ。後は『農士』か。農業をやっている武士だったかな？　それとも士道を持った農夫だったかな？　なんというか戦う農夫って感じなんだろうか？　うろ覚えです。というか、さっきから思ったんだけど里の名前もそうだけど、凄く和風な感じがする。翻訳機能がそうしているのだろうか？

「特に『弓士』から派生の『狩人』は便利なスキルが多いので、取得する人が多いですね」

あー、この辺の説明はシロネさんと同じだね。とりあえず『弓士』の取得を目指すのが良いのかなぁ。と、そこで気づいたんですが、少し離れたところに野《の》兎《うさぎ》って線が延びている。

『訊いても良いだろうか？　あそこに野兎がいるみたいなんだが狩っても良いのだろうか？』

「野兎ですか？　それは是非狩りましょう」

特に狩猟規制とかあるワケじゃないのね。

――《糸を吐く》――

俺は糸を吐き、野兎の動きを止め、持っていた鉄の槍を一突き。野兎は動きを止めた。

こっそりステータスプレート（黒）を見てみたが、前回更新で増えていたＥＸＰという項目の数値は増えていなかった。コレ、視認できるようになったけれど、どうやったら増えるんだ？　未だに０なんですが……。

狩りを終え里に戻ってきました。そのまま、冒険者ギルドへ向かう。

「虫、戻ってきた」

はいはい、芋虫野郎が戻ってきましたよっと。俺は皮の背負い袋からキノコを三個取り出しカウンターに置く。

「キノコ」

『クエストの完了報告に来た』

ちびっ娘は頷く。そしてキノコの上に手をかざす。手の下には金属のプレートのようなものが見える。

「確認した。この札を持って換金所にいく。もし他にキノコあるなら、そこで出す」

ちびっ娘がカウンター下から、新たに取り出した札を受け取る。

「ランさん、あとは換金所に持っていくだけですね。換金後、GPも増えているはずですよ。それじゃあ、僕はこれで帰ります。また明日、今日と同じ時間にここで」

そう言ってウーラさんは手を振って帰っていった。

それでは換金所にいきますか、っと、そこでちびっ娘が「待て」と俺を引き留めてきた。

「キノコ持っていけ」

なるほど。冒険者ギルドはあくまで受注と報告だけなのね。報酬や換金、納品は換金所ってワケか。だから、冒険者ギルドの目の前に建っているワケね。三個のキノコを背負い袋に入れ直し、換金所へ向かう。

『クエストを完了したので換金に来たのだが』

俺は換金所のカウンター、受付のお姉さんに念話を飛ばす。

「はい、完了札はお持ちですか？」

先程、受け取った完了札？　を受付のお姉さんに渡す。

「はい、確かに確認いたしました。こちらへどうぞ」

そう言って奥の部屋へと案内される。奥の部屋は竜でも解体できそうなくらいに広い部屋だった。実際、奥の方では人と同じくらいのサイズのトカゲのようなものが解体されていた。俺は、促されるまま部屋にあるテーブルの上に背負い袋の中の物を置いた。

『こちらを頼む』

「はい、では鑑定しますのでしばらくお待ちください。ただ、全てごちゃ混ぜに入っていたようなので査定金額は少し下がるかもしれません」

え？　そうなの？　うーん、目に入ったためぼしいものを手当たり次第に袋に入れたのがまずかったか。

クエスト報酬：六四〇円
森の食用キノコ：一九本×二四円＝四五六円
上質な森の食用キノコ：一本×六三二円＝六三二円
レイグラス（光草）：二本×一二七二円＝二五四四円

野兎（未解体）：一羽×二五五二円－（引く）解体代六四〇円＝一九一二円

合計：六一八四円

渡されたのは銀貨一枚、銅貨一枚、潰された鉄のような小さな硬貨が五三枚。この初めて見る鉄の硬貨が一枚八円相当か……。これが一番小さい硬貨かな。

『この小さな硬貨は？』

「潰銭《つぶせん》ですね。八〇枚で銅貨一枚と同じ価値がありますよ」

お、偶然なのか円変換されずに価値が聞けた。しかしまぁ、八〇枚ってすっごく邪魔になります。解体代金が銅貨一枚取られたのと、査定金額が全て（この潰銭一枚分）マイナスされているのが痛いなぁ。まぁ逆に、状態に気を遣わなくても潰銭一枚分の損失で済むと考えるべきか。今日一日頑張って宿泊代一日分にも届かなかった。採取で暮らすのは難しそうだな。

この日はそのまま宿に帰って食事をして寝た。晩ご飯はキノコと何かの肉の炒め物と何かの肉の入ったスープだった。今日採ったキノコがさっそく晩ご飯とか、もうね。

まぁ、キノコは濃厚な味で美味しかったんですけどね。なんというか昆布と鰹節《かつおぶし》を囓っているような味がした。意外と悪くないです。明日はホーンドラットの狩猟か……。

お昼前に起床。まずは下に下りて食事を受け取ろう。よいしょ、よいしょ、と下の階に下りると、カウンターに娘さんの方がいた。女将さんの姿は見えない。そういえば娘さんの名前、知らないや。鑑定で見てみよう。

ちなみに延びている線は人の場合は『人』と、生き物の場合は『動物』とか『野兎』とか種別が表示されている。あまり詳しいことは表示されないことが多い。詳しい線のときとそうじゃないときの条件がイマイチわかんないんだけどね。で、このぽっちゃりな娘さんも『人』って線が延びている。ソレを意識して調べる。アドベンチャーゲームとかのカーソルを合わせて、コマンド∧調べる、みたいな感じだな。

【鑑定に失敗しました】

は？　何？　鑑定って失敗とかあるの？　《中級鑑定》なのと関係あるのかなぁ。出てくる情報も凄く、凄く少ないしね。ぽっちゃりな娘さんは何かに気づいたのかキョロキョロと辺りを見回している。む、もしかして鑑定に失敗すると気づかれるのかな？　もしそうだとするとむやみやたらに使うのも考えるべきなのか。ま、それでももう一度鑑定してみるんですけどね。

【名前：ステラ・ロード】
【種族：普人族】

ロードさん家のステラちゃんだね。なんとなくだけど、お店を経営しているのは普人族が多いのかもしれないな。

『すまない、食事をしたいのだが』

「あ、はい。すぐに用意します。食事はお部屋……でされますよね？」

『ああ、頼む』

少し昼には早いが食事にする。本日のご飯は『何かの肉のステーキ』と『ふわふわのパンみたいなもの』と『リンゴのような果実』でした。

何かの肉のステーキには甘酸っぱいソースがかかっており、肉の臭みを上手く打ち消してくれています。かための肉が美味しいです。ふわふわのパンのようなものはうっすらと栗のような甘みがありまあまあ食べられます。リンゴのような果実は……騙《だま》されました。生でサツマイモを囓っているような感じです。これ絶対、焼くか蒸すかした方が良いと思うのです。てっきりデザートだと思ったのにさ……。

総評価。見た目に騙されたけれど、まぁまぁ満足です。さあ、朝の食事も済ませたし、正午までには冒険者ギルドにいきますか。

冒険者ギルドにはすでにウーラさんがいた。ちょっと待て、まだプレートの表示だと11：54だぞ。俺の五分前行動よりも早いとは……。

『ドーモ、コンニチハ、ウーラさん』

「ええ、こんにちは。では、今日もクエストを受けますか」

今日も山賊のようなウーラさんはバンダナで立たせた赤髪短髪がさわやかです。

冒険者ギルドに入る。ギルドのカウンターにいたのは、今日もちびっ娘だった。む、もしかして眼帯のおっさんの方がレアなのか、レアキャラなのかッ！

「虫」

ホント、この娘、失礼だなー。しかも必要最低限しか喋りやがらない。喋るの億劫《おっくう》系ですか、喋りすぎちゃうと死んじゃう系ですか？

『今日もクエストを受けに来た』

ささっとGランクのクエスト板の中からホーンドラットの狩猟と書かれた板を取り、ちびっ娘に渡す。

Gランク
常設クエスト（狩猟）
ホーンドラットの狩猟と解体
スイロウの里近くに出没するホーンドラットを狩猟し解体すること。
解体までがクエストです。
クエスト保証金：なし
報酬：六四〇円
獲得GP：1
ホーンドラット、一体に付き六四〇円で買い取ります。
一日一回限定

買い取り金額は銅貨一枚ということで、キノコよりも多いな。つまり、このクエストの報酬は報酬と買い取り代で最低、銅貨二枚になるってことだね。にしても解体かぁ、このミトンみたいな手で上手くできるのだろうか……。

「虫、頑張れ」

ああ、頑張るよ。ちびっ娘に見送られ冒険者ギルドを後にする。

本日もウーラさんの案内でホーンドラットの生息地域に向かう。キノコの群生地から少し進んだところだったので、キノコクエストと同時に受けてキノコを漁《あさ》って向かうと効率が良さそうだ。

「あ、ランさんいましたよ」

自分の視界にも線が見えている。線の先は『魔獣』になっているな。

「ホーンドラットは角を持った鼠の魔獣です。角の突撃には注意が必要です。でも突撃の後に大きな隙ができるので、そこを攻撃するとあっさり倒せますよ」

ふむふむ。ウーラさんの意見を参考に、俺は魔法糸を吐き出し準備する。鼠は、こちらに気づいたのか駆け、近寄ってくる。（人に驚いて逃げるとかはしないのね）ある程度近くに来ると、突然、角を前に出し飛びかかってきた。これが突撃か――が、見切っているぜ。魔法糸を離れた地面にくっつけ、そちらへ飛ぶ。

ふっ、残像だ。見ればホーンドラットは角が地面に刺さり動けなくなっていた。

『森鼠、森鼠、森鼠、またのー』

俺はとある呪文を唱えながら鉄の槍を突き刺す。一撃では殺しきれなかったので、槍を引き、もう一撃。ホーンドラットは息絶えた。

「さて、ランさん、魔獣と野生動物の違いってわかりますか？」

と、そこでウーラさんからの突然の質問。うん？　鑑定で魔獣と表示されるかどうかってこと？

「魔獣は体内に野生動物にはない魔石というものを持っています。魔石を得ることも冒険者の仕事の一つです。そして一番わかりやすい違いが魔獣は経験値を持っています。ランさん、自分のステータスプレートを見てください」

ステータスプレート（黒）を取り出し確認してみる。

お、ホントだ。ＥＸＰが２／１０００になっている！

って、次のレベルまでホーンドラット四九九体必要ってことですか――先は長いなぁ。それでも経験値が手に入って先が見えてきたのは嬉しいな。

「クエストは解体まで行って終了ですが、この場で解体しますか？　換金所で解体をしても大丈夫なので換金所の方で解体しますか？」

『換金所で行うことにする』

いやだって、いきなり解体とか――怖いですもん。

「それでは、せっかくなので、もう何匹か狩りますか？」

もちろん。経験値を稼ぎたいでーす。

「そうそう、解体ですが、『狩人』のスキルに《解体》といったずばりのスキルがあるんです。このスキルがあると解体作業に補助がかかり、スムーズに解体ができるようになります。素材も傷めないのでオススメのスキルですね」

へぇ、便利なものがあるんだな。

それから四匹ほどのホーンドラットを危なげなく狩猟し帰還することになった。うーむ、次は解体かぁ。グロくなりそうだなぁ、あまりグロくないと良いなぁ。グロ耐性がある方じゃないし、怖いなぁ。でも、こういうのって慣れるっていうし……うーむ。

森を抜け里に戻ってきた。向かうのはもちろん冒険者ギルドである。そして冒険者ギルドの中で待っていたのは、もちろんちびっ娘だ。

「虫、ホーンドラッド倒せたか？」

『ああ、倒せたぞ。さっそく見てくれ』

俺は皮の背負い袋からホーンドラットの死骸を取り出し、カウンターに置く。血はすでに乾いており流れていない。ちびっ娘が前回と同じように手をかざす。手の下には金属のプレートが見える。

「未解体、換金所で解体する」

ああ、そうだな。

「持っていけ」

ちびっ娘はカウンター下から完了札を取り出す。完了前だけど渡してくれるのね。

「あとは、解体だけですね。最初は苦労すると思います。頑張ってください。では、また明日」

そう言ってウーラさんは帰っていった。今日もありがとうございました。

俺はカウンターに置いたホーンドラットの死骸を皮の背負い袋に入れ直し、完了札をもらって換金所へ。

『完了札を持ってきた。受け取ってもらいたい』

受付のお姉さんに完了札を渡す。

「あー、ホーンドラットの狩猟クエストの方ですか、懐かしいですね。では解体ですね。こちらへどうぞ」

奥の作業場？　解体所？　に案内される。

「ゴンザレスさーん、解体の確認、お願いしまーす」

受付のお姉さんは奥で解体作業を行っているであろうゴンザレスさんを呼ぶ。現れたのは予想外にも森人族の若者だった。

「初めまして。ゴンザレス・スカーレット・スイロウです。ゴンザレスと気軽に呼んでください」

ゴンザレスさんは俺の姿を見て「あっ！」と声を上げる。

「今、話題の星獣様だっ！」

うお、自分ってば意外と有名になってきてる？　まぁ、モンスターで冒険者になろうなんて物好きいなさそうですもんね。

『初めまして。星獣の氷嵐の主という。よろしく頼む』

「はい、こちらこそっ！　では解体しましょうか」

ゴンザレスさんの言葉を受けて、俺はテーブルの上に五体のホーンドラットを置く。さあ、ここからが本番だ。

「もう遅いんだが、本当は狩ったすぐ後に血抜きと魔石の取り出しだけはした方が良いね」

『理由を訊いても？』

「まず血抜きだが、行わないと血が残り単純に肉がまずくなるから。食用でなければ無理に血抜きをする必要はないね。次に魔石を取り出す理由だけれど、魔石を傷めないため。ホーンドラット程度なら良いけど、折角、倒した魔獣の魔石の価値が落ちるのは、ほーんっと勿体ないからね」

なるほどー。

「まずは魔石を取り出してみようか。大体、どの魔獣も心臓の辺りに魔石を持っているね。ということでお腹をかっさばいてみようか」

う、ついに始まるのか。俺は魔法糸でホーンドラットの死骸を固定し、冒険者ギルドでもらった鉄のナイフを死骸の胸に当てる。そのままナイフをずぶりっとお腹に入れ、心臓まで開けていく。心臓の辺りに黒い小さな石のようなものが見える。

「見えたかな？　それが魔石だよ。基本的に強力な魔獣ほど大きな魔石を持っているんだ。そして魔石は色々な使い道があるため、多く必要とされ、その需要がなくなることはないんだ」

魔石を燃料にして、みたいな感じなのかな。その辺はおいおいわかりそうだなぁ。俺は小さな短い手を突っ込み、ぐちゅっとした肉の中から魔石を取り出す。

『ちなみにこの魔石の価値は？』

「正直、ホーンドラット程度だとないにも等しいんだ。良くて一六〇円、普通なら一二〇円くらいかな」

潰銭一五から二〇枚ほどか――正直、潰銭って嵩張《かさば》るばかりで手に入っても嬉しくないいんだよね。硬貨をたくさん集めることが好きな人には良いのかもしれないけどさ。

「さて、これで最低限の処理は終わったが……次からが解体だね」

うへぇ。結構、キツいなぁ。

「まずはさっき開いた穴から内臓を全部出そうか。出した内臓はこの箱に入れてくれれば良いよ。外での解体ならそのまま放置していても良いかな」

言われたとおり内臓を掻《か》き出す。うう、グロいなぁ。現代っ子にはキツい作業です。にしても内臓を食べる文化はなさそうですね。

「次は角を取り、皮を剝いで、肉を切り分ける作業だね」

角はパキンと取れた。骨みたいな感じです。皮は、なかなか剝ぎ取れず苦戦する。いびつになりながらも、なんとか皮を剝ぎ取り肉を切り分けていく。

「はい、それで終了だね。どう疲れたでしょ。冒険者の中には解体を換金所任せにする人も多いけど、冒険の途中で解体ができなくて食事ができなかった、では済まないからね。一度は解体を経験してもらうことになっているんだよ」

俺はなんとか一体目の解体を終えたみたいだ。……命、ありがとうございましたッ！

『これ、残りの四体もやるんですよね？』

「もちろん」

ゴンザレスさんはむっちゃ笑顔だ。うぷ、こんなことなら追加で四匹も狩るんじゃなかった。

「にしても、意外だったなぁ。元魔獣のランさんなら平気な顔でこなすと思っていたんだが、震えているのがこちらにも伝わってきたよ」

だって、現代っ子ですもん。それでも、なんとか時間をかけて残りの四体も解体を終えた。

『お、終わった……』

「はい、お疲れ様でした。これでクエスト完了だね。そうそう、もし良かったら、その背負い袋にクリーンの魔法をかけておこうか？　次からは一回につき六四〇円もらうけど、今回はサービスでやってあげるよ」

お、それは願ってもない。クリーンの魔法って多分、アレだよね。言葉の感じからアレだよね。俺はゴンザレスさんに皮の背負い袋を渡す。

――［クリーン］――

魔法の発動。背負い袋の汚れがみるみる落ちていく。こびりついていた血糊《ちのり》なんかも綺麗さっぱりです。うわあ、コレ、是非覚えたい魔法だ。毎回銅貨一枚を渡すのも勿体ないしね。

クエスト報酬：六四〇円
ホーンドラットの肉：五体×三二〇円＝一六〇〇円
ホーンドラットの角：五本×一二〇円＝六〇〇円
ホーンドラットの魔石：五個×一二〇円＝六〇〇円
クリーン代：サービス
合計：三四四〇円

銅貨五枚と潰銭三〇枚です。手持ちの潰銭と併せて銅貨一枚に両替してもらいました。肉の買い取り価格が半額なのは血抜きされていなかったかららしい。野兎のときはウーラさんにやってもらっていたもんなぁ。多分、ウーラさんはわかっていてやってくれなかったんだと思う。勉強しろってことだね。やっすい金額だけど角も買い取ってくれるのは有り難い。にしても、こんな骨の塊みたいな角って何に使うんだろう。しかしまぁ、昨日の採取よりも報酬が少ないな。こんなんで冒険者って生活できるのか？　って感じだね。ま、まぁ、まだ初級クエストだし、こんなもん、こんなもん。あ、そうだ。ついでにコレも買い取ってもらおう。

カウンターに戻り、受付のお姉さんに『手製の鞄（S）』を買い取ってもらえないか訊いてみる。

「これは珍しい鞄ですね。少々お待ちください」

中に入れていた『世界樹の葉のかけら』などは皮の背負い袋に入れる。綺麗になったから入れても大丈夫なのだ。

結果、『手製の鞄（S）』は二万四八〇円、銀貨四枚になった。コレ、鞄職人でやっていけるんじゃねって思いそうだけど、一個作るのにかかった時間を思うと銀貨四枚でも割に合ってないよなぁ。まぁ、それでも売っちゃうんだけどね。

換金所の帰りに露店で大きめのショルダーバッグを買う。銀貨一枚の出費です――が、中にポケットが何個もあるので色々な物を入れるのに便利です。服飾店にも寄り、予備のベストとガウンも受け取る。コレ、宿屋の方で預かってもらえないかなぁ。

というわけで宿屋に戻って来ました。女将さんがいたので服を預かってもらえないか訊いてみる。

「なるほど。似たようなコトなら長期宿泊者向けのサービスでやっているよ。といっても部屋に洋服掛けを置くだけなんだけどね」

『お願いしたい。ちなみに料金は？』

「さっきも言ったけど長期宿泊者向けのサービスだから、タダで良いよ」

女将さんは手を振って答えてくれる。

「あとで部屋に持っていくよ」

助かるなぁ。なんというか言ってみるものである。

『一緒に食事も頼んでよろしいかな？』

「はいはい、食事も一緒に持っていくよ」

そのまま部屋に戻る。さて買ったショルダーバッグと皮の背負い袋の整理でもしますか。背負い袋からショルダーバッグへ『世界樹の葉のかけら』と細かいお金を移動する。と、そこでドアをノックする音が。

「食事と洋服掛けを持ってきたよ」

ああ。女将さんか。俺は魔法系でドアを開ける。

「はい、晩ご飯だよ」

食事を受け取る。今日は『何かの肉の入ったスープ』と昼も食べた『ふわふわのパンみたいなもの』か。

「で、洋服掛けはどこに置くんだい？」

『入り口近くにでも適当に置いてもらえるかな。あと、良ければ訊きたいのだが、このスープに入っている肉は何の肉なのだろうか？』

これ、気になっていたんだよね。何かの肉のスープを鑑定しても【スープ】としか表示されないんだもん。

「ああ、そいつはホーンドラットの肉のスープだね。ホーンドラットの肉とは思えないほど美味しいだろ？ホーンドラットの肉はかたいからか安くてもあまり人気がないんだよ。まぁ、それを美味しく食べられるように調理するのがプロの仕事さね」

うほ、鼠肉か……。今更だけど衛生面が怖いなぁ。食中毒になりませんようにッ！

「と、そういえば、あんた体を拭くお湯をまったく使わないけど良かったのかい？」

あー、そういえば食事と一緒に、それも料金に含まれていたんだった。

『ふむ。この体だと拭く必要性がないもので……』

「なるほどね。なら、あんたも服を買ったみたいだし、服を洗うのに使ったらどうだい？」

確かに。衣類は汚れるし、そういう使い方がありなら助かるな。

『わかった。衣類が汚れたときは有り難く頼むとする』

女将さんは、それじゃあと下へ下りていった。

さあ、森鼠のスープとふわふわのパンみたいなものを食べますか。うん、変わらない味。食事のレパートリーは少なそうだなぁ。まぁ、飲食店ではなく宿屋だもんね、こんなものか。あ、しまった。女将さんに他にどんなサービスがあるか訊いておけば良かった。

うーん、色々損をしている気がする。まぁ、現状では困ってないし……ま、いっか。

起床。今日も良い天気です。というか、今がどんな季節かわからないけどさ、雨を見ません。降らないってコトはないと思うんだけどなぁ。

まだ昼には早いけれどお昼ご飯をもらって食事にすることにした。鶏肉のような味の白身の串焼きと初日に食べたかたくて丸いパンのようなもの、昨日の夜と同じ森鼠のスープです。串焼きは非常に美味しかった。コレなら毎日でも良いかも。ただ欲を言えば焼き鳥のタレが欲しいなぁ、ホント、欲しいなぁ。

正午前に冒険者ギルドに到達。そしてすでにいるウーラさん。

『ドーモ、コンニチハ、ウーラさん』

「はい、こんにちは」

ホント、早いよね、おかしいよね。

『毎日、とても早いようだが……』

「それは……。そうですね、癖かもしれませんね。クエストが張り出されるのって朝なんですよ。人気のクエストは取り合いになるので、早めに見に来る癖が付いてしまうんですよね」

え？　そうなの？　じゃあ、正午に来ている自分は何なの？　だからクエスト札が少ないの？　常設クエストしか残ってないっぽいもんね。うーむ、次から朝一で来よう。ま、まぁいいや。ギルドに入ろう。

「お、星獣様じゃねえか。まだ生きていたか。クエストか？」

いたのは眼帯のおっさんだった。ちびっ娘はちびっ娘でイラッとくるけど、このおっさんは、その万倍はイラッとくるね。まだ死んでませんよーっだ。俺はクエスト札を取り、眼帯のおっさんに渡す。

「ほう、森ゴブリン退治か。ま、それでもお前なら楽勝だろうな」

おや、無理とか死ぬぞとか言うかと思ったら意外です。

『む？』

「そりゃな、魔獣としての格はジャイアントクロウラーの方が上だからな。格上の魔獣の星獣様が格下の魔獣に負けているようじゃあ、話にならんだろ」

あ、そうなの？　ジャイアントクロウラーってそれなりに強い方なのか。ま、俺は劣化種なんですけどね。

「といってもジャイアントクロウラーなんざ、フォレストジャイアントの餌だからな。森をさまよってフォレストジャイアントに食われるのがオチだな」

ぶふぉ？　餌って？

「なんだ、自分のことなのに知らないのか？　ジャイアントクロウラーのジャイアントはフォレストジャイアントの餌ってのが由来なんだぞ？」

うへ、マジで？　大きいから……じゃ、ないんだ。酷い由来の名前だ。でもでも、俺はディアクロウラーだもん。ジャイアントクロウラーじゃないもん。

「まぁまぁ、ランさんもおやっさんも。ランさん、さっそく森ゴブリンの退治にいきましょうか」

Gランク
常設クエスト（討伐）
森ゴブリン一匹の退治
スイロウの里近くに生息する森ゴブリンの退治
クエスト保証金：なし
報酬：六四〇円
獲得ＧＰ：１
二匹以上を倒しても追加報酬は出ません。
二匹以上を倒す予定の方は森ゴブリンたちの討伐クエストを受注してください。
一日一回限定

うーん、何匹倒しても報酬は増えないのか。複数倒すときは、それ用のクエストがあるのね。

『ちなみに複数匹倒した後に、複数匹用のクエストを受けて完了は可能か？』

「あー、それはできませんね。討伐のクエストだけは最初に受注しておく必要があります。採取などの納品クエストなら、その方法も可能ですね。クエストを受注せずに大物を倒してしまった場合はその魔獣の素材と魔石だけが報酬ってコトですね」

ウーラさんが答えてくれる。納品は、素材を持っていれば受けた瞬間の完了が可能ってことか。色々な討伐クエストを受けるだけ受けて倒した後で完了って手段も取れそうだけど、上のランクの札を見ると期日があるんだよなぁ。今後は期日内に終わらせられそうなら、受けるだけ受けといた方が良さそうだな。まぁ、無理だけはしないようにしよう。さて、それでは今日も里の外の森に出発っと。

「今日は最後の初心者指導になりますね。ということで今回は森ゴブリンが多く生息する小迷宮に向かいます」

里の外に出たところでウーラさんが話しかけてきた。

小迷宮？　というか、多く生息すると言いましたかッ！

『多く倒す予定ならば複数討伐クエストの方が効率は良かったのでは？』

「そうですね。ですが、今回は初心者指導なので最初の三つクエストを完遂してもらいます」

ま、そこら辺は自分でやれってコトなんですね。あ、そうだ。

『ウーラ殿、もし良ければ魔法について訊いてもよろしいか？』

最後だし、魔法についても訊けるだけ訊いておこう。

「ま、魔法ですか……。魔法は苦手なので、あ、あまり詳しくないんですよね。そ、そうだギルドのソフィアちゃんが魔法に詳しいですよ。ただ情報料は取られそうですけどね」

よし、今度会ったら訊いてみよう。

「小迷宮まではもう少しあるので、パーティなどについて説明しますね。少し長くなるけれどちょうどいい気分転換になると思います」

パーティってアレですね。ステータスプレートの裏の更新履歴にあった4↓8ってヤツですよね。

ん？

【ウーラさんよりパーティ申請が来ています。パーティに参加しますか？　Y／N】

うお、右上にシステムメッセージが。もちろんイエスで。

【パーティインッ！】

うお、なんだ、この無駄に頑張っている加入メッセージは……。

「はい、加入できましたね。今、僕の周りに漂っている靄みたいなものが見えますか？」

ん？　確かにウーラさんの周りに蒸気のようなものが揺らめいて見える。

「パーティに加入すると、パーティメンバーの状態が見えるようになります。このオーラがその人の状態を示しています。危ない状態だと燃え尽きそうな感じになりますし、離れていても立ち上るオーラで大体の居場所がわかります」

なるほど、割とゲーム的な感じですね。

「あとはパーティ間のみで有効な魔法があったり、魔法具もあったりします。とパーティを組むと良いことも多いんですが、デメリットもあります」

デメリット？

「取得される経験値が頭割りになります。種族レベル差によってはもらえる経験値がかなり減りますね。それでも最低1はもらえるんですけどね。一番深刻なのは獲得できる魔晶石ポイント（ＭＳＰ）が頭割りになることです」

『魔晶石ポイント？』

ん？　新しい単語だな。

「魔晶石ポイントについては、また後で説明しますね」

ふむぅ。

「ＭＳＰは森ゴブリン以上くらいの魔獣を倒すと手に入るんですが、森ゴブリンだとＭＳＰは1しか増えないんです。もし二人以上のパーティだと0になります。つまり森ゴブリン程度の場合、ソロじゃないとＭＳＰは取得できないことになります。四人パーティでＭＳＰを1得ようと思うと最低ＭＳＰを4以上持っている魔獣を倒す必要があるってことですね」

切り捨てってコトか。

「ただ、獲得できなかったＭＳＰに関してはパーティ全員にGP（ギルドポイント）として配布されるので、それを狙う冒険者もいますね」

なるほど完全に無駄になるわけじゃないのね。で、魔晶石ポイント（MSP）って何よ。


【ウーラさんがパーティを解散しました】


ああ、パーティの説明だけだったのか。

「クエスト受注後のパーティ加入はお勧めしません。受注後に加入した人はクエストの報酬がもらえませんからね。パーティを組んでからの受注が基本になります」

ふむふむ。多分、この辺は冒険者の常識なんだろうね。知らなかったら恥をかいていたよってトコでしょうか。

「ランさんはまだクラスを持っていないと思いますが、今後のためにMSPについて説明しますね」

お、やっと魔晶石ポイント（MSP）の説明か。

「魔獣を倒すとMSPというものが貯まります。どれくらい貯まったかはステータスプレートを見ればわかります。クラスを手に入れると各クラスごとに四つのスキルを取得できるようになるのですが、そのスキルを取得したり、スキルレベルを上げたりするのに使うのがMSPになります」

あッ！　そういうことだったのか。俺、スキルツリー持ってるじゃん。0からどうやって増やすんだろうって思っていたんだけど、MSPを振り分けて上昇させるわけね。つまり、これから狩る予定の森ゴブリンを倒せば倒すだけMSP稼ぎができるわけか。うほ、楽しみが増えた。

「魔獣と戦う上でスキルは非常に重要なのでMSPを得ることも冒険者の使命の一つですね」

やはりスキルか……。自分の魔法糸を見ただけでもわかるけど、常識外の力だよなぁ。

「実はMSPを得る方法はもう一つあるんです。ずばり、魔石を砕くことですね」

ほう？

「魔石は換金もできますし、魔法具の材料にもなるので悩みどころですね」

『ちなみに砕くとどれくらいのMSPが手に入るのだろうか？』

「一人で普通に狩猟したときと同じだけ手に入りますね。これから狩猟する森ゴブリンなら倒して1、魔石を砕いて1、計2を取得できますね」

2ポイントになるのは……大きいのかな？

「次はステータスも説明しますね。今日が最後だから、どんどん説明しますよ。大事なことだから覚えてくださいね」

長い説明ありがとうございます。

「ステータスプレートに書かれているものを上から順に説明しますね」

はい、お願いします。

「まずはHP、その人の健康状態を表しています。最高が100ですね。これが減っているってことは命に関わってきます」

あ、ゲーム的に体力とかじゃないのね。状態グリーンでーす。

「次にSPですね。この下にあるMPと関わりのあるステータスになるんですが、魔獣から攻撃を受けた際の盾になる数値だと思ってください。この数値が残っている限り肉体が傷つくことは殆《ほとん》どありません。減った分はMPから補充されます」

なるほど体の周りを守ってくれる防御膜の役割がSPってことね。MPが多ければ多いだけ硬くなるってこと……かな？

「SPがMPから補充できると言いましたが、注意点もあります。SPの最大値です。SPの最大値が低くMPが多い人だと破壊力のない攻撃には強くなりますが、強力な攻撃を受けたときに一気にSPを超えたダメージを受けて危機的状況になりかねません。逆にSPの最大値が高くてもMPが少ない人はSPを削りきられたら、そこで終わってしまいます。なのでSP最大値もMPも多いのが理想になりますね。まぁ、それが難しいんですけどね」

『ちなみにSPやMPの増やし方は？』

「基本、増えません」

へ？　いやいやいや、それはないだろう。なしだろう。

「就いたクラスの補正によって増減はします。あとは種族レベルが上がったときに増えることもあるらしいです。僕は増えませんでした」

うーん、自分の数値って多い方なのだろうか。星獣ってことらしいし、多い方だと思いたい。

「次はＭＰですね。魔法を使うと消費されます。あとはスキルの一部も消費されるものがあるらしいですね。大魔法を使いたいのに最大ＭＰが足りなくて使えず、魔法使いの道を諦めた、なんて人もいるみたいですね」

増えないことの弊害、か。

「ＭＰが少なくなると精神的に不安定になり、最終的に気絶してしまいます。ＭＰを使い切らないようにするのも重要ですね」

『ちなみにＭＰの回復手段は？』

【《念話》スキルが開花しました】

【《念話》スキル取得に伴い、念話使用頻度を熟練度に反映します】

俺は会話の途中に現れた突然のシステムメッセージに驚く。そして慌ててステータスプレートを見る。

「ＭＰ回復しゅだ……ランさん、どうかしましたか？」

ステータスプレートの所持スキルに《念話》のスキルが増えていた。

念話：熟練度１９９４

ど、どういうことだッ！

『いや、何でもない。少しステータスプレートを確認しておこうかと』

とりあえず慌ててステータスプレートを取り出した言い訳をする。……ん？　ＭＰが減っている。どういうことだ？

『で、もう一度確認なのだが、ＭＰの回復手段を教えて欲しい』

うん、確実にMPが減った。って、もしかして《念話》スキルかッ？

「MPはくつろいでいるときや睡眠を取ることで回復するみたいですね。後はマナポーションを飲むことでも回復します」

やはりあったかMP回復ポーションっと、ついでに《念話》スキルのMP消費も確認しよう。

『ふむ。MPを回復する飲み物があるのか――ちなみに高価なものなのだろうか？』

うん？　さっきよりも《念話》を使った際のMP消費間隔が遅くなった気がする。熟練度を確認すると2000を超えていた。

「少しだけMPを回復してくれるものだと値段も安めなのですが、大きく回復してくれるものはかなり高価ですね」

よし、今度は正確に時間を計りながら消費量を見てみよう。

『なるほど。少しだけMPを回復してくれるものだと、というこどだが、どれくらいの回復量で金額はどれくらいか正確に教えてもらえるだろうか？』

大体、二秒間でMP1消費か……。って、もしかして熟練度1000ごとに消費MP1あたりの秒数が1延びる感じなのか？　3000になったら確認してみよう。そのとき、三秒間でMP1消費なら確定ですね。

「ライトマナポーションがMP4程度回復で二万四八〇円程度ですね」

って、へ？　たった4、4回復で銀貨四枚……だと。安くないじゃん、安くないじゃん。

「24程度回復してくれるようなものだと六五万五三六〇円くらいはするみたいですね」

無茶苦茶大金だよ。見たことがない金額だよ。小金貨一六枚分だと！　しかし、この回復量で大きくというのなら、もしかして普通の人の最大MPって100程度なのか？　となると自分の1620って凄い多いんじゃね？　チート始まったか？

「まぁ、魔法使いを目指すとかでもない限りは縁の薄いものになりますよね」

魔法使いのポット破産ですね、わかります。にしても《念話》スキルとして獲得した瞬間にMPを消費しだすとか、もうね。逆に不便になった気がするんですけど、どうしてくれよう、こんちくしょう。

「ランさん、見えますか？」

森の中、ウーラさんが指差したところは少し盛り上がった斜面になっており、そこに人間、一人分が通れるような洞穴が見える。

「アレが森ゴブリンの生息する小迷宮『森ゴブリンの巣』になります」

門番などは立っていない。ここからだと暗闇に閉ざされた洞窟の中は見えそうにない。

『森ゴブリンの姿は見えないようだが？』

「数日前に討伐されたばかりなので、あまり数はいないはずです」

ん？　討伐後なの？

「一度討伐されても不思議なもので、数日すると、また森ゴブリンが住み着いてしまうんです。どれだけ狩っても増え続ける森ゴブリンの繁殖力は恐ろしいものがありますね」

ま、そんなにすぐに増えるなら怖いだろうね。ファンタジー世界のゴブリンと同じで、この世界も（狩られるくらいだから）人に仇《あだ》なす存在だろうしね。

『中は暗そうだな？　明かりを持ってきてないのだが』

洞窟探索があるなら明かりは必須かぁ。この体だと持つのは難しいから首下げ式か腰に吊《つる》せるランタンが欲しいなぁ。

「はい、今回は僕が用意しました」

ウーラさんがランタンを取り出す――って、今、どこから取り出した？　両腰にぶら下げた片刃の斧の後ろにウエストポーチがあるくらいしか、って、それが魔法のポーチか。どおりで熟練の冒険者のはずなのに手荷物がないわけだよ。魔法のポーチ――改めて思うけどチートすぎる。異世界サマサマですね。

「僕が明かりの係をします。このランタンは魔法がかけてあるので明かりの範囲は広いですよ。ですが、その分、見つかりやすくなるので、小迷宮に入ったらすぐに戦闘になると思ってください」

ふ、ふむ。戦闘か緊張するなぁ。

ウーラさんを後衛に洞窟――いや、小迷宮か、に足を踏み入れる。薄暗いごつごつとした岩壁の洞窟を進んでいく。しばらく進むと曲がり角に小さな人影が見えた。

「ランさん」

ウーラさんが小さな声でこちらに呼びかける。わかっている、と頷く。鉄の槍を持ち、小さな人影がこちらに曲がってくるのを待ち構える。

「ギギ、ニンゲン？　チガウ、ムシ？」

現れた森ゴブリンは、こちらに気づき、そして驚いている。森ゴブリンの字幕――喋るくらいの知能はあるのか。

――《糸を吐く》――

俺は魔法糸を吐き、森ゴブリンに巻き付け動きを封じる。そのまま鉄の槍で一突き。森ゴブリンが悲鳴を上げる。森ゴブリンのＳＰに邪魔をされたのか森ゴブリンにキズを負わすことができない。そのまま何度も何度も槍を突き刺す。腕を砕き、足を折り、心臓を貫き――やがて森ゴブリンが動きを止めた。それでも、俺は何度も何度も槍を突き刺す。一心不乱に槍を振るう。そしていつの間にか耳障りな悲鳴はやんでいた。

改めて森ゴブリンの姿を見る。角の生えた禿げ上がった顔、薄汚い何かの皮鎧を着、腰蓑《こしみの》一枚の身長一メートルほどの子鬼。その体は穴だらけで至るところから血が流れ落ちている。こちらを見た驚きの表情のまま死んでいる。

ああ、俺が殺した。生き物を殺すことと縁の遠い世界から……ああ、頭の中がぐじゃぐじゃする。

「ランさん、先程の叫び声を聞いて、仲間がやってくるかもしれません。魔石を取り出すなら早めにっ！」

そ、そうだな。こういう世界なんだ。な、慣れないと。早く魔石を取り出さないと……。慌ててショルダーバッグから鉄のナイフを取り出し、森ゴブリンの胸を切り裂く。そして体の中から魔石を取り出す。ホーンドラットよりは少し大きな魔石。すぐにそれをショルダーバッグに突っ込む。

『ち、ちなみに森ゴブリンから何か素材とかは取れるのだろうか？』

動揺を隠し、平気なふりをして訊く。

「特にありません。強いて言えば持っている武器などでしょうか？　銅や鉄などの武器であれば溶かして使えるので換金できますね」

そ、そうか。改めて先程倒した森ゴブリンを見る。武器などは持っていない。持っていないのか……もしかして戦う意志がなかったのか？　話せば仲良くなれた可能性もあったんじゃないのか？　駄目だ、イヤなことばかり考えてしまう。

「ランさん、いきましょう」

そのまま小迷宮、『森ゴブリンの巣』を進んでいく。

次に現れたのは森ゴブリン三匹だった。

「ランさん、いけますか？」

俺は頷く。正直、一匹くらいは分担して欲しいと思ったけれど、この程度で躓《つまず》くようなら、この先、生きていけないだろうしね。錆《さ》びた銅剣を持った森ゴブリンが一匹、残りの二匹は素手だった。

「武器を持った森ゴブリンに気をつけてください」

――《糸を吐く》――

銅剣を持ったゴブリンに魔法糸を絡みつけ動きを封じる。さあ、その間に残りの二匹だ。手前の森ゴブリンが素手で殴ってくる。それを鉄の槍で弾《はじ》く。そのまま槍で一突き……うお、奥の森ゴブリンが石を投げてくる。投石に邪魔され攻撃の機会を逃す。

「ギギギ」

ギギギじゃねぇよ、わかる言葉で喋ってください。攻撃しようとすると、投石に邪魔される上、手前の森ゴブリンもなりふり構わず殴りかかってくる。くっそ、投石が邪魔すぎて攻撃できない。どうしても防戦一方になってしまう。し、仕方ない、俺の本気を出すときが来たようだな。必殺、痛いの我慢攻撃の出番だ。投石を無視し。こちらに当たろうが気にせず手前の森ゴブリンを鉄の槍で貫く。武術なんて嗜《たしな》んでいない自分の力任せの一撃。確かな手応えッ！　槍を引き抜き、そのまま奥の森ゴブリンへ。投石をやめ、逃げようとした背中に一刺し。投石ゴブリンの動きが鈍る。そのまま何度も刺し貫く。あとは魔法糸で動きを封じていた銅剣ゴブリンを刺し殺す。銅剣ゴブリンも絶命。戻り確認してみると殴りゴブリンは死んでいた――一撃だったか。

「なんとかなりましたね」

ステータスプレートを確認するとSPが100ほど減っていた。いやいや、結構減っているんですが、怖いなぁ。減ったSPはゆっくりとした速度でMPから補充されていっている。コレ、何かに似ているなぁ。

三匹の森ゴブリンから魔石を取り出す。

「錆びた銅剣も確保しましょう。一応換金できます」

錆びた銅剣を皮の背負い袋に入れる。……ふう。

「森ゴブリンは人を見れば襲いかかってくる、育てた作物は荒らす、人を攫《さら》う、会話は成り立たず、しかも際限なく増え続ける害悪な存在です。見かけたら根こそぎ狩り続けるしかありません」

とはウーラさんの談。森ゴブリンってゴキブリみたいな扱いなんですね。そんな感じでウーラさんと会話しながら歩いていると道の途中に扉が見えた。

「宝物庫かもしれませんね。この規模だと中はあまり期待できないと思いますが……」

宝物庫と言われれば期待できないと言われてもワクワクするものです。さっそく入ってみよう。中には木製の宝箱といくつかの錆びた銅剣、銀貨があった。

「森ゴブリンが集めた物でしょうね」

『木箱があるな』

ウーラさんが突然語り始めた。

「僕が駆け出しの頃の話になるんですが、同じように宝物庫で木箱を見つけたんです。喜び勇んで開けたんですが……中身は腐った何かの肉の塊でした。多分、森ゴブリンが自分たちの食料を詰め込んでいたんだと思うんですが、その匂いに鼻がやられて数日は何も食べ物の味がしなくなりましたね」

……って、それを開ける前に言いますか。まぁ開けますけど。中に入っていたのは緑色のマントだった。

鑑定してみよう。

【樹星《じゅせい》のマント】

【木の魔力を宿したマント。隠密性に優れわずかのヒーリング効果を持っている】


うお、マジックアイテム？　しかも結構、良さそうな感じなんですが。

「ランさん、ついてますね。それはなかなか良い物ですよ。正直、森ゴブリンの巣から出たことに驚いています」

イイネ、イイネ。幸先のよい感じですね。さっそく樹星のマントを羽織る。あ、コレ、ガウン要らなかったんじゃね。なんだかおかしな格好になっています。そんな感じで小部屋の探索を終え、更に奥へ。

迷宮の最奥。そこにいたのは二〇匹ほどの森ゴブリンと一回り大きな体の鉄剣を持った森ゴブリン、杖を持ち奇妙な仮面をかぶった森ゴブリンだった。

「ホブゴブリン？　森ゴブリンよりも危険な相手です！　更に魔法を使うゴブリンシャーマン！　どうしたことだ？　一体、この迷宮で何が」

ちょ、さすがにこの数は無理です。森ゴブリンが二〇に、それより強いのと、魔法を使うのって無理ゲーすぎる。

「ギギギ、ナニモノダ？」

仮面の森ゴブリンが喋る。

「ランさん、森ゴブリンは全て僕が相手します。なんとか、ゴブリンシャーマンとホブゴブリンを相手に時間を稼いでください」

そう言うが早いかウーラさんは両手に片刃の斧を持ち、駆けていく。へ？　こちらが二〇匹を相手取る方法がないと判断しての分担なんだろうけど、俺がボスを受け持つのか――う、うーむ、頑張らないとな。

「ギギギ、マオノホシ、ウマレタトヨゲンサレテ、キテミレバ、ギギギ、ニンゲンメ！」

な、なんだ？　マオ？　予言？　ゴブリンも予言とか受けるのか？　くそっ、とにかくこちらもなんとかしないと。俺はホブゴブリンとゴブリンシャーマンのもとへ駆け出す。ちらりとウーラさんの方を見ると――無双してた。斧で斬り裂きながら進んでる。こ、こえぇぇ。

魔法糸を吐き、森ゴブリンの集団を飛び越える。そのまま、ホブゴブリンの前へ。

「ギギ、ナニ？　ムシ？」

そのままホブゴブリンに魔法糸を吐き付ける。このまま動きを封じてゴブリンシャーマンへ向かうぞ。しかし魔法糸はホブゴブリンの持った鉄剣によって斬り払われる。な、なんだと。

「ギ、キヨ、キヨ、キノチカラヨ……」

ゴブリンシャーマンが何かの呪文を唱え始める。くっ、どうする？　迷っている暇はない。まずはゴブリンシャーマンを封じることにする。

――《糸を吐く》――

ゴブリンシャーマンに魔法糸を吐き付ける。呪文に集中していたゴブリンシャーマンは抵抗することもなく魔法糸に絡まり動きを封じられる。よし、呪文を妨害できた。と、そこで油断したのが悪かった。いつの間にかホブゴブリンの剣が目の前に。し、死ぬ。

腕にホブゴブリンの鉄剣が刺さる。痛い、痛い、燃えるように痛い。無我夢中で槍を振り回し、突き出す。

【《スパイラルチャージ》が開花しました】

【槍技系スキルの取得に伴い《槍技》スキルが発生します。槍の使用頻度が熟練度として反映します】

――《スパイラルチャージ》――

槍がうなりを上げ螺旋《らせん》を描きホブゴブリンへ。ホブゴブリンが付けていた皮鎧を物ともせず削り引き裂き渦に飲み込みながら貫いていく。その勢いにホブゴブリンが吹っ飛ぶ。……はぁはぁはぁ。斬り裂かれた腕の傷は、すでに癒え始めている。ＳＰが残っているからなのか？　そのまま身動きの取れないゴブリンシャーマンの前に立つ。先程開花した槍技を使い貫こうとする。しかし、スキルが発動しない。

「ギギ、ヤメロ」

仕方ないので俺は何度も槍で刺す。ゴブリンシャーマンが動かなくなったのを確認し、ホブゴブリンの前に。吹っ飛び寝転がっていたホブゴブリンは、まだ生きていた。剣を杖代わりに起き上がろうとしている。

──《スパイラルチャージ》──

今度はスキルが発動する。槍がうなりを上げ螺旋とともにホブゴブリンに──二度目の槍技を受け、ホブゴブリンは絶命した。……か、勝った。勝てたッ‼

そ、そうだ、ウーラさんは？　ウーラさんの方へ振り向くと、二〇匹ほどいたはずの森ゴブリンは姿形もなかった。片刃の斧を両手に持ち、無傷で立っているウーラさん。こ、これが熟練の冒険者の力か……。

ふぅ。一息つく。ウーラさんも終わったのなら、この場はもう安全だね。ステータスプレートを見るとHPが70に、SPが370になっていた。SPがある限り肉体が傷つくことはないって聞いていたのに、思いっきり斬り裂かれたよね。ベストとマントは無事だったけどガウンが切り裂かれて……アレ？　切れてない。うーん。どういうこと？

考え方を変えよう。SPがある限り、元の状態に戻してくれる。これが正解な気がする。装備しているものも含めて、ね。そうだ、獲得した経験値と魔晶石ポイントを見てみよう。EXPが514に、MSPが10になっていた。森ゴブリンの経験値が24、それを四匹狩っていたので、ホブゴブリンとゴブリンシャーマンを倒す前が106。二匹で408か？　森ゴブリンと比べるとかなり多いな。MSPも二匹で6も増えている計算です。あ、MSPが10になったってコトは飛翔スキルッリーの浮遊が取得できるんじゃね？　で、どうやって取得するんだろう？

適当にステータスプレートのスキル部分を触ってみたら上昇させることができた。これで決定になるのかな？

【《浮遊》スキルを獲得しました】

【《浮遊》スキル：MPの続く限り自分の体を浮かすことができる】

お、システムメッセージが出てきた。って、スキル説明も表示されたけど、すっごい微妙なスキルって気がするんですが……。試しに使ってみようかな。

――《浮遊》――

体が一〇センチほど浮いた。それに併せて恐ろしい勢いでMPが減っていく。うお、ダメダメ、ストップ、ストーップッ！

俺がそんなことをしていると戦い終わったウーラさんがこちらに駆けてきた。

「大丈夫ですか？」

はい、なんとかなりまーした。

『そちらも？』

「ええ。さすがに森ゴブリン程度には遅れを取りませんよー」

すっごいさわやかな笑顔です。山賊顔なのにッ！

「それにしてもホブゴブリンもゴブリンシャーマンも倒してしまうとは……さすがですね」

あ、しまったー。アレを倒してしまっても的なコトを言っておけば良かった。現実では使うことがない使ってみたい台詞ベスト10に入る台詞なのに……勿体ないことをした。

「それでは、魔石を取り出しますか」

あ、そうですね。結局、戦いの後はコレが残っているんだよね。俺は自分の倒したホブゴブリンとゴブリンシャーマンをやらないとね。ウーラさんは手慣れた手つき――というか凄い勢いで森ゴブリンから魔石を取り出している。完全に流れ作業ですね。魔石はゴブリンシャーマンの方が大きかった。砕いてみてMSPが幾つだったのか確認してみたい誘惑に駆られるが我慢してショルダーバッグに入れる。あとはホブゴブリンの持っていた鉄の剣、ゴブリンシャーマンの持っていた杖、仮面を回収する。仮面も換金できるってことだからね。

あー、これでやっと終わった。クエスト完了です。最後の最後に意外な展開があったけどなんとかなったなぁ。G級クエストにふさわしい難易度だったたって言いたくなるね。まぁ、こっちの世界だとG級は一番下の難易度なんだけど、さ。

『ウーラ殿、訊いても良いかな？』

最後だし、疑問に思っていたことを訊いておこう。

「はい、何でしょう？」

『ウーラ殿は、何故、ここまでしてくれるのだろうか？』

親切すぎるよね。裏があるんじゃないか、と疑うレベルです。

「ははは、そうですね。一つは星獣様のランさんに人を嫌いになって欲しくないから、かな」

ウーラさんは笑顔で答えてくれる。

「もう一つは斧を好きになって欲しいからですっ！」

へ？　一つ目の理由よりも言葉に力が入っているんですが……。

「実は僕たちは『アクスフィーバー』ってクランに所属しているんです。熱狂的な斧好きのための斧好きクランなんですが、その愛を初心者冒険者にも伝えたいと」

あー、つまり斧の良さを教えたい、格好良さを見せたいから親切にした、と。まぁ、よこしまに言うと、そうなんだろうね。けど、そんなことが吹き飛ぶくらいに親切にしてもらったもんなぁ。ウーラさんがいなければ、この世界でどれだけ苦労したことか……。

『わかった。斧が扱えるようになったら、斧も使っていくことにしよう』

ま、恩義を思えばこう言うしかないよね。

「はい、是非。使い始めれば、その使いやすさ、強さ、格好良さに惚《ほ》れ込むこと間違いなしですよっ！」

ははは。乾いた笑いが出そう。

「最初のオススメはやはりハンドアクスですねー。なんといっても取り回しの良さが売りです」

うわ、語り始めた。コレは長くなりそうだ。好きって怖いね。

「ランさんは、これからどうするつもりですか？」

ウーラさんが、しばらく斧への愛を語り尽くした後に訊いてきた。それだよね。迷宮王の残した八大迷宮を攻略ってのがやってみたいことになるんだろうか。でも、その前にクラスをゲットしないと……。

『まずは少し自分を鍛え、フウロウの里で『弓士』のクラスを得にいってみようと思う。その後は八大迷宮を攻略だな』

「そうですね。それがオススメです。フウロウの里なら猫馬車で二日ほどで着きますし……」

猫馬車？　すっごいメルヘンな単語が出てきました。

「あ、ランさんは猫馬車を知りませんか。猫が引っ張る乗り物ですね。森の中でもかなりの速度が出るので重宝されています。スイロウの里を出てすぐのところに猫馬車の停留所がありますよ。確か、次のフウロウの里いきは……ちょうど一週間後くらいだったはずです」

あ、里の中にあるわけじゃないのね。にしても一週間後かぁ。それまで里の周辺でレベルアップかなぁ。

「あと、もし世界樹の迷宮に挑戦するなら最低でも種族レベルは3以上にした方が良いですね。クラスを持つことも必須です。いくら世界樹の迷宮が八大迷宮の中で一番難易度が低いといっても油断できるものではないですからね」

ふむふむ。ま、俺はそこに住んでいたんですけどね。

「森ゴブリンの巣も、ここで終わりです。そろそろ帰りましょうか」

そうですね。あとは宿に帰って考えよう。来た道を帰っていく。一本道に近い迷宮なので簡単に出口まで戻ることができる。さぁ、迷宮の外だ。日の光が恋しいぜ。

と、そこでウーラさんの大きな声が。

「待ってくださいっ！」

へ？　体に大きな衝撃が走る。俺は迷宮の外に出たところで何か大きな物に吹き飛ばされ、迷宮の壁に叩き付けられた。

は？　痛みで呼吸が止まる。ナンだ、何が起こった？　痛みをこらえ、霞《かす》む目で見てみれば、迷宮の外には人の背の高さの三倍はあろうかという巨人が立っていた。

目の前にいるのは巨人だよ……な。息を整え、改めて目の前の巨人を見る。

手に大きな棍棒《こんぼう》――いや、ただの丸太か（吸血鬼退治の最強武器じゃないか）を持ち、薄汚い腰蓑だけを着けた顔色の悪い髭《ひげ》もじゃの巨大なおっさんだ。

「ガアアアァァァ」

そんな巨人がこちらの身が竦《すく》むような雄叫びを上げ

る。

「ランさん、動けますか？　ここは僕がなんとかします。逃げてくださいっ！」

そう言うが早いか、ウーラさんは両手に片刃の斧を持ち巨人へ駆けていく。逃げろってどこへよ。

ウーラさんが両方の斧を振り下ろす。ズドンといった音とともに衝撃波がこちらまで響いてくる。そのまま左の斧も振り下ろす。二つの斧の衝撃波が巨人の体に大きな傷を付けていく。すげぇ、単純に凄いという言葉しか出てこない。これがスキルの力……か。もうね、このまま倒しちゃうんじゃね？

「ランさん、早く……くっ」

巨人が痛みに耐えかねたのか大きな腕を振り回し暴れ回る。振り回された丸太を両手をクロスさせ前に構えた斧で防ぐ。が、防ぎきれずそのまま吹っ飛ばされる。あー、俺が吹っ飛ばされたのコレかーって落ち着いて見ている場合かッ！

吹っ飛ばされたウーラさんは空中でくるりっと一回転、体勢を整えそのまま、ずさーっと滑りながら綺麗に着地する。……か、かっこいい。着地したウーラさん目掛けて巨人が丸太を振り回しながら走ってくる。ウーラさんは左手に持った斧を投げつける。斧は顔に命中、巨人の動きが止まる。……この隙に逃げるべきか？　ウーラさんの強さなら、このまま巨人を倒してしまいそうだが、いっぱいいっぱいにも見える。

巨人は顔に刺さっていた斧を取り、投げ捨てる。最初に付けた体の傷はもう見えなくなっていた。ふぅ、逃げる機会をのがしてしまったか……って、すでに腹は決めていたんだけどね。サイズ的に巨人を絡め取ることは難しい、ならば狙うは一つッ！

――《糸を吐く》――

俺の飛ばした魔法糸が巨人の目に刺さる。はっはー、糸でも勢いがあれば目くらいは潰せるぜ。巨人が痛みに耐えきれなかったのか、両手で顔を覆っている。それに併せて手に持った丸太も落としている。

「ランさん、無理ですっ！　フォレストジャイアントは、あなたがまだ相手できる魔獣じゃないっ！」

『ウーラ殿、今の間に武器をッ！』

俺の言葉にウーラさんが気づき、そのまま投げ捨てられた片手斧を取りに走る。

俺はのそのそと動き巨人の前に立つ。さあ、かかってきな木偶《でく》の坊。ウーラさんがお前を倒してくれるぜッ‼

覆っていた手を取り、巨人がこちらを睨《にら》む。

「ガガウ、ムシ、タベテイヤス、ガガ」

へ、食べられてたまるかっての。

――《糸を吐く》――

俺は木に魔法糸をくっつけ、そのまま木の上に。あばよ、とっつぁん。巨人は木の上に上がった俺を見て地団駄を踏んでいる。可愛いヤツめ。はっはっはー、悔しかったら、ここまで来てみろってんだ。

「ランさんっ！」

ウーラさんが斧を拾ったのを確認。よしっ。

「ガアアアァァァァァ」

とそこで巨人が咆哮《ほうこう》を上げる。咆哮に俺の乗っていた木が揺さぶられる。体の動きが止まる。や、ば、い。

体が木から滑り落ち……ないッ！

――《浮遊》――

俺は《浮遊》スキルを使い木の上に戻る。ばーか、ばーか、ばーか。そしてこちらに気を取られていた巨人の背後には、すでに両手に斧を持ったウーラさんがッ！

ウーラさんは斧を振り上げたまま巨人の頭上よりも高く飛び上がる。そのままの勢いで巨人の頭に斧を振り下ろす。そのまま空中で一回転、もう一度、斧を振り下ろす。更にもう一回転、斧が凄まじい勢いで巨人の頭を打ち砕く。巨人が膝を折り、そのまま崩れ落ちる。

か、勝った。勝ったぞーッ！　って、まぁ、殆どウーラさんが持っていったんですけどね。ウーラさんがいなかったらやばかったなぁ。というか、アレがジャイアントクロウラーを主食としているフォレストジャイアントか――いつかはアレに勝てるようになるのかな。

「ランさんっ！」

ウーラさんが怒っている。

「何で逃げなかったんですかっ！　フォレストジャイアントはCランクの冒険者でも一人では勝てるかどうかわからないレベルの魔獣なんですよ！」

それくらい強かったのか……。

「今回、生き残れたから良かったようなものの死んでいた可能性だってあるんですよ！」

ま、そりゃ、怒るかな。今回、たまたま《浮遊》スキルを使えるようになっていたから良かったけどさ、あのまま木から落とされていたら死んでいたかもしれないしね。

『すまない……』

「反省してくれているなら良いです。冒険者は生き残るのが第一です。それを一番に考えてください」

『わかった』

ウーラさんが大きく息を吐く。

「ふぅ、とはいえお疲れ様でした。ランさんのおかげで僕も生き延びることができました。ありがとうございます」

ホント、ウーラさん良い人だわぁ。

一段落ついたので俺はステータスプレートを確認することにした。SPが120まで減っていた。それも今はゆっくり回復している。最初に吹き飛ばされた分か……。当たり前だけど経験値も、MSPも増えてない。倒したのウーラさんだしね。そのウーラさんはフォレストジャイアントから魔石を取り出していた。

「そういえば、ランさんは毎回、魔法のポーチからステータスプレートを取り出していますね」

うん？　大事な物だしね。

『取られたり、なくしたりが怖いのでな……』

「あー、なるほど。ランさんは心配性なんですね。ステータスプレートを盗まれることはあまり考えなくても良いと思います。盗んだステータスプレートには履歴に盗まれたことが残るので、ギルドですぐにばれてしまいます。そうなったらギルド施設が利用できなくなるので盗むようなことを考える人は、普通いませんね」

え、そうなの？

「ステータスプレートは確認することも多いので、首から提げる人が多いですね」

確かに……、毎回ポーチから取り出すの億劫だったもんね。俺も首から提げることにしよう。

「ランさん、フォレストジャイアントの素材は山分けしましょう」

ウーラさんの提案。しかし俺は顔を横に振った。

『有り難い申し出だが、それはウーラ殿が全てもらってくれ。自分は何もしていない。倒したのはウーラ殿だ』

これはもらえないよねー。

「さあ、今度こそ里に帰りましょうっ！」

俺は頷く。

『自分はこのまま宿に帰ろうと思う。ウーラ殿は？』

「僕は換金所に寄ってから帰ります」

ああ、換金所か……。疲れたし、明日、明日、明日。ギルドも明日いこう。

『ギルドは明日でも良いのだろうか？』

一応訊いておく。

「期間限定クエストではないので……多分、大丈夫ですね」

なるほどね。今度こそ、終わった。さあ、里に帰ろう。

宿に戻ってきました。しかし今日は何もする気が起きません。

「あら、おかえり。食事にするかい？」

『女将さん、すまぬ。今日はすぐに休ませて欲しい』

「あら、そうかい」

女将さんから鍵を受け取り部屋に戻る。今日の戦利品で大きくなった背負い袋を置く。どさりと良い音がする。明日の換金が楽しみです。さあ、今日は寝ようか。にしても、ホント疲れたなぁ。ボスを倒したと思ったらボスじゃなかった展開とか、もうね。真ボス登場って感じで気分はもうゲームクリアですよ。

夜、寝たのが早かったからかまだ日が昇る前に目が覚めた。まずは朝ご飯ですね。

本日のメニュー。『ふわふわのパンみたいなもの』と『何かの肉の真っ赤なスープ』でした。スープ類多いなぁ。こちらだとご飯みたいな扱いなんでしょうか。何かの肉は鶏肉みたいな味でした。ホーンドラットの肉ほどかたくなく、以前食べた串焼きと同じ味がした。コレ、何の肉なんだろうね。やはり、鳥か？ ま、とりあえず冒険者ギルドにいきますか。

冒険者ギルドは繁盛していた。うーん、朝が主戦場というのは本当らしい。掲示板の前に並んで難しい顔をしている冒険者たち。美味しいクエストがないか探しているんだろうね。それを無視してカウンターに向かう。

「虫、今日は早い」

いたのはちびっ娘だ。

『うむ。今日は昨日受けたクエストの完了報告に来た』

そう言ってカウンターに森ゴブリンの魔石を置く。ちびっ娘はいつものように何かのプレートを魔石の上にかざす。

「昨日のクエスト……。森ゴブリン程度に丸一日かかったのか？」

ちびっ娘が蔑んだ目でこちらを見る。違うんです！ ホント、違うんです。森ゴブリンは楽勝だったんです。その後が大変だったんですぅ！

「まあいい。完了札持っていく」

ちびっ娘が完了札をカウンターの上に置く。完了札を受け取り、換金所へ。さあ、お待ちかねの換金タイムだ。

『クエストを完了したので換金に来たのだが』

換金所に入り、すぐに受付のお姉さんに完了札を渡す。

「はい、では奥へどうぞ」

今回も奥の作業場へと案内される。あら、魔石とかだからカウンターでも良いかなっと思ったんだけど、何かあるのかな？

『何故、奥に？』

「いえ、換金できそうな物をどっさりと持ってこられたのでは？ と思いまして」

なるほど。俺は今回のクエストで入手した物をテーブルの上に置いていく。さあ、お楽しみの換金です。

クエスト報酬：六四〇円
ゴブリンシャーマンの魔石：四万九六〇円
ホブゴブリンの魔石：二五六〇円
森ゴブリンの魔石：四個×六四〇円＝二五六〇
ホブゴブリンの鉄剣：五一二〇円
ゴブリンシャーマンの杖：一万二四〇円
ゴブリンシャーマンの仮面：二五六〇円
錆びた銅剣：一七本×六四〇円＝一万八八〇円
クリーン代：▲六四〇円
合計：七万四八八〇円

小金貨一枚と銀貨六枚に銅貨五枚です。ゴブリンシャーマンの魔石が小金貨一枚と美味しすぎです。俺的にはホブゴブリンの方がボスだと勝手に思い込んでいたんだが、もしかしてシャーマンの方がかなり格上だったのか？　シャーマン一匹で小金貨一枚に銀貨二枚、銅貨四枚だもんなぁ。積極的に狩りたいレベルです。コレが定期的に狩れるようなら、冒険者ってすぐにお金持ちになれるんじゃね？

両替をしてもらった後の手持ち金は、小金貨七枚、銀貨一枚、銅貨六枚、潰銭三枚になりました。円換算だと二九万五七〇四円……うーん。ちょっと小金持ちになった気分です。あー、でもゴブリンシャーマンの魔石がこれだけ高く売れるなら、森ゴブリンの魔石を砕いても良かったような……早く飛翔系のスキルツリーを進めたいしね。浮かぶだけでは、浮かぶだけではッ！《超知覚》ってスキルもすっごい気になるんですよ！　うーん、お金の使い道に悩む。宿代を追加する？　武器と服を……いや、まずはランタンが必須かな。あー、まずは猫馬車の料金を確認しないと！

お金も手に入ったし馬車の停留所、いってみますかー。

受付のお姉さんに猫馬車の停留所の場所を訊くと快く教えてもらえた。人情が温かいです。

門番のお兄さんに挨拶して里の外へ。苔《こけ》むした石畳を歩いていく。猫馬車の停留所は石畳を道なりに歩いていくだけなので迷うことなく簡単に到着です。里から三〇分ってとこかな。ホント近くにあったんだね。ちょっと大きめの小屋に人よりも大きな猫がつながれていた。茶虎に……三毛もいるじゃないか。うは、すっごいメルヘンな光景だ。小屋はどうも待合室みたいだね。待合室の中に入る。

「もしかして噂《うわさ》の星獣様？」

中には禿げた痩せぎすの中年のおっさんがいた。森人族ではない……って、またおっさんですか。

『ここの方かな？』

「そうだよ。いやぁ、それにしても本当にスキルで喋ってくるんだねー。ねえ、触っても良いかい？　噛みついたりしないよね？」

おっさんが近寄ってくる。や、やめろー、おっさんに触られても嬉しくないんだ。

『触るのは遠慮してもらいたい』

おっさんが舌打ちする。いやいや、この世界のおっさんはどうなっているんだ！

『しかし、猫なんだな……』

「大陸の人からすると珍しいらしいね。大陸だと馬や竜が主流だからねー」

あ、ちゃんと馬もいるのね。というか竜ですと！　やはりいたかドラゴン。

「ここは森ばかりだから馬が上手く走れないからねぇ。猫をテイムして馬車代わりにしているんだよぅ」

おっさんの喋りがキモい。なんだかナヨナヨした喋りだ。

『な、なるほど。ところでフウロウの里までだと幾らくらいになるのだろうか？』

「次の便はまだ先だけど、四万九六〇円だねぇ」

うお、小金貨一枚とか意外と高い。ここから猫馬車で二日だったかな、思っていたよりも遠いのか？

「ああ、でもでも、乗客の頭数割になるから、そのときに乗る人が多ければそれだけ安くなるのよ」

なるほどなー。フウロウの里にいく人が多いときに乗せてもらえばそれだけ負担は減るってワケか。ま、今回は懐も温かいし次の便でフウロウの里にいくとしよう。そのときに人が多ければラッキーくらいで、ね。たしかウーラさんが一週間後くらいって言っていたから、あと六日か……。

にしても思ったよりも早く今日の予定が終わってしまったな。そうだ、魔法のことを訊いてみよう。猫馬車のコトもわかったし、次は魔法だ。今日はギルドにちびっ娘がいたな。うん、ちょうどいいね。

森の中をのそのそと歩き里の中へ戻る。露店の前を歩いていると美味しそうな食べ物がちらほらと……そういえば外食ってしてなかったなぁ。よし買ってみよう。

やはり気になるのは何かの串焼き。前回、食べたときの味が忘れられないんですよね。

「お、芋虫のあんちゃん、これに興味があるのかい？」

露店のあんちゃんが声をかけてくる。このお兄さんも普人族に見えるけど、商売関係に携わっているのは普人族しかいないのかな。

『うむ。ちなみに何の肉だろうか？』

あんちゃんのにやりとした顔。

「こいつはな、グリーンヴァイパーの肉さ」

ま、マジですか。グリーンヴァイパーって蛇ですよね、蛇のことですよね！　そうか蛇の肉か。そういえば蛇の肉って鶏肉みたいな味がするって聞いたことある。そうか……、ま、いっか。

『もらおうか。幾らになる？』

「まいど、二つで六四〇円でどうです？」

あ、これ値切れそうな感じだ。だが値切らない！　俺は値切らないぞー。

『ではそれをもらおうか』

え？　良いの？　って言葉が露店のあんちゃんの顔に出ている。いいんです。

「芋虫のあんちゃん、ちゃんと食べられるのか？」

ははは、任せたまえ。小さな手で串を受け取る。無理矢理体を曲げ串ごと肉を口の中へ入れる。そのまま歯に引っかけて思いっきり引っ張る。口の中に残った肉をガジガジと食べちゃいます。うん、ウマーイ。ああ、でもホント、タレが、タレが欲しいんです。こういった素材を活かした風味も良いんですが、タレが、タレが欲しい。

「あんた、豪快に食べるねぇ。気に入ったよ、もう一本おまけしとくよ」

お、ありがたい。もう一本、串焼きを受け取り、そのまま冒険者ギルドへ戻った。

「虫、どひた？」

ギルドの中には、ちゃんとちびっ娘がいた。ちびっ娘以外、他の冒険者たちの姿は見えない。みんな、自分の冒険に出ていったんだな！

ちびっ娘は口をもぐもぐとさせている。あー、食事中でしたか、すいません。

『む、食事中か。待たせてもらおう』

「わかった。すぐ食べる」

ちびっ娘の食事が終わるのをぼーっと待っている。ちびっ娘はちっこい体で子リスみたいに頬を膨らませて一生懸命に食事をしている。

「待たせた」

ちびっ娘は食事が終わってすぐに声をかけてきた。

『ふむ。魔法について教えて欲しいのだが、良いだろうか？』

「銀貨一枚」

ちびっ娘の返事はあっさりとしたものだった。アレ？　というか字幕が円に変換されてない。な、なんでだ？　まぁいいや。情報料はしっかり取るのね。カウンターに銀貨を一枚置く。

「確かに」

ちびっ娘が銀貨を受け取る。

「虫。知っているか？　この世界、そう『世界』には八個の属性がある」

世界……ねぇ。

「始まりの〈火〉、〈水〉、〈木〉、〈金〉、〈土〉、〈風〉、〈闇〉、そして終わりの〈光〉」

なんだか自分のいた世界の五行とか四大元素とかと同じような感じだな。

「魔法は必ずそのどれかの属性を持ってる」

ちびっ娘が饒舌《じょうぜつ》だ。

「〈火〉と〈水〉、〈木〉と〈金〉、〈土〉と〈風〉、〈闇〉と〈光〉、相反する属性は習得することができない」

うん？　水の魔法を覚えたら火の魔法は使えないってこと？　だとすると俺は水と風を持っているから火と土は使えないってことか。

「虫は魔法使えるか？」

俺は頷く。

「今、出せるか？」

――［アイスボール］――

氷の塊を一つ空中に浮かべる。

『先程、属性は八個と言ったが、これは氷の属性のように思うのだが？』

「氷という属性はない」

ちびっ娘の否定。むむ。ちびっ娘はカウンターから体を乗り出し、手を伸ばし、氷の塊に触れる。

「多分、水と風の複合属性」

うーん、氷って熱量を操る火と水の複合だぜ、みたいな方が厨二的にはしっくりくるんだけど。水と風だといかにもゲーム的な感じがする。にしても複合か。

「魔法は初級、中級、上級、特級の四段階がある。中級くらいの力は感じた」

意外と強い……のか？

「でも、大森林は水や風、木の属性の魔獣が多いから役に立たない」

属性の相性ですね、わかります。無効化とか吸収とかされちゃうんですよねー、わ、か、り、ま、すッ！

「逆に火や金は重宝する」

まぁ、森だし、火か。

「魔法はイメージ大事」

あー、それはわかるかも。最初に習得したときもできそうって思いからできるようになったわけだし。

「イメージできないのは呪文に頼る」

うん？　よくわからない。呪文を唱えたら発動できるってこと？

「想像できないのも、見えれば想像しやすくなる。言葉と結びつければ更に想像しやすくなる」

なるほど。なんとなく意味がわかった。想像できる、理解できているなら呪文詠唱など必要ないわけだ。

『ちなみにクリーンの魔法は何属性になるのだろう

か？』

「水」

水かぁ。もうすでに持っている属性で良かったと思うべきか。

「水の魔法を使っているうちに発現すると思う。まずは水を使い続けるべき」

発現って、閃くってことか。ピコーンと豆電球が頭に灯るまで水魔法、使ってみますかッ！　クリーンの魔法は欲しいもんね。ん？　そういえば俺、水の魔法、使えないじゃん。どうしようか。

『ところで水魔法というと何があるだろうか？』

「有名なのは『サモンアクア』『クリーン』『ヒールウォーター』『ウォーターボール』など」

ふむふむ。サモンアクアはシロネさんに見せてもらったことがあるし、想像しやすいな。まずはそれが発現するように頑張って想像してみますか。

「だいたい、五一二〇円だとこれくらい。他に教えられそうなこともあまりないし、これで終了」

ちびっ娘の終了宣言。うん、かなり助かった。ちびっこく見えてもギルドの受付をやっているだけあってちゃんと知識を持っているんだなぁ。

魔法のことも聞けた。猫馬車もわかった。さて、どうしようかな。さすがに今からクエストを受けるって気持ちにもならないし、うーむ。クエストを受けずに里の外を少し散策してみようかな。下手にクエストを受けて完遂できなかったときが怖いしね。森ゴブリンたちの退治を受けて、森ゴブリンが見つからなかった、とか目も当てられないし……うん、まずは下見か。ということで里の外へ出ることにする。本日、二度目ですね。

ギルドのちびっ娘に別れを告げ、里の外に出る。そのまま苔むした石畳の道を外れ、森の中へ。しばらく歩くと一匹のホーンドラットと遭遇した。まぁ、雑魚ですな。

――《スパイラルチャージ》――

槍がうなりを上げ螺旋を描きホーンドラットを削り飛ばす。瞬殺です。ただ、コレ、威力が大きすぎるのか死骸がズタボロです。素材として役に立ちそうにありません。ま、まぁ、熟練度を上げたと思えば、ね。スパイラルチャージ一回ごとに熟練度が8も増えているしさ。

目につくホーンドラットを槍スキルで蹴散らしながら進む。しかし森ゴブリンとは遭遇しない。うーん、意外とレアなのか？　小迷宮の森ゴブリンの巣にしか生息していない、遭遇しにくいってのはありそうな気がする。ＭＳＰ稼ぎもしたいから魔晶石ポイントが手に入る敵を倒したいんだけどなぁ。

《浮遊》スキルのレベル2までに必要なＭＳＰは20になっていた。最高レベルがいくつかわからないけどさ、最低2に上げないと次のスキル、《転移》の習得もできないし、うーむ。

里からそれほど離れたつもりはなかったのだが、森の中に蜘蛛の巣が増えてきた。森だけあって虫が非常に多いんだよな。俺ってば虫はあんまり好きじゃないんだよなぁ。ホント、困ります。まぁ、今は自分が虫ですがッ！

そのまま蜘蛛の巣を気にせずに進む。すると蜘蛛の巣の規模が大きくなってきた。うん？　これ人でも絡み取られそう。まるで自分が作る魔法糸みたいだ。と、そのとき、木の上から糸が飛んできた。うお？

糸は俺の体に絡みつきこちらの動きを封じる。俺が動けなくなったのを確認したからか、木の上から大きな、五、六〇センチはあろうかという蜘蛛が下りてくる。ちょ、ちょ、ちょ、これもしかして食われそうな感じなのか。蜘蛛が大きな口を開けて迫ってくる。

――《糸を吐く》――

俺は魔法糸を放出。手近な木にくっつけ無理矢理移動する。

――《浮遊》――

《浮遊》スキルを使い大きな木の枝の上に登る。相手の糸は絡みついたままだ。

――《糸を吐く》――

自身の魔法糸を使い、ショルダーバッグから鉄のナイフを取り出す。魔法糸を振り回し外からナイフで絡みついた糸を切っていく。ふぅ、普段と逆だ、やられる側に回るとは！

俺は蜘蛛を睨みつける。そこにいるのは、お尻から出した糸にぶら下がっている大きな蜘蛛。さあ、反撃の時間だ。

――《糸を吐く》――

大きな蜘蛛目掛けて魔法糸を飛ばす。蜘蛛は魔法糸に絡み取られ、そのまま地面へと落下する。俺は木の上から蜘蛛へと飛びかかりスキルを発動する。

――《スパイラルチャージ》――

槍がうなりを上げ蜘蛛へと突き刺さり、そのまま柄が折れた。へ？　はぁ？　壊れた？　え？　何で？　俺、武器ってこれくらいしかないよ、え、どうしよう。技の威力に武器が耐えられなかったんだろうか……。

蜘蛛の動きは封じたままだが、折れた槍は刺さったままだ。仕方ない。先程と同じように魔法糸の先に鉄のナイフをくっつけ、振り回す。振り回された鉄のナイフが蜘蛛の体をちょっとずつ切り裂いていく。やがて巨大な蜘蛛は動きを止めた。少し時間はかかったが、なんとか蜘蛛を殺しきることができたようだ。

さすがに蜘蛛の体を持って帰る気にはならなかったので、魔石だけを取り出す。蜘蛛の経験値は36ポイント、ＭＳＰも1増えていた。アレ？　これ意外と美味しい敵なんじゃね？　よし、クエストに蜘蛛退治がないかを確認して、明日は蜘蛛退治に乗り込むとしよう……が、今日はもう帰ろう。武器もないしね。はぁ、武器を買わないとダメか。

里に帰り、そのまま鍛冶屋へ向かう。

『すまない、槍が折れてしまったのだが』

「な、なんだと！」

犬人族のホワイトさんが奥から出てくる。うーむ、いつ見ても犬の頭っていうのはインパクトがあるなぁ。ちなみにホワイトさんはドーベルマンみたいな感じです。それもあってか最初のときにコボルトを想像したんですよね。

「ちょっと見せてみろ」

ホワイトさんに折れた槍を渡す。

「お前、手入れとかしてたか？」

へ？　手入れ？　何のこと？

「はぁ……。お前な、武具は大事に使え。特に武器なんてお前の命と一緒なんだぞ！」

う、何故か武器は壊れないものだと思い込んでいた。そうだよね、壊れないものなんてないよね。

「自分で手入れが難しいなら、せめて俺のとこに持ってこい。タダってワケにはいかないが、格安で手入れしてやる」

『そうさせてもらおう』

「馬鹿野郎、そうさせてもらおう、じゃねぇよぉ。少しは真面目に考えやがれ」

う、すいません。

『ち、ちなみに新しい武器が欲しいのだが、柄の部分も鉄製の槍はあるだろうか？』

「柄も鉄製か……重くなりすぎてあまり実用的じゃねえな。それなら杖武器の方が良いくらいだな」

うーん、柄も使って戦うわけじゃないし、そんなものなのかなぁ。壊れたとき用に数を持った方が良いのかな。

『ちなみに一番安い槍だと何になるのだろうか？』

「ホーンドラットの角を使ったホーンドラットスピアだな。一二八〇円だ。投げ槍として大量購入をする冒険者もいるな」

なるほど。角の使い道ってこんなところに……。

「壊れにくい槍を探しているなら真銀の槍にリペアなんかの魔法を付与してもらうのが一番だな。ただまぁ、金額は恐ろしいことになるがな」

出ました、魔法付与。真銀ってアレか、ミスリルとかそんな感じのものか？　リペアって単語からすると自動修復ぽい感じがする。

『ちなみにお値段は……』

「まぁ、安くても五二四万二八八〇円くらいはするんじゃねえかな」

はい、無理。小金貨一二八枚とか頭おかしい。しかも安くてもって、安くてもって。五〇〇万はないなぁ。ソレ、ちょっと良い車買うようなもんじゃん。ローンでも組めないと無理です。

『すまない、今回も鉄の槍をもらえるだろうか』

「はいよ、毎度あり」

今回も銀貨三枚を取られた。手持ちに銀貨がなかったので小金貨を渡してお釣りをもらった形です。ああ、小金貨の枚数が増えるのすっごい楽しみだったのに……。とぼとぼと宿に帰ることにします。

とりあえず宿に帰ってきた。女将さんただいまー。

『女将、よろしいか』

「はいはい、なんだい?」

女将さんは気さくにこちらへと笑いかけてくる。

『宿泊を延長したい。あと、次の猫馬車でフウロウの里にいこうと思っているのだが、その間、部屋の維持だけしたいのだが……』

今、借りている部屋を他の人に使われるのも嫌なんだよね。なんというか宿というよりアパートの一室を借りている気分です。

「そうさねー。フウロウの里に出ている間の料金は二五六〇円で良いよ。いく前には必ず言ってから出ること」

『わかった』

俺は女将さんに小金貨四枚を渡す。残金が心細くなるけど、住むところがあるってのは重要だしね。ということで食事をして寝ることにする。今日もスープかぁ。スープ系飽きた。米が食べたい。カレーが食べたい。ラーメンが食べたい。葉っぱを食べていたときは何も思わなかったのに、我ながら現金なものである。

今日も今日とて冒険者ギルド。早朝から来ているので掲示板には結構な数の板がかかっている。掲示板の前にはすでに多くの冒険者がいるため板を取ることは難しそうだ。

「Gランク冒険者は後にしな、特に虫野郎はな」

むぅ。仕方ないのでどんな板があるかだけ見ることにする。といっても目が悪いので詳しいことはわからない。

何々、Fランク、グリーンヴァイパーの退治。Fランク、フォレストウルフの退治(夜間限定)やEランクのトレント退治とか見える。あー、退治が多いなぁ。人が減るのを待って俺が受けたのは……。

Gランク
討伐クエスト
ジャイアントスパイダーたちの討伐
ジャイアントスパイダーを狩れるだけ狩ってください。
クエスト保証金：六四〇円
報酬：二五六〇円
獲得GP：4
倒したジャイアントスパイダーの数に応じて追加報酬六四〇円を出します。
受注より四日間

Gランク
採取クエスト
レイグラス（光草）の採取
ヒールポーションの原料になる光草の採取をお願いします。
クエスト保証金：なし
報酬：六四〇円
獲得GP：2
光草は一本につき一二八〇円で別途買い取ります。
受注より四日間

この二つだ。しかしまぁ、今回、初めて気づいたんだけどクエストの追加買い取りって通常の買い取りと金額が一緒なんですね。何かさ、追加で少しは色が付くかと思ったんだけど、報酬分のプラスとGPがもらえることしかメリットがないのか……。それなら採取クエストって最初に受けるメリットないじゃん。しまったなぁ。あと、今回のクエストではクエスト保証金という形でお金を取られた。このお金はクエストを達成すれば戻ってくるとのことだが、期限を過ぎると没収されてしまうらしい。冒険者生活は厳しいなぁ。

ついでに換金所に寄ってジャイアントスパイダーの魔石も換金しておく。ジャイアントスパイダーの魔石は六四〇円、銅貨一枚になった。うーん、微妙と言えば微妙な金額。コレ、砕いても良いか。ちなみにジャイアントスパイダーから何の素材が取れるかを訊くと腹部から取れる糸が換金できるそうな……。魔石と糸を取りますか。

今日も今日とて里の外の森へ。蜘蛛の住処《すか》は把握しているので、草が転がっていないかを見ながら進む。するとと普通に光草を一茎見つけたので拾っておく。これでクエストの失敗はなしっと。

木々に蜘蛛の巣が増えてくる。木を見ていると延びた線にジャイアントスパイダーという単語が見える。アレ？　昨日は『魔獣』だった気がするんだけど……なんで変わったんだ？　まぁ、いいや。

――《糸を吐く》――

俺は線の先に魔法糸を飛ばす。糸に当たった巨大蜘蛛が落ちてくる。

――《スパイラルチャージ》――

落ちてひっくり返った蜘蛛に槍が突き刺さる。蜘蛛は足を上げてもがいていたが、そのうち動きを止めた。

うーむ、楽勝すぎる。今使っている槍技が強すぎるのか、巨大蜘蛛が弱すぎるのか……。ま、まぁ稼げるときに稼ごう。嫌々だけど腹部もかっさばいて糸を取り出す。何というか何故糸が入っているのかよくわからない。異世界らしいというか……確かに蜘蛛は糸を出すけど腹部に糸が詰まっているワケじゃないと思うんだけどなぁ。

その後、苦戦することもなく一四匹の蜘蛛を倒したところで里に戻ることにした。槍技を使い続けたおかげか、再使用時間も短くなってきたような気がする。思うんだけど、ＭＰを消費しない代わりにリキャストタイムのような再使用までの時間が設定されているんだと思う。熟練度が上がると再使用時間が短くなるんじゃないかなぁ。そうだと良いなぁと、そういうこともあるから槍技を使い続けないとね。

ギルドで完了札をもらい、換金所へ。

クエスト報酬：六四〇円＋二五六〇円＝三二〇〇円
レイグラス（光草）：一二八〇円
巨大蜘蛛の糸：一五本×一二八〇円＝一万九二〇〇

円

GP：＋6 （総計9）

合計：二万三六八〇円

今回の報酬は銀貨四枚と銅貨五枚です。なんというか一気に稼げるようになった気がします。これなら普通に生活できるよ、できるよッ！　ジャイアントスパイダーの魔石も売っていれば更に銀貨一枚と銅貨七枚になっていたのか……。いや、売らないけどね。

そのまま足で鍛冶屋へ。だってさ手入れが、とか散々言われたんだもん。気になるじゃん。

『すまぬ、武器を見てもらいたいのだが』

奥からハンマーを持ったホワイトさんが出てくる。

「お前なぁ、昨日の今日だぞ？　そうそう武器が傷むかよぅ。まぁ見せてみろ」

相変わらずの犬の頭である。俺からするとホワイトさんの方が噛みそうで怖いんだよね。でも周りの人から見たら俺の方が噛みそうに見えるのかなぁ。とまぁ、ホワイトさんに鉄の槍を渡す。

「お、お前、一体、どんな使い方したんだ？　武器の耐久力が半分以下になってるじゃないか」

耐久力？

「たくよぅ。直しとくけど二五六〇円もらっとくからな」

もしかして今回もスパイラルチャージを使いまくったけど、それが武器を傷めるのか？　ま、まぁ、威力高そうだもんなぁ。

ホワイトさんが直してくれた鉄の槍は新品同様になっていた。うーむ、さすが異世界。謎の技術だ。

ホワイトさんと別れ、すぐに宿に帰る。

『女将、食事をもらいたい。あと、お湯をもらっても良いかな？』

「お湯はすぐにいるかい？　それなら一緒に持っていくよ」

『ああ、それでお願いしたい』

さあ、部屋にいきますか。のそのそと這《は》うように階段を上がり部屋に戻り、落ち着いたところでステータスプレート（黒）を見ると文字が浮かんでいた。

【レベルアップですぜ】
【あんたも　せいちょう　したもんだ】

いやいやいや、なんだ、コレ。どっかで見たことあるような文章だけど、文章だけどッ！　これ、なんかのゲームであったメッセージだよね。職場の後輩がこのゲームシリーズを好きで、リメイクなんて存在しなかった、4はなかったとか言ってたのを憶えているよ！　これも翻訳の性能で表示がこうなっているのか？　わかんないなぁ。とまぁ、そんなどうでもいいことは置いといてステータスプレート（黒）に触れてみる。

【レベルアップ!!】
【ボーナスポイント8をふりわけてください！】

筋力補正：4
体力補正：2
敏捷補正：0
器用補正：1
精神補正：1

う、うーん。元々の補正値から考えると8も増やせるということは、レベルが1上がるごとにかなり強くできるってことなのか？　それとも今回だけが8で次は少ないというのも考えられるなぁ。あとはボーナスポイントに振れ幅があるとか……うーむ。振り分けて自分の体にどれだけ変化が起こるかも未知数だし、悩むなぁ。

「入っても良いかい？」

悩んでいると女将さんがやって来た。

「今日は珍しい物が手に入ったからね」

そう言って女将さんが持ってきたのはいつものスープと焼き魚だった。うお？　魚だとッ！　ソイソースだ、ソイソースを用意するんだ。

「じゃあ、お湯と食事は置いとくよ」

そう言って女将さんは帰っていった。にしても魚かぁ。森の中だし、珍しいのかな。自分はまだ見たことがないけど川くらいはありそうなもんだけどなぁ。

とりあえず器用に骨を分けたりとかもできないので丸ごとバリバリいただくことにする。うーん、ちょっと泥臭い。やっぱり川魚なのかなぁ。いやいや、食事に夢中になっている場合か、レベルアップを考えないと。

これ、どうやって振り分けるのかな。とりあえず敏捷補正の項目に触れてみる。数値が1になった。ぽぽぽんと連打してみる。数字は8になった。なるほど、こうやって増やすのね。と、一旦戻してちゃんと振り分けようかな。うん？　戻し方がわからないぞ？　ちょ、ちょっと、待った。もしかしてやっちまった？　これ敏捷補正に8振り分けたことで決定されてしまった？

猛省しよう。振り分けた数値が戻せない。ゲーム的な感覚で決定を押すまでは戻せると勝手に思い込んでしまっていた。決定なんて項目ないのにね！　つ、次のレベルアップのときは慎重に振り分けを決めよう。

後悔し続けても仕方がないので補正の効果を確認してみよう。

とりあえず上体を起こし二本の足で歩いてみる。うん？　身動きが、動作が軽いッ！　今まで海の中を歩いているような遅さだったのが陸上に上がったくらいの差があるぞ。普通に人並みの速度になってます。うおおお、これで他の人に待ってもらったり、置いていかれたりしなくて済むぞー。って8も振り分けて人並みってのも、どうなんでしょうかねぇ。8も振り分けて人並み……か。と、ということは次に8振り分けたら人並み以上か！　うおお、試してみたい。凄い試してみたい。NEXTは、っと。114／2000になっていた。次は2000でレベルアップかぁ。まだ、このくらいならすぐに上げられそうだ。これは明日も蜘蛛退治ですね。

あ、そうだ。魔石も砕いておこう。砕いて《浮遊》を2にしないとね。魔石を握りつぶす。体の中に何かが吸収された感覚。ステータスプレート（黒）を見るとMSPが1増えていた。よし、がんがん潰そう。そして《浮遊》のスキルをレベル2に。

【《浮遊》スキルがレベルアップ】
【《浮遊》スキル2：任意のものを二つまで浮かすことができる】

NEXTは30に増えていた。よし、これであと70も稼げば転移が習得できるな。フウロウの里にいくまでに転移を憶えることが目標かな。蜘蛛三五匹かぁ。二日ほど頑張ればいけそうだね。うーん、任意のものを浮かす、か。自分以外を浮かせられるようになったってことだよね。

――《浮遊》――

試しに小金貨を二枚浮かせてみた。小金貨は浮いている。浮くだけで飛ばせたりはできない。しかも相変わらずMP消費は洒落《しゃれ》にならない勢いだ。これ、何かの役に立つのか？　うーむ、疑問である。

さてあとは、っと。本日、最後の仕事である水魔法の習得だな。そのための桶《おけ》に入ったお湯。桶の中に水を生み出せば、床を水に濡らすこともないッ！　俺、考えた！　さぁ、頑張ろうか。イメージ、イメージ。シロネさんが作ったサモンアクアを自分でもできるようにイメージする。ちびっ娘はイメージが大事って言っていたもんな。

それから暫く頑張ってみたが水が生まれることはなかった。仕方ないので服を洗って寝ることにした。あー、こんなことなら洗剤を買っておけば良かった。いや、そもそも衣類用洗剤があるのか？　ま、まぁ、今度、露店を覗《のぞ》いてみよう。明日も魔法が発現するように頑張りますか。

本日もクエストを受けて森の巨大蜘蛛退治にお出掛けです。

森を進んでいくと木々に蜘蛛の巣が増えてくる。進めば進むほど蜘蛛の巣のサイズが大きくなってくる。そして視界にジャイアントスパイダーと表記された線が延びている。さあ、狩りの開始です。

魔法糸を当て、落ちてきた巨大蜘蛛をスパイラルチャージで貫く。はい、一匹目終了っと。魔石と巨大蜘蛛の糸を取り出す。流れ作業です、流れ作業。にしても、こんなにも里に近くて、こんなにも楽勝で、こんなにも美味しい狩り場が何で放置なのでしょう。他の冒険者の姿は見えません。と、二匹目も発見。同じように流れ作業でジャイアントスパイダーを倒す。美味しすぎる。明日もここで狩ろう。ある程度のレベルに上がるまではここでお金と経験値、MSPを稼ぐのが良さそうだ。そうしたら『弓士』のクラスを得て世界樹攻略かな。と、そのとき、蜘蛛の巣だらけの森の奥に『魔獣』という線が見えた。へ？　ジャイアントスパイダーじゃないの？　おかしい……。そうだ、こういうときこその鑑定ッ！

【名前：戦慄の女王】
【種族：レッドアイ（ジャイアントスパイダー亜種）】

へ？　は、は、ははは。ま、まさかッ！　名前付き《ネームドモンスター》きッ！

森の奥に八つの赤い火が灯る。相手を鑑定したことで気づかれてしまったのか、赤い火がこちらへと近づいてくる。

現れたのは超巨大な蜘蛛だった。フォレストジャイアントも大きかったが、それと比較しても劣らないくらいに大きい。今までジャイアントスパイダーと呼んでいたものが子蜘蛛にしか見えない。鋼鉄でできているかのように黒光りする足が木々を削り、打ち倒しながらこちらへ近づいてくる。足一本が俺と同じくらいのサイズがありやがる。……無理だ。に、逃げるんだよー。

俺は駆け出す。それを追うようにレッドアイも速度を上げてくる。巨大なのに凄まじく速い。レッドアイは足を屈伸させ空に飛び上がる。そして俺の目の前に着地する。これは逃げられない――覚悟を決めるしかないッ！

レッドアイはこちらを押さえつけようと鋼鉄の足を振り下ろしてくる。それを後ろに後退し、避ける。敏捷補正を上げた成果か体が軽い。が、それを上回る速度で左右の足を交互に振り下ろしてくる。か、回避し

きれない！　俺は手に持った鉄の槍で足を打ち払う。

――《糸を吐く》――

　そのまま後ろに魔法糸を飛ばし距離を取ろうとする。魔法糸に引っ張られ後退する途中、魔法糸が切断される。レッドアイが複数の風の刃を生み出し、魔法糸を切断していた。更に残った刃が体にヒットし、体力を削っていく。中途半端に後ろへと引っ張られ俺の体が転がっていく。体勢を立て直す前に目の前に迫る鋼鉄の足。回避しきれない！　体に鋼鉄の前足が刺さる。ぐおぉ、痛い、痛い。レッドアイはそのままこちらを齧り付こうと巨大な牙を持った顔を近づけてくる。このまま食われるわけにはいかない！　押さえつけられたまま体をねじり、レッドアイの足から逃れる。体が裂け、身が千切れる。痛ぇ、痛い。

――《糸を吐く》――

　俺はそのまま魔法糸を伸ばし、木の上に逃れようとする。魔法糸は、先程と同じようにレッドアイの生み出した風の刃に切断された。俺はそのまま地面に投げ出される。が、それでもある程度の距離を取ることに成功した。

　自分の体を見る。先程、削られたお腹の傷は消えていた。まだSPが残っているからか……？　にしてもやばいぞ。倒す方法が浮かばない。どうする？　今までの必勝パターンの魔法糸は風の刃で無効化されるし……。

　考えている間にレッドアイは目の前に迫っていた。高速で交互に繰り出される鋼鉄の前足。右、左、右、駄目だ、こちらの回避速度よりも相手の攻撃速度の方が速い。槍で前足を打ち払う。

【《払い突き》が開花しました】

――《払い突き》――

　システムメッセージと共に槍が相手の足を打ち払い、一回転、素早い突きがレッドアイの顔面に突き刺さる。初ダメージッ‼　レッドアイは懐に入られたのを嫌がったのか後ろに飛び退《の》く。ここに来てスキルが開花したのは嬉しいけど、これだけでは勝てる気がしない。

……そうだッ！

俺は地面を見る。いけるッ！　レッドアイがゆっくりとこちらへと迫ってくる。もう少し、もう少し……よしッ！

――《浮遊》――

レッドアイの前足の下にある石を浮かび上がらせる。急に足が持ち上がったレッドアイは体勢を崩す。よし、上手くいったッ！　そのままレッドアイまで駆け、

――《スパイラルチャージ》――

必殺の一撃を顔面に叩き込むッ‼　レッドアイの目の一つが潰れ、粘液が吹き出る。そのまま、もう一撃加えようとした瞬間、左右から鋼鉄の足が挟み込むように迫ってくる。俺は槍を地面に突き立て、棒高跳びのように後ろに飛ぶ。ふぅ、危ない、危ない。欲張って押し潰されるところだった。

レッドアイは目を一個潰されたことで怒り狂っている。ちっ、まだまだ元気なようだ。レッドアイが風の刃を浮かべ、こちらに飛ばしてくる。……くそ、ならばッ！

――［アイスボール］――

氷の塊を浮かべ、飛ばし、風の刃を打ち消していく。よし、なんとかなるッ！　そのまま氷の塊をレッドアイにぶつけてみる。氷の塊は硬い甲殻に弾かれる。ダメージを与えている感じはないが、嫌がっているようだ。注意をそらすくらいには使えるか？

風の刃で攻撃する無駄を悟ったのか、先程までと同じように前足を振り上げて攻撃してくる。くそ、まだ払い突きは使用できない。憶えたてだからか使用可能までの時間が長い。右、左、右、体を動かし回避する。が、やはり相手の攻撃速度の方が速い。このままでは……。ヤツの足をなんとかしないとッ！

追い詰められたからか、俺の中にあるイメージが浮かぶ。足を、そうだ、足をッ！

【［アクアポンド］の魔法が発現しました】

――［アクアポンド］――

システムメッセージと共に新しい魔法が発動。レッドアイの振り下ろした足下にちっちゃな水たまりがで

きる。水たまりで池とは、これいかに。水たまりに足を取られ、レッドアイが体勢を崩す。よし、狙いどおりッ‼

俺は槍をヤツの体の下に差し入れ、てこの原理で持ち上げる。どっせい。レッドアイがひっくり返る。

――《糸を吐く》――

魔法糸を木に飛ばし、空中へ高く飛び上がり、そのまま落下し、槍技を発動する。

――《スパイラルチャージ》――

槍がうなりを上げ、ヤツの柔らかいお腹を削る。そのまま、何度も何度も槍を突き刺す。レッドアイが体を揺らす。ヤツは腹部から糸を出し木の枝にくっつけ飛び上がり、体勢を立て直す。腹部にのっていた俺は吹き飛ばされる。はぁはぁはぁ、結構、ダメージを与えたはずだ。

レッドアイは先程と同じようにまた鋼鉄の前足を交互に振りかざして攻撃してくる。ワンパターンなんだよッ！

――《払い突き》――

足を打ち払い、ヤツの顔面に強烈な一撃ッ！　もう一つの目を潰す。ヤツは金属音のような悲鳴を上げ、顔を振る。も、もう一撃だッ！　槍を突き刺すッ！

……が、槍はヤツの凶悪な口によって噛み止められる。

そして、そのまま槍が噛み砕かれる。目の前で砕け散る槍。迫る巨大な牙。俺はレッドアイに噛みつかれる。巨大な牙が体を貫く。があぁぁッ！　死ぬ、死ぬ、このままでは死んでしまう。

俺はショルダーバッグから鉄のナイフを取り出し、巨大な牙に突き立てる。鉄のナイフが弾かれる。構うものか、何度も何度も打ち付ける。体の中に何かが侵入してくる感覚。消化液を注入されてる？　牙の強度に負け、鉄のナイフが砕け散る。それでも構わず何度も何度もナイフだったものを打ち付ける。やがて牙にヒビが入る。

俺は力任せにヤツの牙をへし折る。

――［アイスボール］――

俺はヤツの口内に氷の塊をぶつけ続ける。外は無理でも中なら効くだろうがッ！

──《糸を吐く》──

そのまま魔法糸を伸ばしヤツの口内から脱出する。はぁはぁはぁ。くそ、武器がない。いや、まだだ。ヤツは牙を失った痛みに動きを止めている。

何か、何か、ないか？　俺は周囲を見回す。そこには先程、俺が折った牙が転がっていた。

──《糸を吐く》──

俺はへし折ったヤツの牙に魔法糸をくっつけ取り寄せる。うん、手に持てる。武器として使える！

俺の攻撃から回復したレッドアイがまたも前足を交互に振りかざして攻撃してくる。もう、その攻撃は飽きたんだよッ！

手に持った牙で前足を打ち払う。打ち払うたびにヤツの前足にヒビが入る。そして、ついにヤツの右足が砕け散った。

これで終わりだッ!!!　俺は手に持った牙ごと突っ込む。

──《スパイラルチャージ》──

ヤツの顔面に牙が突き刺さる。螺旋の軌道がヤツの顔を削っていく。

そして、レッドアイは動きを止めた。

ふう……。

俺は倒したレッドアイに寄りかかり、そのままずるずると座り込む。いやまぁ、芋虫なんで、正確には座ったって形ではなく、L字型に寄りかかってます、だね。強かった。ホント、そう思います。勝てたのが奇跡のようだ。

今回はスキルと魔法も閃けたのでホクホクだな。やはり強い敵の方が閃きやすいのは全世界共通ですよねー。

《払い突き》は、カウンター技としてこれからも活躍しそう。だがアクアポンドの方は……やっと憶えた水魔法がコレというのは。今回はたまたま役に立ったけど、泥沼とかならまだしも水たまりを作って何ができるんだ？　うーむ。まぁ、クリーンまでの繋ぎだと思っておくべきか。

ステータスプレート（黒）を確認してみる。ＨＰは70になっていた。死にそうだったのに意外と減っていない。が、ＳＰは０になっていた。こ、怖えぇ。ＭＰは700ほどまで減っている。この数値の変動を見るに、ＭＰが一定まで減るとＳＰの回復には使われないのか？　経験値は762／２０００まで増えていた。えーっとレッドアイの前に蜘蛛を二匹ほど狩っていたからヤツの経験値は576かな。普通の蜘蛛の一六倍か。ＭＳＰは92になっていた。ほ、へ、は？　80も増えているのか。あ、《転移》の習得できるじゃん。《転移》って、多分……アレだよね。指定の街へ移動みたいな。さっそく習得しておこう。

【《転移》スキルを獲得しました】
【《転移》スキル：チェックした箇所への転移が可能】
【最大チェック数1　最大転移人数1】

次までは160になっている。次のレベルだとチェック数２、転移人数２になるのかな。しかしまぁ、うん、これは予想通りのスキルです。ホント、便利なスキルになりそうだ。現状を考えるとチェックするのはスイロウの里ですな。あとは魔石の回収か……。

鉄のナイフが折れてしまったので、俺はレッドアイの牙を使い、切り出していく。取り出した魔石は真っ赤だった。透き通って真っ赤な宝石のような魔石。こいつはレアな魔石だね、わかります。

さあて、帰りますか……。

――《糸を吐く》――

俺は魔法糸を吐き出しレッドアイの胴体に結びつける。どこが売れる素材かわからないし、全部、持って帰るのだッ！　ということで引っ張って帰ります。お、重い。ちまちまと死骸に《浮遊》をかけながら運んでいく。死んだ後、死骸なら《浮遊》をかけることもできるのだった。

ちまちまと《浮遊》をかけながら移動していると、やがて里の入り口が見えてきた。と、里の外で転移のためにチェックを入れておこう。

――《転移チェック１》――

よし、これでオッケーかな。

「お、おい、そいつは……」

里に入ろうとしたところで門番の人が声をかけてきた。

『ああ、外で倒したので換金所へ、な』

「あんた、なかなかすげぇな」

そうだろう、そうだろう。俺は、そのまま冒険者ギルドへ向かう。

冒険者ギルドの外にレッドアイの死骸を置いて中へ入る。死骸は中に持って入れるほどのサイズじゃないしね。そして、カウンターへ。

「さっき外に置いたのは、お前がやったのか？」

いたのは眼帯のおっさんだ。

『うむ』

「やるじゃねえかっ！」

眼帯のおっさんがカウンター越しにこちらの肩を叩いてくる。バシバシと遠慮のない叩き方だ。

「そういえば名前、何つったかな」

名前、憶えてくれていなかったのかよ……。

『うむ。氷嵐の主という』

「そうか、ランよ。あいつを倒すなんてな。こうなったら認めるしかないな。お前は、もういっぱしの冒険者だぜ」

おっさんのデレである。誰得って感じだけど認められるのは嬉しいなぁ。

『とりあえず完了札をもらいたいのだが』

「そうだな、ステータスプレートを出しな」

俺はカウンターにステータスプレートを置く。おっさんはその上に金属の板のようなものをかざす。

「いいぜ、持っていきな」

眼帯のおっさんから完了札を受け取る。

「これからもこの調子で頑張れよっ！」

おっさんからの激励、この変化である。さあ、次はお待ちかねの換金だ。

すぐに換金所の中へ入る。

『すまない、完了札を持ってきたのだが。あと、外のアレを換金してもらいたい』

受付のお姉さんが頷く。

「はい、承りました。あの大きいのは人を呼んできて運ばせますね。あのサイズなら、次回からは里の外に置いたままで良いですよ。少しの時間なら門番の方が見張ってくれます。その間に私どもを呼びに来てくだされば受け取りにいきます」

へえ、引き取りサービスもやってくれるのね。

『ちなみにアレからだと、どういった素材が取れるのだろうか?』

「ほぼ全身が素材ですね。硬い甲殻や牙は武器や防具の素材に使えますし、取れる銀糸は魔法付与をしやすいので重宝されていますね。今回はタイラントスパイダーの中でも非常に大きなサイズですので査定は奮発しますよー」

銀糸ってレッドアイから取れるのか。いや、違う。今回倒したのはタイラントスパイダー種の名前付き《ネームドモンスター》というのが正解なのか。それでも素材は名なしと同じ扱いになるのね。

クエスト報酬：二五六〇円
レッドアイ一匹丸ごと：三三万二八〇〇円
巨大蜘蛛の糸：二本×一二八〇円＝二五六〇円
解体代：▲五一二〇円
獲得GP：＋4（総計13）
合計：三三万二八〇〇円

渡されたのは小金貨よりも大きな金貨一枚と銀貨一枚だった。うおおお、新しい硬貨です。これが一番大きな硬貨かな。三三万七六八〇円で金貨一枚の計算ですね。にしても解体代金が銀貨一枚か……まぁ、サイズがサイズだし仕方ない、か。アレの解体なんて俺にはできそうにないしね。今回、レッドアイの残した牙だけは、ここで売らないことにした。次は鍛冶屋だな……。

レッドアイの牙を持って鍛冶屋にやって来た。

「また昨日の今日じゃねえか。どうしたよ」

今日も現れたのは犬頭のホワイトさんです。もしかしてこの鍛冶屋、一人で切り盛りしているのか?

「いやいや、さすがに一人じゃねえよ。奥に嫁と弟子がいるぞ」

あ、既婚者でしたか……敵ですね。

『また武器が壊れてしまった。あとは剝ぎ取り用のナイフが欲しい。それと……』

「おいおい、また壊してきたのかよぅ。お前、どんな使い方してんだよ」

いやね、今回は仕方ないと思うのです。と、そうだ、コレを見てもらわないと。

『これを加工して槍にできないだろうか？』

俺は持ってきたレッドアイの牙を見せる。

「こいつは……タイラントスパイダーの牙か？　いや違うな、似ているが別物だ。こいつをどうした？」

あれ？　レッドアイって、てっきりタイラントスパイダーの名前付き《ネームドモンスター》だと思ったんだけど、違うのか？

そういえば鑑定ではジャイアントスパイダーの亜種になっていたもんな。も、もしかして……？

『里の外の蜘蛛の巣窟で倒してきた。ふむ、タイラントスパイダーについて訊いてもよろしいか？』

「ああ。といっても簡単なもんだが――ジャイアントスパイダーが更に大きく凶暴になった感じだ。甲殻は更に硬く鉄のようだな。噂によると鉄を食ってるかららしい。まぁ、ジャイアントスパイダーが進化《ランクアップ》した姿だとはいわれているな」

うーん、特徴は似ているよね。

『目が赤く光ったり、風の魔法を使ったりは？』

「はぁ？　蜘蛛が魔法を使ってくるわけないだろうがよぅ」

え、あ、はい。うーむ。完全に別物じゃないか。つまり、あいつはあくまでジャイアントスパイダーだったのか？　とすると――タイラントスパイダーの名前付き《ネームドモンスター》とかは考えたくもないな。

「にしても加工のし甲斐《がい》がありそうな素材だな。槍だったな、いいぜ、やってやる。が、ちゃんと代金はもらうぞ」

そりゃ当然か。

「素材持ち込みだから、おおまけして……、それでも六五万五三六〇円だな」

ぐ、たけぇ。手持ちの倍じゃないか。なんで素材の持ち込みでッ！　加工だけでッ！　死骸一式の倍の値段になるんだよッ！　おかしいじゃないかよぅ。

『前金を置いていくので、加工をお願いする』

しぶしぶ金貨を一枚渡す。ああ、せっかく手に入った金貨が、金貨が。

「まいど。あとはいつもの槍か？」

『それなんだが、もう少し上等な槍はないだろうか？』

ホワイトさんは考え込む。

「難しいな。真銀の槍は無理なんだろ？　となるとフウアの里にいくか、大陸に渡るくらいしか思い浮かばねえ。この里の連中は斧か剣、弓くらいしか使わないからな」

はい、真銀の槍は無理でーす。

『いつもの槍で』

「ああ、まいど。ちなみにナイフはどうする？　ナイフなら『切断のナイフ』があるぞ」

何ソレ怖い名前。

「剝ぎ取り向きのナイフだ。ここらでは冒険者の多くが持っているな。それ以上だと真銀のナイフになるな」

ちなみにおいくら万円ほどで？

「四万九六〇円ほどだな」

あら、意外とお安い。小金貨一枚ならなんとかなるな。買おう。

「まいど」

これで今の俺の残金は小金貨一枚、銀貨七枚、銅貨七枚、潰銭三枚の八万一三〇四円だ。かなり減ったなぁ。お金を貯めるはずがどんどん減っていく不思議っ！


それからの数日は蜘蛛退治や森ゴブリン退治のクエストを受けながら、チマチマと日数を潰した。森ゴブリンの巣に森ゴブリンが増えていないかを覗きにいったり、またレッドアイのような強敵が現れないか探してみたりくらいはしたけれどあまり探索範囲は広げなかった。タイラントスパイダーとも戦ってみたかったのだが、近くの巣はジャイアントスパイダーばかりで姿は見えなかった。やはり、レッドアイとは別種なんだろうなぁ。そこまで危険度が高くない分、稼ぎもそここでしかなかったが、普通に暮らす分にはこれでも充分そうだった。まぁ、冒険者なんていつまでもできる仕事ではないだろうから、どこかで一発当てないといずれ生活できなくなるんだろうね。

そして猫馬車の出発の日を迎えた。俺は女将さんに長期外出を伝えて、猫馬車の待合所に向かう――猫馬車は来ていなかった。

猫馬車は来ていなかったッ！

待合所に今日もいたキモイおっさんに訊いてみた。

「何言ってるのー？　フウロウの里いきは明日だよぅ」

へ、一週間経ったよ？　一週間でしたよね？　ま、まさか？

『訊いても良いだろうか？　一週間とは何日だろうか？』

おっさんは何を言っているんだという顔をしているが、それでも答えてくれる。

「一週間って言ったら八日に決まっているじゃない。火曜日、水曜日、木曜日、金曜日、土曜日、風曜日、闇曜日、光曜日だよぅ」

うは、一週間を思い込みで七日だと思っていた。は、恥ずかしい。というか、魔法の属性がそのまま曜日になっているとは……。

仕方ないので《転移》スキルでスイロウの里に戻ることにした。この《転移》のスキルだが、想像していたのと全然違っていた。初めは何が起こったのか理解できなかったんですよッ！

――《転移》――

俺の体は遙か上空まで放り上げられる。そして俺の体が空中で一旦停止する。ここで指定の座標が選択される。チェックポイントは一個しかないので、そのまま落下が始まる。

俺の体が高速で落下する。このスキルの恐ろしいことは着地が一切考慮されていないことである。そう、このままだと地面に叩き付けられて終わりだ。

――《浮遊》――

《浮遊》スキルを使い減速して着地する。ホント、《転移》は酷いスキルである。それでも、まぁ、便利なスキルだとは思います。

里に入り、宿に戻る。女将さんに明日でした、と伝えて自分の部屋に。ついでに稼いだＭＳＰで《浮遊》スキルのレベルも上げておいた。

よし、明日こそフウロウの里に出発だ。


翌日、猫馬車の待合場所にいたのは青い皮鎧に身を包んだ冒険者風の男と少し若めのいかにも商人といった感じの男だった。……三人か、少ないな。

「あ、ごめん。俺は護衛だから、今回、フウロウの里いきは二人だなぁ」

がーん、だな。小金貨一枚の頭割りだから銀貨四枚か……。これから二日間一緒に過ごす人だし、鑑定してみようかな。

【名前：グレイ・カッパー】

【種族：普人族】

冒険者風――というか、護衛だし、冒険者か、の人はグレイさんね。もう一人は、っと。

【名前：エンヴィー・ウィズダム】

【種族：魔人族】

へぇ、魔人族ねぇ。これまた新しい種族ですね。見かけは普人族と変わらないなぁ。

「改めて、俺は普人族のグレイ・カッパー。気さくにグレイと呼んでくれ」

『自分は星獣の氷嵐の主という、二日間よろしく頼む』

「ああ、任せてくれ」

グレイさんは明るく話しやすい感じだ。

「では私も自己紹介しておきましょうか。私はエーブといいます。見ての通り普人族の商人ですね」

エンヴィーさんもにこやかに自己紹介を。にしても、エーブって……あだ名か何かなのかな。自己紹介が終わったところで猫馬車の御者がやってくる。御者さん、意外と若いんだな……。というわけで皆が馬車に乗り込むのだった。

　猫馬車は四輪の（もちろん木製の車輪だ）あまり大きくない荷台のついた馬車だった。幌《ほろ》は付いていないが、簡易な屋根のようなものだけは付いていた。荷台の中には簡易的な座席が付いている。護衛のグレイさんも御者台ではなく荷台に乗る。御者台は御者が座るだけでいっぱいいっぱいの広さに見えた。これは仕方ないね。

　さあ、出発である。


　猫の引く馬車が森を駆けていく。

　大きな魔獣とはいえ猫が引っ張る馬車なのであまりスピードは出ない。体感速度は時速一〇キロから速くても二〇キロくらいか。思っていたよりは揺れないので酔うことはなさそうだ。のんびりとした旅路である。まぁ、森の中だし、こんなものなのかな。

「いやあ、ランさんって星獣様なんだろ？　それで冒険者になるなんて珍しいなぁ」

　護衛のグレイさんは、よくこちらに話しかけてくる。

「ランさん、猫馬車が遅いと思った？　猫馬車の大きなメリットはね、魔獣が寄りつかないことさ」

　なるほどね。安心して移動できるのが売りってワケか。ま、俺の場合、帰りは《転移》で帰れば良いから一瞬だし、こういうのんびりとした旅も良いよね。

『グレイ殿は長く冒険者を？』

「長くってほどじゃないね。一二で冒険者になって、まだ一〇年ほどさ。ベテラン連中からしたらまだまだだよ」

　へぇ。今、二二歳か。前世の俺よりかなり若いじゃないか。

「それでも、もうすぐCランクになるんだ。Cランクになればクランを作れるからなぁ。クランを作れたら、ランさんも参加するかい？」

　お、嬉しい申し出だ。こちらが芋虫のモンスターだってことを感じさせないなぁ。

『ふむ。このような姿でも良いのかな』

　グレイさんは笑って答えてくれる。

「構わないさ。大陸には蟻《あり》の姿をした人もいるっていうしな、同じ同じ」

「ははは、楽しそうですね」

　エンヴィーさんも笑って話にのってくる。

「今回、護衛を引き受けたのはフウロウの里にいく用事があったからなんだけど、護衛なら乗車賃がタダになるっていうからなぁ。GP稼ぎもできて嬉しい限りだよ」

「頼りにしてますよ、グレイさん」

　エンヴィーさんの朗らかな笑顔。

「そういえばエーブさんは、何をしにフウロウの里まで？　あそこは商売できるような……」

　エンヴィーさんが頷く。

「うんうん、だからこそ、ですよ。この大森林で商売ができるようなところはスイロウの里しかありません。だからこそ、フウロウの里で商売できるように手を伸ばすのです」

　新規顧客の開拓かぁ。大変な仕事だな。とエンヴィーさんが一つの腕輪を取り出す。

「ということで、これは売り物の一つですが、いかがです？　守護の腕輪というのですが、装備した人を保護してくれる貴重な腕輪です。ここで知り合ったのも何かの縁ということで二万四八〇円にお値引きしておきますっ」

　それを見てグレイさんは苦笑いしている。

「星獣様には、特にオススメです。これを付けておけば魔獣と間違えられることが減りますよ」

　俺はちょっと試しに鑑定してみる。


【守護の腕輪（偽）】

【装備者の守備力を上げてくれる腕輪（偽）】


　あ、これ偽物だ。グレイさんは気づいてたから苦笑していたのね。

『もらっておこうか』

「ランさん、それ、にせ――」

　俺はグレイさんの言葉を手で制す。俺は銀貨四枚をエンヴィーさんに渡し、腕輪を付けてもらう。なんというか、旅行先で無駄なお土産を買ってしまう心境と同じである。銀貨四枚って安くないよね、安くないよね。ま、まぁ装飾品として悪くないようなのでお洒落として付けておきますか。わざわざ波風を立てる必要もない、仲良くなった記念だよね。

「毎度あり。これからもご贔屓《ひいき》にお願いします」

のんびりと猫馬車が森の中を進んでいく。

『そういえば気になったのだが、グレイ殿が腰に付けている剣は？』

「あ、わかります？　わかっちゃいます？」

グレイさんが腰に付けた剣を抜いて見せてくれる。

非常に精巧な装飾がされた青く銀色に輝く剣だった。

「真銀の剣です。駆け出しの頃から頑張って、コツコツとお金を貯めてっ！　やっと買えたからなぁ。今回、フウロウの里にいくのは向こうの里にいる知り合いに自慢をしにいくってのもあるんでー」

すっごい嬉し気である。まぁ、自慢したくなる気持ちもわかります。これはアレだな、新車を買った、しかもスポーツカーを買ったときの知り合いと同じだな。

猫馬車の力か、魔獣に襲われることもなく森の中を順調に進んでいく。やがて日が落ちてくる。

森の中、開けた場所で猫馬車が止まる。今日はここで野宿になるそうだ。たき火の跡などがある。多分、毎回、この場所で野宿をしているんだろうね。

「ランさん、食べ物を持ってきてる？」

あ、しまった。完全に考えていなかった。料金も高いし、てっきり食事付きだと思っていた。

「この保存食、食べる？」

グレイさんがかたそうなパンのようなものを出してくる。うーむ、グレイさんには悪いけど、見るからにまずそうです。

「ふ、ふ、ふ、皆さん、良いものがありますよ」

エンヴィーさんの笑い。そして取り出してきたのは肉の塊と蓋をされた壺《つぼ》だった。

「おお、肉だとっ！」

「そして、見てください。この壺は……お酒ですっ！」

お、お酒だと？　この世界にもお酒があったのか？　初めて見たぞ。ま、まさかお酒にありつけるとは……。好意は有り難くいただくとしよう。

「さすがに護衛なので……お酒は遠慮する。くうぅ、ランさんが羨ましいぜ」

グレイさんはお酒は断っているようだ。俺はいただくがねッ！　お酒を口に……うん、美味い。これはハチミツ酒かな。


【《毒耐性》スキルが開花しました】


うお、スキルが開花した。なんでお酒を飲んで毒耐性が開花するんだ？　まぁ、お酒って飲みすぎると体に悪いからなぁ。ある意味、毒と言えるのかもしれない。にしても、こんなことでスキルを得られるとはラッキーだな。肉も有り難くいただこう。もしゃもしゃもしゃ。俺が食べたのを見て、グレイさんも肉を手に取る。

酔いが回ってきたのか楽しくなってくる。あ、そうだ。俺も食べ物持ってるじゃん。

俺は世界樹の葉のかけらを取り出す。御者の人やエンヴィーさんには遠慮されたがグレイさんは受け取ってくれる。俺とグレイさんは肩を組んで葉っぱを食べる。いやまぁ、俺に肩はないから抱きつかれているような感じだけどさ。もしゃもしゃもしゃ。久しぶりの葉っぱは美味しかった。

「ランさん、この葉っぱ、メチャクチャ美味いな。何の葉っぱだい？」

『世界樹ー、世界樹ー』

念話なので呂律《ろれつ》が回らないなんてことはない。うん、楽しくなってきた。ここは場を盛り上げるために俺の芸を見せる必要があるな。

『一番、ランでーす。糸を吐きまーす』

――《糸を吐く》――

わああ、っと起こる拍手。なんだか、本当に楽しくなってきた。さあ、次は何の芸を見せよう。

『にしてもエンヴィーさんって普人族と区別がつかないですよねー』

俺の何気ない一言。

「ランさん、今、何て言った？」

へ？

『エーブさん？　エンヴィーさんって魔人族でしょ。里にはいない種族ですよねー』

俺の言葉を受けてグレイさんが真銀の剣を取る。

え？

「エーブさん、ランさんが言っていることは？」

エンヴィーさんが突然、笑い出す。今までの朗らかな笑いと違い、こちらを馬鹿にしたかのような嘲笑だ。

「答えろっ‼」

グレイさんが真銀の剣を抜き、エンヴィーさんへと振りかざす。グレイさんの素早い攻撃を後ろに飛び回避する。この世界の商人は戦闘スキルが高いなぁ。

「やれやれ、こんな形でばれてしまうとは……。まだ薬の方は効果が出ていないみたいですし困ったことです」

な、ん、の、ことだ？

「はいはい、そこの芋虫が言ったように魔人族ですよ。魔人族のエンヴィー・ウィズダム・トゥエンティと申します。とまぁ、名乗ったところで意味はないんですけどね」

グレイさんは何らかのスキルを使い、エンヴィーに攻撃を仕掛ける。が、それを紙一重で回避するエンヴィー。

「逃げろ、ランさんっ！」

徐々にグレイさんの動きが悪くなっていく。グレイさんの額からは凄い量の汗が噴き出していた。え？　どうした？　どういうこと？

「あぁー、やっと効果が出てきましたか。そろそろ終わりですね。いやはや、さすがはCランク間近の冒険者。このままだと殺されるところでしたよ。怖い怖い」

エンヴィーのニヤニヤとした笑い。一気に酔いが覚めた。俺はやっと事態に気づき槍を取る。コイツは敵だ。逃げる？　グレイさんを置いて？　逃げれるかよッ！

「動くなっ！」

エンヴィーの制止の声。俺の体の動きが止まる。な、んだと？　それでも無理に体を動かそうとすると付けていた腕輪から激痛が走る。体中に高圧電流を流されているかのようだ。

「いやはや、そこの芋虫だけだと実入りは少ないとがっかりしていたんですがねぇ」

俺は体を動かすことができず、事態を見ていることしかできない。

「本当にあなたがいてくれて良かったですよ。その真銀の剣は高く売れそうだ」

エンヴィーがグレイさんに近寄っていく。その手にはいつの間にかナイフが。グレイさんがエンヴィーのナイフを必死の形相で回避する。グレイさんの動きが鈍い。そして――そこを後ろから刺された。

グレイさんの後ろにはいつの間にか御者がいた。グルだったのかよッ！　崩れ落ちるグレイさん。何だよ、コレ。さっきまで楽しかったじゃんか……。

「ら、ランさん、何とか……に、げ」

「うるさいですね」

崩れ落ちたグレイさんを蹴り飛ばすエンヴィー。何しているんだよ、やめろよッ！

「おやおや、そこの芋虫はまだ余裕がありますね。何故、動けないのかわからないんですか？　その腕輪はね――もちろん守護の腕輪なんかではありません。隷属の腕輪といってですね」

何だよ、ソレ。何だよ、コレ。

御者がグレイさんの体にナイフを突き刺す。何度も何度も、何度も、何度も、その体にナイフを突き刺している。

「ああー、気になりますか。冒険者はしぶといのが多いですからね。念を入れてですよ」

ナイフを持ったエンヴィーが近寄ってくる。来るな、来るな、来るなよーッ！

「そういえば、星獣様って魔石を持っているんでしょうかね？　確かめてみましょう」

ヤツのやろうとしていることがわかる。やめろ、やめろ、ヤメロッ！

俺は逃げようと体を動かす。腕輪から激痛が走る。それでも死ぬよりはマシなはずだ。痛みをこらえ、ゆっくりと体を動かす。

「無駄、無駄」

すぐに追いつかれる。そのままヤツのナイフが俺の体に、体の中に――痛い、痛い。

『や、やめてくれ……』

俺の《念話》が通じないのか、ヤツはナイフで俺の体を引き裂いていく。生きたまま体を裂かれる。痛い、痛い。裂かれた俺の体の中に、ヤツは手を差し入れる。体の中に異物が侵入してくる感覚。いやだ、いやだ。ぶちり、と何かが、自分の中の何かが切れた感覚。まるで電池がなくなったように……目の前が霞んでいく。

「ほう、コレは綺麗な魔石ですね。青く輝く、まるで水晶のような……こんな綺麗な魔石は初めて見ます」

あー、あー、あー。

「まだ意識はありますかー？　あなたの荷物は私たちが有効活用してあげますよー」

俺の視界からどんどん光が消えていく。

「おや、これは珍しいステータスプレートですね。これも高く売れそうだ」

履歴が残るから、盗まれないって……。

「あー、このモノクルは取れませんね。まぁ、無理そうですね。うーむ、気になっていたんですが」

体から完全に力が抜ける。うう、寒い、寒いよ……。も……う、う……ご、け、な、い。

「あら、死んじゃったみたいですね。では私たちも崖のアジトに戻りますか」

それが俺の聞いた最後の言葉だった。

俺の視界は完全に闇の中に飲まれ、もう何もわからなくなった。

番外編〈なぜなにむいむいたん〉

シロネ「はい、こんにちはー。むふー、始まりましたねー」
ミカン「うむ、よろしく頼む」
シ「むふー。はい、では、どんどんいきましょうかー」
ミ「うむ」
シ「今回は、むふー。今までの旅路の中でわかりにくかったことを解説をしていこうかと思いますー」
ミ「御屋形様が大変なときに良いのだろうか？」
シ「むふー。大丈夫、大丈夫。主人公は死なないっ！　キリっ、ですよー」
ミ「また、なんというか……」
シ「はいっ！　気にしない、気にしない。時間潰しだと思って付き合ってもらいますよー。では、まず最初は――何で最初に魔法を使えるようになったときに気絶したか、ですかねー」
ミ「ふむ。気絶ということはＭＰが枯渇したから、か？　しかし、ＭＰは成長しないのだろう？　魔法一回で枯渇するのはおかしいと思うのだが」
シ「はい、それが勘違いですね。むふー。その辺の答えはもうすぐわかると思いますよー」
ミ「そういえば、なんで最初の冒険者たちは――熟練者だと思うのだがジャイアントクロウラーごときに攻撃を食らっていたのだ？」
シ「あー、アレですね。おばぁ、あー、あー、あの探求士の女性は非常に面倒くさがりなんですよー。わざと攻撃を食らって逆に芋虫の動きを封じていたんです。なのに戦士の馬鹿が魔石ごと切っちゃうから怒ったんですねー。脳筋はホント、駄目ですねー。むふー。ちなみに（これも勘違いなんですが）『盗賊』というクラスはありません」
ミ「なるほどわざと囮《おとり》になったのに魔石が手に入らなくて怒っていたのだな」
シ「そうですー」
ミ「そういえば世界樹の迷宮は木の属性が多かったと

思うが」
シ「そうですねー。なので水と風の属性は効果が低くても効いてます。彼はSPに邪魔されたのを効果がないと勘違いしてますけどねー。あー、あと、ウーラの馬鹿は、魔獣にはSPがないと勘違いしています。脳筋はこれだから、駄目ですねー」
ミ「そういえば、大森林にはSランクの冒険者がいるのだろうか？」
シ「むふー。世界で数人ともいわれていますからねー、まぁ、八大迷宮の一つ、名を封じられし霊峰の攻略に来ていたチームの中には、一人くらいはいるかもしれませんねー」
ミ「ちなみに最初に御屋形様がいたのはナハン大森林という島国。そして大陸の名前はアースティア大陸というのだ」
シ「うわ、いかにも説明臭い台詞ですねー」
ミ「む、そ、そうか？」
シ「はいはい、むふー。どんどんいきますよー。世界樹の弓や矢がゴミみたいな加工でも高く売れるのは世界樹の素材自体が貴重だからですねー。じゃあ、なんで目の前にある物から削り取らないのかというと、単純に削り取れないからですねー。そんなことができるのは彼くらいですよー」
ミ「うむ。アレを削り出せるのは御屋形様くらいだな。そうだ、御屋形様の糸も貴重な素材なのだ。糸を売って生計を立てた方が楽に暮らせると思うのだ」
シ「まー、そうしなかった今がここなわけですからー」
ミ「そういえば、女将は何故、最初に馬小屋のことも案内したのだ？」
シ「あー、アレはですねー。馬小屋ってテイムした魔獣を繋ぐとこなんですよー。つまり、彼は人扱いされたと感激しているが、女将さんは魔獣扱いしていたという滑稽なシーンですねー。まぁ、女将さん流のジョークなんでしょうが、笑えないですよねー」
ミ「よし、今から女将を斬ってこよう」
シ「むふー。はいはい、どーどー。そんなことで人を斬ったら駄目ですよー」

ステラ「き、斬らないでください……」
ミ「そういえば、御屋形様はよく線が延びていると言っているが、線の先の表記に違いがあるとも言っていたな」
シ「そうですねー。鑑定済みや知識として知っているもの、叡智のモノクルが知っていたものは名前が表示されるみたいですねー。彼、最近、わかったって言ってましたよー」
ミ「な、なるほど」
シ「あとはー、普通、中級鑑定は失敗しませんよー。なのに失敗したことがありましたねー。どうしてなんですかねー」
ス「それは……」
シ「はい、ストーップ。その話はやめましょう。あとは鑑定の情報が少ないのも中級鑑定の使い方を間違えていたからなんですけどね」
ミ「ところで、色々語ってしまった後なのだが、ここまで話して良かったのだろうか？　御屋形様から直接訊いたわけでもなく」
シ「はい、はい、では、今回はこれくらいにしますか？」
ス「え？　私の出番……」
シ「あなたの出番は永遠にありませーん」
ミ「いや、それは可愛そうな……」
シ「はい、ござるは黙っていてくださいー」
ミ「ござるって……、私、ござるとか言ったこと一度もないよ？」
シ「はい、そこ。素が出てますよー。もうね、私でもこの先、出番があるかわからないのにー。人を増やしてどうするんですかー」
ミ「だ、大丈夫だ。大陸へ渡るくらいに御屋形様が進んでくれれば……」
シ「そうですねー。そうなるといいですねー。とまぁ、そんな感じで、そろそろお開きにしますかー」
ミ「うむ」
シ「では、次回があればー」
ミ「またよろしく頼む」
ス「さようなら……」

第三章

きっとどこまでいっても身勝手な自分だから

夢を見ていた。俺が芋虫になって異世界にいって冒険者になって……そして殺された。ああ、夢だった。夢で良かった。悪夢だな。そうだ、今日は俺の誕生日で、昨日買ったケーキが冷蔵庫に入れたままだった。あのケーキはどんな形だったかな……。

う、う……夢、夢だったんだ。アレは全て悪い夢だったんだ。

ああ、わかっているさ。わかっているよッ！　ああ……。

「お、どうやら気づいたみたいだな」

声に導かれ、俺はゆっくりと目を開ける。光がまぶしい……。ここは……？

「よお、どうだ？　喋れるか？　ってお前さんは《念話》スキルで喋るんだったな」

『あ、ああ……』

「大丈夫そうだな」

大丈夫？　アレが大丈夫かよッ！

「うん？　どうした？　ここがどこか気になるのか？　ここはフウロウの里だぜ」

フウロウの里……？　フウロウの里だとッ！

『あ、ああ……、あの、あ……』

「落ち着け、お前は生きているし、助かったんだ」

助かった……？　助かったッ！？　そ、そうだ。

『グ、グレイ殿は？　一緒にいた護衛の……』

「グレイがいたのか……。いや、見なかったぜ」

『そうか……』

グレイさんの死体は――なかったのか。あの状態で生きているとは思えない……。まさかあの後、魔獣に食われて……くそっ、弔うこともできなかったのか。

「で、教えてもらっても良いか？」

俺は改めて目の前の人物を見る。赤いバンダナで短めの髪を立たせている。背中に大きな両刃の斧を持った歴戦の戦士風の人物。

「何があったんだ？」

『魔人族の男に、エンヴィー・ウィズダムという魔人族の……』

う、なんだ……、目眩《めまい》がする。《念話》を使うのが辛い。

「お、おい、どうした？　大丈夫か？」

『あ、ああ、猫馬車の御者と商人に扮した……魔、魔人……族が……』

　俺はそこで気を失った。


　覚醒する。う、頭が重い。周囲の景色は変わらない。

「起きたか。一時間ほど気絶してたぞ、大丈夫か？」

『ああ』

　まだ頭が重い気もする。大丈夫……か？

「大丈夫そうだな。お、そうだ、自己紹介がまだだったな。俺はイーラ。アクスフィーバーというクランのサブリーダーをしている。お前さんのことはウーラから聞いてるよ」

　ああ、ウーラさんのクランの人だったのか。なるほど、だから斧を持っているわけだ。

「猫馬車の御者に扮した魔人族に襲われたってことで間違いないか」

『あ、ああ』

　一緒に乗っていた商人風の男が魔人族だったんだが、訂正をするつもりはない。

「やはりそうか……。ところで奴らから何か聞いていないか？　奴らのアジトにつながるようなことを。何でもいいんだ」

　確か、崖のアジトとか言っていたな。だが俺はソレを教えるつもりはない。

「魔人族は人を騙《かた》り、惑わし、裏切り、人から盗む。人の世に災いしかもたらさない種族だ。見つけ次第殺すしかないっ！」

　魔人っていているから何らかの特殊な種族かと思ったけど、この口ぶりからするとただの詐欺師、盗賊集団なわけね。そりゃあ、殺すしかないよなー。そ、そういえば、俺の着ていた服は？　荷物は？　俺のステータスプレート（黒）は？

　俺は辺りを見回す。俺は木のベッドに寝かされていたようだ。布団などは掛けられていない。周りに何もないシンプルな木で作られた部屋。当然、俺の荷物はない。鉄の槍も買ったばかりの切断のナイフも、何もかもがッ！

『すまない、荷物を知らないだろうか？』

「ああー。現場には何もなかった。腹を切り裂かれたあんたがいただけだ」

ははは。何もなかった、なかっただとッ！　せっかく貯めたお金も、武器も、何もかもがッ！　これからどうしろと？　何もなくなった状態でッ！

「落ち着け、そして受け取りな」

イーラさんから手渡されたのは――一枚のステータスプレートだった。

「さすがに、ステータスプレートなしは不便だろ」

『いいのか？』

「ウーラから聞いてるぜ。初めの三つのクエストを終えているんだろう？　その報酬だったものだ。お前が正当な権利を持ったステータスプレートだよ。といっても初心者用の銅だがな」

銅色のステータスプレートに触れる。文字が浮かび上がる。


【ステータスプレート（銅）認証完了】

そして浮かび上がるステータス。

名前：氷嵐の主
所持金　：0
ギルドランク：G
GP　：25／100
MSP　：2
種族：ディアクロウラー　種族レベル：2
種族　EXP　1036／2000
クラス：なし
クラスEXP　0／―
HP：　40／100
SP：　5／810
MP：　8／11
筋力補正：4
体力補正：2
敏捷補正：8
器用補正：1

精神補正：１
所持スキル　：　中級鑑定（叡智のモノクル）　糸を吐く：熟練度８１２１　念話：熟練度２５７６　毒耐性：熟練度２４００
クラススキル：　槍技：熟練度１２３２　スパイラルチャージ：熟練度384　払い突き：熟練度24
サブスキル１：　浮遊３：熟練度120　転移：熟練度40
所持属性：　水：熟練度344　風：熟練度342
所持魔法：　アイスニードル：熟練度100　アイスボール：熟練度584　アクアポンド　：熟練度２

は、はは、ははは。なんだコレ？　なんだコレ？

ＭＰの最大値が11？　11って何だ？　飛翔のスキルツリーも消えてる。習得したものは消えていないがツリー自体は消えているとか、ははは。絶望的だな。

絶望的状況だな。は、は、は、はー。いいぜ、いいよ。やってやろうじゃねえか、何故生き延びたのかわからないけれど、生き延びたんだ。生き残ったんだッ！

お金もない、武器もない、ＭＰもない、スキルツリーも消えた。

で？　だから、どうした？

負けてたまるかよッ‼

魔人族のエンヴィー・ウィズダムッ！　首を洗って待っていろッ！　俺を殺しきれなかったことを後悔させてやる。必ず、必ずだッ！　グレイさんの仇《かたき》を取る、この俺の手でッ‼

その日、俺は復讐を誓った。


俺は自分の小さな腕を見てみる。腕にあったはずの隷属の腕輪はなくなっていた。ははは、勿体ないから回収でもされたのかな。俺がもうちょっと考えて行動していたら、もっと違った結果に……わかっていたはず、わかっていたのにッ！　いや、よそう。今考えるのは、この後『どうするか』だ。

「ランさんよ、会ってもらいたい人がいるんだが、良いか？」

　俺は頷く。

「ソード・アハトさん、入ってくれ」

　木のドアを開け、入ってきたのは、鎧に身を包んだ二本足で歩く蟻だった。あれ？　もしかして蟻人族？

「ジジジ、ランといったか、自分はソード・アハトという」

　あれ、字幕にジジジって表示されているけど、実際にもジジジって言っているぞ。

「自分は帝国、第三部隊に所属している」

　帝国？　帝国なんてあるのか？

「あー、ソード・アハトさんは大陸にあるウドゥン帝国の軍人さんだ。ランさんからすると珍しいかもしれないが、蟻人族の方だ。蟻人族はもれなく帝国軍人でな……」

　二本足かぁ。俺も頑張って二本足で歩くようにしようかな。そうすれば魔獣に間違われることも、もう少し減るかも。

「うむ。ということで自分も漏れなく帝国の軍人だ。ジジジ、ところで、これを見てくれ」

　ソード・アハトさんが一枚の紙切れを取り出す。うお、紙だ。この世界にも紙があったのか？

「君が見た盗賊は、ジジジ、こんな顔をしていなかったか？」

　紙に描かれていたのは、あのエンヴィーだった。

『ああ、こいつだ』

「ジジジ、そうか。ナハンの地に来ていたか。情報感謝する」

『何故、追っているか訊いてもよろしいか？』

　ソード・アハトさんは腕を組んで考え込む。腕が組めるほど長いってのは羨ましいなぁ。同じ虫なのに、何この違いッ！

「うーむ。ジジジ、まぁ、軍事機密と言いたいところだが、良いだろう。我が帝国の愚かな貴族がこの盗賊と繋がりがあったのだ。ジジジ、その愚かな貴族がこの盗賊に渡したものを追っている」

　もしかするとエンヴィーは帝国に追われて大森林に来たのか？

「それは竜が描かれたエンブレムなのだが、ジジジ、もし見つけたら教えて欲しい。高く買い取ろう」

なるほど、情報を公開したのは俺がエンブレムを手に入れたときにすれ違いにならないように、か。

『了承した』

う、頭が重い。くそ、これはＭＰが少ないことの弊害か。《念話》で消費するＭＰがキツい。会話もままならないとは……。

「ジジジ、私か、私の部下はこの里に当分の間いるつもりだ、よろしく頼む。傷ついた体の中、会話かたじけない。ゆっくりと休むがよかろう」

「ランさん、俺も当分、この里にいるから、また何かあったら呼んでくれや」

『ああ、助かる……。では、また後で……』

そして俺は、そのまま気絶した。

――目が覚める。ＭＰ枯渇の気絶からは、大体、一時間で目が覚めるようだ。起きるとＭＰが全回復しているので、もしかするとＭＰが満タンに回復するまで気絶しているのかもしれない。そしてとても重要なことに気づいたのだが、ＭＰが枯渇するまで消費されると最大ＭＰが増える。現在の最大ＭＰは12になっている。ウーラさんがＭＰは増えないって言っていたのに……増えてるじゃん。しかしまぁ、アレだ。なんというか、ＭＰが増えたことで希望が湧いてきた。あー、でも、最大ＭＰが増えると昏倒《こんとう》時間も増えるのだろうか、それは困るなぁ。

さあ、ＭＰは増やす方法が見つかったので最大ＭＰが減った問題は解決できそうだ。次はお金、食料、武器、アイテムを入れる物、そして当初の予定だったクラスを手に入れる、だね。と、そこまで考えたところでコンコンと一つしかない木のドアがノックされた。

「よぉ、起きたみたいだな？」

入ってきたのはイーラさんだ。

「さっきと同じ一時間ってとこか？　もしかしてＭＰの枯渇か？」

俺は《念話》を使わず頷くにとどめる。

「まぁ、無理すんな。ここにはいつまでいても良いからな。ここは旅人たちのための共用スペースみたいなもんだから」

なるほどなー。共用の宿泊施設が用意されているのは良いな。

「なんといってもフウロウの里はお金が使えないからな。物々交換が基本だ」

へ？　はぁッ？　何と原始的な……。

「まぁ、つまり住む場所はタダだが、飯は自分で用意するか、飯と交換できる素材を取ってこないと駄目ってことだ」

き、厳しいなぁ。

「で、だ。一つオススメの提案がある」

む？

「ランさんよ。まだクラスを持っていないと聞いているが間違いないか？」

俺は頷く。

「ここですぐに『弓士』のクラス試験を受けることをオススメする」

試験がある、か。

「『弓士』の試験を受けるのには何も要らないからな。更に一次試験が通れば初心者用の弓と矢がもらえる。全てを失ったランさんにはちょうどいいんじゃないかい？」

一次試験の難易度次第だが、武器を――弓をもらえるのは有り難いな。最悪、転移で宿に帰ることも考えたけどさ、（食事の分の代金は支払っているしね）ここでクラスを得られるならそれに越したことはないな。また二日かけてここまで来るのも馬鹿らしいからな。

『訊きたい。試験は今すぐでも受けられるか？』

「おいおい、確かに試験はいつでも受けられるが、大丈夫か？　あんた腹を切り裂かれていたんだぞ？」

大丈夫じゃない。でも、食べ物もない追い詰められた状態で時間を無駄にしたくない。宿に逃げ帰るのだけはしたくないんだ。

「決意は固そうだな。わかった、案内するぜ。この里の族長の場所へ、な」

族長……か。軍人のソード・アハトさんもヤツを追っている。急がないとな。急いで力を付けて、誰もよりも早く、俺がッ、ヤツを倒すッ！

イーラさんとともに家を出る。そして俺は外の光景に息を呑《の》んだ。

「どうだ？ 驚いたかい？ 大陸の人は大抵驚くからな、星獣様でも——あんたでも驚くと思ったぜ」

家の外は大きな木の上だった。な、んだと？ 大きな木の枝と枝には複数の木の板の橋が渡してあり、その板の上にはたくさんの家が建っていた。うわ、これこそエルフの里って感じです。

「スイロウの里は結界で魔獣などの悪意ある存在から守られているのは知っているよな？」

知らないです。そうなの？

「結界のないフウロウの里は木の上に住むことで魔獣から逃れているってわけだ」

結界ってのは魔獣が入ろうとすると死滅するとかそんなんだろうか。

「こっちだ」

木の橋を歩き、着いたそこには枝から枝へ紐《ひも》で結びつけられた木のゴンドラがあった。

「族長の家へは、こっちのゴンドラからの移動だな」

木でできたゴンドラは紐にぶら下がっているだけの代物で、大きく揺れたら振り落とされそうだった。こんなゴンドラで移動ですか……。高所恐怖症なら発狂しそうな施設だな。

俺とイーラさんはゴンドラに乗り込む。レバーを動かすと滑車が転がりゴンドラが動いていく。あー、滑車を作るくらいの技術はあるのかー。

こちらのゴンドラの移動に合わせて向こう側からゴンドラがやってくる。これが交互に動くことで移動を可能にしているようだ。

「着いたぜ。族長の家だ」

ゴンドラを降りてすぐが族長の家だった。丸みを帯び、木でできた大きな家。俺たちはそのまま族長の家に入った。

「おお、イーラ。後ろにいるのが例の彼か」

族長の家に入ってすぐに現れたのは年若い青年だった。青白い顔にとがった耳、間違いなく森人族だ。

「ああ、そうだ。星獣様のランさんだ」

『星獣の氷嵐の主という。よろしく頼む』

目の前の彼が族長……なんだろうなぁ。

「うんうん、無事、目が覚めたようで良かった。私はこのフウロウの里の族長をしているサガ・シルバー・フウロウ。よろしく」

サガさんか――塔でも登るのだろうか。これも、いきものの サガか……。

「と、族長さんよ、すまないが、ランさんに『弓士』の試験を受けさせてやって欲しい」

「なるほど。病み上がりだと思いますが、大丈夫かな？」

大丈夫かどうか、それは試験の内容次第です。

「それじゃあ、俺はいくぜ。ランさん、大変だと思うが……いや、そうだな、また会えるのを楽しみにしているぜ、またな」

ごつい両刃の斧を背負ったイーラさんは、そう言って手を振りながら去っていった。おっし、頑張りますか。

「さて、試験の内容です。一次試験は弓の適性を確認します」

イーラさんが去ってすぐに族長が口を開いた。ほう？

「まずはこれを」

族長さんは弓と八本の矢を持ってきてくれた。

「では、外に出ましょうか」

族長さんと俺は家を出る。

「あそこに的があるのは見えますかな？」

族長が遠く離れた一点に向けて指さす。視力の悪い自分だとぼやけてしか見えないが、的のような物があるように見える。ここからだと大体、三〇メートルくらいだろうか。

「この弓と矢を使って、あの的に五本当てることができれば一次試験は突破になります」

手渡された弓は木でできた簡素な造りだ。あまり大きくなく距離も威力も出そうにない。矢も自作の矢よりは綺麗に作られているが鏃《やじり》もなく木を削って尖《とが》らせただけのものに何かの矢羽が付いた簡単なものだ。これで半分以上を命中させろと言いますか、無茶だなぁ。

まぁ、当ててやりますがね。

「では、どうぞ」

俺は弓を構える。握りを持ち、矢を乗せ、伸ばした魔法糸で弦を引っ張る。そして遠くにぼんやりと見える的を射界に捉え放つ。ひゅんと放たれた矢は的を大きく外し、風に吹かれどこかへと飛んでいく。ふむ、距離は充分届くか。しかし意外と風があるな。

二射目。今度は的の近くの枝に当たり、刺さることもなく弾き返って地上に落ちていった。この弓、ホント威力ないね。まぁ、これで大体感覚はつかめたかな。

三射目。矢は軽い弧を描き、的に命中する。なんというか、当てただけだなぁ。

四射目。先程よりも弧は更に緩やかになり、的へ飛ぶ。そのまま的に深く刺さった。うむ、これくらい威力が出れば良い感じだな。
五、六、七射目と危なげなく的に命中。これにて試験はクリアである。楽勝、楽勝。世界樹に住んでいたときに弓矢の練習をしていたのが良かったね。この体型でも弓と矢が使えるように頑張って練習したもんな。あのときの酷い造りの弓矢と比べたら、この程度の弓矢でも狙いやすいってものだ。
「ほう、一発で一次試験突破ですか……ランさんは優秀ですな」

うむ、褒めてください。

「では、次の試験を出さないといけませんね」

簡単なのだと良いなぁ。

「次の試験は、今、手に持っている初心者用の弓を使ってホーンドラットを三匹狩る、ですな。それが突破できれば『弓士』のクラスをあなたに授けましょう」

へ？　ホーンドラット程度で良いの？　ま、まぁ、最初のクラスを得る程度の試験が難しくてもしょうがないのか。

「今、あなたが持っている弓は差し上げます。あとはこの矢筒と三〇本の矢も差し上げます。それでは頑張ってきてください」

お、矢と矢筒ももらえるのはラッキーだな。

『ちなみに期日は？』

「一週間以内でお願いします」

えーっと、こちらの一週間は八日間だったな。なんというか、余裕すぎる試験だなぁ。

『では、さっそく狩ってこよう』

ならば今日中にでも終わらせますか。

俺は族長の家を出て、そのまま通りかかった里の人に案内してもらい、里の出口へ歩いていく。

『見るに、この里の人たちは皆若い人ばかりだな……』

「うわ、頭の中に⁉　と、《念話》は何度聞いても驚きで」

案内してもらった森人族の青年は驚いている。さっきも《念話》で会話したんだけどなぁ。

「ああ、星獣様は森人族をあまりご存じない？　私たちは成人するとそこで成長が止まるんで。普人族の方々と比べても寿命は非常に長いんで、まぁ、星獣様の方が寿命は長そうですけど」

うーん、となると森人族の人たちは若く見えても実は年がいっているって可能性もあるのか……。まぁ、それっぽい種族だもんな。と、そうこう考えているうちに下へ降りるゴンドラの前に来た。

「このゴンドラはぐるぐると上下に常に動いているので、タイミングを見て降りてくださーい」

見ると確かにゴンドラは謎の力で大きく円を描いて回っている。観覧車を想像する。といっても横壁がないから簡単に下へ落っこちそうで怖いね。

さあ、地上か。と、少し不思議に思ったんだけどさ、負傷して気絶していた俺をどうやって上まで上げたんだろうか。というか、大きな魔獣の素材とか上に上げられないんじゃね？　ま、まぁ何かの特別な方法があるんでしょう。

というわけで地上にやって来ました。迷ってここに戻れないってことだけはしないように考えないとね。まぁ、里の中心になっている大きな木が目印になるから、最悪、それを目印に突き進めば良いか。まぁ、大きな木っていっても世界樹ほどの大きさではないからあまり離れすぎると見えなくなりそうだけどな。

少し森を探索しているとすぐにホーンドラットが見つかった。どこにでもいるくっそ雑魚ですね。とりあえず矢で射殺すか。

肩にかけた矢筒から魔法糸を使い矢を取り出し、矢を放つ。矢はホーンドラットの眉間へと飛び、その角に当たって跳ね返った。……しまった。一撃で倒そうと思って頭を狙ったけど角があるじゃん。お馬鹿すぎる。

ホーンドラットが角を前に出し、こちらに突撃してくる。そんな、のんびりとした突撃、今更食らいませんん。華麗に回避し……って、近接での攻撃方法がない？　仕方なく木の矢を手に持ち、覆い被さるように何度も突き刺した。結局近接かよ……。木の矢は折れてしまったが、なんとか仕留めることができた。矢の残りは二八本か。これ、倒したことにならないよねー。

次のホーンドラットはすぐに見つかった。ホント、鼠の多い森である。今度はしっかりと胴体を狙い矢を放つ。矢は鼠の胴体を貫通し息の根を止める。まずは一匹。にしても解体用のナイフもないから、血抜きも解体も何もできやしない。

すぐに見つかった次の二匹目のホーンドラットも危なげなく射殺す。世界樹で弓の練習をしていたのは伊達じゃないッ！　あと一匹で試験終了です。と、ホーンドラットを探しているとゴブリンの線が見えた。森ゴブリンか……うん、これ結構多いぞ。近寄ってくる線はみるみる増えて一〇本くらいになっていた。矢の届く範囲に入った森ゴブリンに矢を放つ。線を目印として放っているので当たれば儲《もう》けものくらいだ。線の表記が変わった森ゴブリンは無視してどんどん矢を放つ。攻撃に気づいた森ゴブリンたちがこちらへと殺到してくる。その数六匹。あまり削れていない。

――《糸を吐く》――

俺は魔法糸を出し木の枝の上に。（……う、なんだ、軽く目眩が）まさかＭＰが枯渇し始めているのか？

俺はステータスプレートを確認する。

3／14

うお、減ってる。もしかして魔法糸が原因か？　って、あれ？　よく見たら完全に枯渇したわけじゃないのに最大値が増えているな。こうなってくると増える条件が特定できない。考えられるのは――MPが少なくなった場合に増える、MPを使う行動を取ったら増える、それ以外のなんらかの要因……かなぁ。と、そんなことを考えていると森ゴブリンの投げた石が飛んできた。ちょ、今、SPがないんだから当たったら洒落にならない。

俺は木の上から矢を射る。矢は森ゴブリンの脳天に刺さった。あら、まだ生きてる。もう一発当てようとしたが、森ゴブリンはそのまま倒れ込んだ。あ、死んだ。そりゃまぁ、脳天に矢が刺さっているんだ、死ぬよね。これで残り五匹か。と、そこで森ゴブリンの一匹が背負っていた木の盾を前に構えた。うお、盾持ちだと！　いくら相手が木の盾とはいえ、今の手持ちの弓には盾を貫通させるほどの威力なんてないぞ。

――《糸を吐く》――

仕方なく上からかなり長めの魔法糸を飛ばし、盾を引っさらう。お、何気に木の盾ゲット。と、MP枯渇による苦しさがなくなった？　何でだ？　俺は改めてステータスプレートを見る。

6／14

回復している？　もしかして……！

俺は魔法糸を精製するのと同じように辺りに漂っている靄のような色の付いた空気を体の中に溜める。

8／14

やっぱりだ。これがMPの元か。今更気づくとか……。なるほどな、魔法糸を使うたびにMPが回復していたんだもん、魔法糸の精製がMPを消費することに気づかないわけだよ。これなら、さっきみたいに連続で魔法糸を出さなければ大丈夫か。それどころかMPの回復手段が手に入って《念話》なども使いやすくなったな。と、考え込んでいるとまたも森ゴブリンからの投石が。ああ、戦闘中だった。

俺は奪い取った木の盾を構え投石を防ぐ。そのまま矢を射る。矢は一匹の森ゴブリンの腕に刺さる。そのままもう一度――今度は森ゴブリンの頭に刺さり、そいつは崩れ落ちた。残り四匹、矢の残りは一四本……いけるか？

色つきの靄を吸い込み、ＭＰを回復させる。

――《糸を吐く》――

魔法糸は投石を繰り返していた一匹の森ゴブリンに絡みつき動きを封じる。

「ギギギ、ムシ？　チガウ？」

森ゴブリンたちが騒ぎ出す。が、気にせず矢を射る。矢は一匹の膝に刺さる。

「ガァ、ギギギ、ニゲ、ニゲ」

森ゴブリンたちが逃げ出し始めた。膝に矢を受け、逃げ遅れたゴブリンに矢を放つ。矢は狙い通りに頭に刺さり森ゴブリンを仕留める。魔法糸に絡みつかれて身動きを止めている森ゴブリンにも矢を放ちトドメを刺す。逃げ出した残りの二匹の森ゴブリンは追わない。

……だって矢の無駄だし。

木の枝から下りて刺さっている矢を確認する。どれもこれも傷んで使いものにならない。所詮、木の矢か……。にしても森ゴブリンの魔石、回収したいなぁ。さすがに削った木の矢程度じゃあ、解体はできないし……うう、勿体ないなぁ。仕方ない、お金になりそうな装備だけもらっていくか。魔法糸を使いお金になりそうな武装を縛って背負うことにする。弓士のクラスを得たらすぐにスイロウの里に戻って換金しよう。と、そうだ、あと一匹ホーンドラットを倒さないと駄目なんだったな。

その後、すぐにホーンドラットは見つかり何事もなく倒すことができた。倒したホーンドラットは血抜きも何もされていないが、とりあえず必要だろうと思い、残った矢に刺してぶら下げて持っていくことにする。

残りの矢は八本。さあ、フウロウの里に戻りますか。


里に戻ってきました。さすがに大きな木という目印があるのに迷いはしません。と、里のゴンドラの前まで来ると、そこに大きなトカゲがいた。いや正確には大きなトカゲの死骸があった、か。それを囲むように森人族たちがいる。

『これは？』

「うお、誰だ?」

《念話》に慣れていない人だと最初は大抵驚かれるな。

『すまない。どうしたのかと?』

「あ……ああ、ちょうど里の戦士たちが狩りを終えて戻ってきたところさ。ジャイアントリザードは初めてかい?」

俺は頷く。頷くというか、頭部分を動かしているだけだけどさ。

「ジャイアントリザードは俊敏な動きを持った大トカゲで、更に凶暴な性質を持っているんだが、肉が非常に美味しいから里では人気があるんだ」

全長、四、五メートルかな。なんというか、この世界って全体的に巨大だよなぁ。

『しかし、これほどのサイズを仕留めるとは……』

「ふふふ、普通に戦えばかなりの強敵さ。でも、こいつらは寒さに弱く冷やしてやれば動きも鈍くなり簡単に狩ることができるんだよ」

なるほどー。コレは良いことを聞いた。今度、見かけたら氷魔法で攻撃してみよう。って、今はMPが少ないから難しいか……。そういえば、森の食用キノコクエストのときに換金所の奥で解体していたのってコレじゃね? あのときはもっと小さかったけど合ってる気がする。

そのうち、上から大きなリフトが下りてくる。そのまま森人族たちは大きなリフトにジャイアントリザードを乗せる。なるほど、こうなっていたのね。まぁ、俺はゴンドラで上に上がりましょうか。くるりと回って下りてきたゴンドラに乗って上に。さあ、族長の家に向かいますか。

『族長殿、おられるか?』

族長の家に入り、すぐに念話を飛ばす。

「おりますぞ」

すると族長がすぐに奥の部屋から出てきた。

『これを』

俺は矢に刺したホーンドラット三匹を族長に渡す。

「確かに、ではこちらへ」

族長は奥の部屋に案内してくれる。さっき族長が出てきた部屋だよね。奥の部屋には黒い直方体がそびえ立っていた。って、コレ、スキルモノリスじゃないかッ！

俺はさっそく鑑定して確認してみる。

【クラスモノリス（弓士）：基本クラスの弓士を取得できる】

「さあ、それに触れてください」

あ、やっぱりそうなのね。なんだろう、思っていたのと違うというか……技術を得て取得って感じじゃないんだな。これ、試験の必要があったのか？

俺はクラスモノリスに触れる。するとモノリスに文字が浮かび上がった。

【基本クラスの弓士を取得しますか？　Y／N】

もちろんイエスで。

【弓士を取得しました。内容はステータスプレートをご確認ください】

ステータスプレートを見るとクラスの項目に弓士って記入されていた。

クラス：弓士LV1
クラスEXP　0／8000
クラススキル：弓技LV0（0／100）　集中LV0（0／20）　遠視LV0（0／20）　早弓LV0（0／40）

予想通り――って、次までの必要経験値8000だと！　多すぎじゃないですか？　総経験値でもやっと2000程度を稼いだくらいだよ。レベルアップが遠いなぁ。クラススキルに関してはスキルツリーのときのように前提スキルがないようだ。いきなり全部のスキルを取得することができる。どれから振り分けるか考えてしまうね。そして、ステータスにも補正がかかっているようだ。

筋力補正：4（1）
体力補正：2（1）
敏捷補正：8（2）
器用補正：1（4）
精神補正：1（0）

多分だけど括弧内がプラス？　される数値なのかなぁ。括弧内の数字の少なさからその数字になるって感じではないしね。

「クラスを得ることはできましたかな？」

にしても家の中、しかも真ん中にこんな黒い直方体があるとか。族長さん、生活してて不便じゃないのかなぁ。

「クラスについての説明は必要ですかな？」

お、説明してもらえるの？　すっごい助かります。

「弓士は弓の扱いに長けたクラスですな。弓を使っての技を取得したり、命中率を上げたりができます。上位クラスや派生クラスの『狩人』になることもできますな」

ふむふむ。

『ちなみに狩人へは？』

「少しの経験を積んだ弓士が魔獣のテイムに成功すると狩人に派生することができるようになります。テイムはわかりますかな？」

えーっと、魔獣を懐かせて手下にするとかペットにするとかって感じかなぁ。

「資格を得た段階でいつでもクラスを変更できます。ただまぁ、狩人が便利すぎて狩人のままって人の方が多いようですな」

なるほど、またここに戻ってくる必要はないわけだ。

『ちなみに上位クラスとは？』

「弓士を極め、弓の扱いを極めた者だけがなることができます。派生と比べ条件が厳しいのでなられている方はあまりいませんな」

ふーむ。もしかしてクラスレベルＭＡＸ、スキル全習得とかなのだろうか。もしそうなら先の長い話だなぁ。

『このホーンドラットは？』

「ああ、試験のですか。弓士を得た人をお祝いするための食材ですな。今日はちょうどジャイアントリザードも捕れたので豪華な食事でお祝いをしましょうか。あなたも是非食べていってください」

試験、試験とはいったい……うごごご。まぁ、ご馳走してくれるというのなら遠慮なくいただこうか。ジャイアントリザードの味も気になっていたしね。違和感なく狩りもできるようになってきたし、この世界にも慣れてきたのかなぁ。あんなことがあった後だっていうのにな。

夜になり、食事が振る舞われる。（うーん、今日中にはスイロウの里に戻ろうかと思ったんだけどなぁ）まぁジャイアントリザードの味に興味があるし仕方ないね。

俺は食事を受け取り共用の宿泊施設に戻る。受け取った食事はスープ——またスープですよ、スープばかりだなッ！　と焼いただけの白身の肉である。あー、周りは木とか燃える物ばかりなのに火を使って調理して大丈夫なんだろうか、とか、俺の中のエルフって木の実とかばかり食べて肉は食べないってイメージだったんだけど食べちゃうんだね、とか、色々どうでも良いことも考えちゃいます。というかね、今回ショックなのは帰るのを遅らせて期待していたジャイアントリザードの調理法が焼くだけとか、だけとかッ！　ってことですね。

異世界は食事文化が遅れているッ！

スープばかりなのも辛いし……せめて醤油《しょうゆ》が欲しいよなぁ。まぁ、スープも素材の風味は生きているし、柔らかくなるまで煮詰められたホーンドラットと思われる肉は歯ごたえがあって普通に食べられる——けどさ、味がシンプルすぎて物足りないんだよなぁ。もっと濃い味が欲しい。味噌《みそ》とか醤油が入るだけで全然違うと思うんだよなぁ。

さあ、次はお待ちかねのジャイアントリザードの肉ですね。焼いただけの肉ということでかなり不安だったんですが、これ、意外と美味しいぞ。ぷりぷりとした肉が舌の上ではじける感じです。口の中に広がる肉汁も味が濃く風味豊かだ。なんだろう、見た目から鶏のささみを想像していたんだけどさ、これはアレだ、タコだ。タコを焼いたのを食べている感じだ。これでたこ焼きを作ったら最高なんじゃね？　タコ刺しみたいな感じで美味しそうだなぁ。生で食べてもそう、醤油が欲しいなぁ。あー、く

まぁ、でも毎日食べても良いかなと思うくらいに美味しかったので、今度見かけたら積極的に狩ってみよう。勝てるなら、だけどね。さあ、食べるものも食べたし、寝ましょうか。（って、ただ寝るのは勿体ないな……）

──《浮遊》──

ＭＰの消費実験をしよう。さあ、どういう条件で最大値が増えるのかな。

というわけで次の日の朝です。ね、眠い……。枯渇による気絶だと眠気が全然取れません。こ、これは失敗したなぁ。枯渇から一時間で目が覚めるので寝た気分になりません。もうね。気絶、起きる、気絶を繰り返していたんだけど、これ、体の負担が半端ない。寿命が縮まりそうです。で！　今回繰り返してみたワケですが、わかったのは、まだまだ検証回数が足りないってことです。枯渇状態からだと最大ＭＰが今のところは必ず1増えている。うーん、これだと枯渇状態以外から増えていたケースの理由がわからないんだよなぁ。ま、当分の間は最大ＭＰを増やすためにも、《浮遊》の熟練度上げを兼ねて頑張りますか。

族長に挨拶をして、そのままスイロウの里に帰ることにする。さあ、帰ろう。

──《転移》──

俺の体が空高くへと飛び上がる。空中で一時停止、そのまま落下が始まる。空から見るとこの島がかなり大きいのと、木々に覆われているのがよくわかる。その中でもひときわ目立つのが世界樹と大きな山だな。

──《浮遊》──

俺は《浮遊》スキルを使いスイロウの里近くに着地

する。と、そこで軽い目眩が……枯渇状態？　もしかして転移もMPを消費するのか？　う、危なかった。最大MPを増やしていなかったら地面に叩き付けられて死んでいたかもしらん。俺はすぐに色の付いた靄を吸い込みMPを回復させる。（……はぁ、はぁ、死ぬかと思った）

さあ、スイロウの里だ。ああ、懐かしい柵と門だ。門番の人も懐かしいなぁ。まだ数日しか経っていないのに、もう何年も経っている気がする。

俺はスイロウの里に入る。まずは換金所かな。ということで換金所に向かう。そのまま換金所の中へと入り、すぐに念話を飛ばす。

『すまない、換金を頼みたいのだが』

久しぶりの受付の森人族のお姉さん。

「あら、久しぶりですね。今日はどういった品物ですか？」

俺は森ゴブリンから回収した装備品をカウンターに並べる。正直、ゴミばかりだけど今は少しでもお金が欲しい。

錆びた銅剣：二本×六四〇円＝一二八〇円
ぼろぼろの木の盾：三二〇円
腐った皮鎧：四個×八円＝三二円
謎の鉱石：八個×八円＝六四円
合計：一六九六円

銅貨二枚と潰銭五二枚か……これが今の全財産になるな。ちなみに初心者の弓の買い取り金額を訊いたら銅貨一枚だった。そ、そりゃあ、無料でもらえる装備品だもんね。そんなもんだよね。高く売れるなら売って装備を変えようと思ったけど、当分は弓装備決定です。

換金を終え、そのままホワイトさんの鍛冶屋に向かう。続いて買い物だ。

中に入り、すぐに念話を飛ばす。

『すまぬ、こちらで矢の扱いはあるだろうか？』

「おお、久しぶりだな。矢か……鉄の矢ならあるぞ」

お、あったか。良かった良かった。問題なのは金額だな。

「一本で一二八〇円だな。鉄を使っているからどうしても木の矢よりは高くなるからよぉ」

うーん、安いのか高いのかわからないなぁ。

『あと、一番安い剝ぎ取りナイフは幾らからだろうか?』

「二五六〇円だな」

う、銅貨四枚かぁ。足りない……。剝ぎ取りナイフは後にしよう。これが買えるようなら今日は魔石を持った魔獣狩りをしようと思ったんだけどさ、仕方ない採取中心にしますか。

「それとな、頼まれている槍だけどかなり良い感じに進んでいるぞ。楽しみにしておけよぉ」

うん、ホント楽しみです。が、まずはお金だよなぁ。とりあえず全財産を使って鉄の矢を一本だけ買うことにした。鉄の矢なら使い回すことができるだろうからな。さあ、ここからチマチマとお金を稼ぐことにしましょうか。

というわけで黙々と採取を頑張るぞー。採取の良いところは集めてからクエストを受けても良いことだよねー。さっそくスイロウの里の外へ。帰りは転移で一気に帰れるのは楽で良いよねー。まぁ、今、一番困っているのは入れ物だよなぁ。換金で手に入ったお金を矢筒に入れているくらいに入れ物に困っています。お金が手に入ったら小物入れと背負い袋を買おう。ああ、魔法のポーチは便利だったなぁ。小さいものを二種類までなら複数個入るんだもん。採取したものや狩った獲物を入れることができないのも非常に不便です。

お、さっそくキノコを発見。がんがんゲットするのです。キノコの柄に魔法糸をくくりつけぶら下げる。見つけたキノコをどんどん繋いでいく。ぶら下がった干し柿みたいだ。

キノコを漁っていると野兎も発見。鉄の矢の威力を確認したいので、さっそく鉄の矢を使ってみる。

矢が野兎を貫通する。ほ、は、へ？　この初心者の弓ってそれほどのキロ数があるようには感じないんだけど。あっても十数キロだよね。矢だけでこれほど変わるのか……。野兎の首筋に回収した鉄の矢で傷を付ける。それをそのまま逆さにし、木の矢に結びつける。これで血抜きができるはず。

回収した鉄の矢は傷も付いておらずまだまだ使用できる感じだね。うーむ、鏃だけではなく篦《シャフト》部分も鉄で補強されているのが大きいのかな。矢羽が一番最初に傷みそうだ。さあて、次だ、次。

すぐにホーンドラットを発見。こちらも鉄の矢で射る。矢はホーンドラットの胴体を貫通していった。うほ、凄い火力。矢だけでこんなにも変わるのか……これも異世界補正なんだろうか。倒したホーンドラットも鉄の矢で傷を付け血抜きがてら逆さにして先程の木の矢に結びつける。にしてもホーンドラットは雑魚いなぁ。所詮ネズミということだろうか。そのうちメタルホーンドラットやはぐれホーンドラットとかが出てくるんだろうか。

鉄の矢を使ってみて思ったんだけどさ、(今の矢筒だと一〇本程度しか入らないけど) 回収できることを考えたら一〇本もあれば充分すぎるかも。一〇本で殺しきれない、数が多いってときはやばそうだけどね。

鉄の矢が一〇本揃《そろ》ったらジャイアントスパイダーの巣もいってみよう。木の矢だと甲殻に弾かれそうだけど、鉄の矢なら充分貫通しそうだ。と、そうだ。アクアポンドを使いながら歩かないと！　水の属性値を上げたいし、使っていれば他の水の魔法が発現するかもしれないからな。ＭＰが減ったら周囲に漂っている色つきの靄を吸い込んで回復ができるからさ、魔法を使いすぎて困るってことがなくなったのは大きいなぁ。

お、光草も発見。これ高く売れるから美味しいんだよなぁ。うまうま。他の冒険者だと見つけるのが困難な光草も線で表示される俺にかかれば楽勝なのです。その点だけでも俺は恵まれているよな。この力を使えば採取だけでも暮らしていけそうです。

さあ、夕方まで採取し続けた結果発表です。帰りは《転移》スキルに頼るということで遠出してまで本気の採取をしまくったので、かなりの金額が期待できそうだ。

まずは冒険者ギルドに向かう。採取のクエストが残ってないかを確認——うん、ない。常駐クエストしかないじゃん。さすがに夕方だと残ってないか……。いくら後受けOKな採取クエストでも、さすがに翌日だと物によってはＮＧらしいからなぁ。まぁ、キノコクエストだけで我慢しますか。

クエストを受けて換金所へ。

クエスト報酬：六四〇円
森の食用キノコ：二六本×三二円＝八三二円
上質な森の食用キノコ：二本×六四〇円＝一二八〇円
レイグラス（光草）：三本×一二八〇円＝三八四〇円
野兎（未解体）：二五六〇円
ホーンドラット（未解体）：二体×六四〇円＝一二八〇円
解体代：▲六四〇円
獲得ＧＰ：＋１（総計26）
合計：九七九二円

銀貨一枚と銅貨七枚に潰銭二四枚です。うう、懐かしの銀貨です。しかし、思ったよりもお金になっていないです。（所詮、採取か……）というか、今更気づいたんですけど、ホーンドラットを解体するより解体せずに売った方が高いじゃん。あれだけ苦労した解体が無駄だったとは……。それどころか損していたとは……うごご。メチャクチャ騙された気分です。絶対、おかしいよ。

さあ、買い物です。夕方になると露店の数も減ってくるので急いで買って帰るのです。銀貨一枚のショルダーバッグと銅貨四枚の鉄のナイフ、銅貨二枚の鉄の矢を一本購入。よし、一日でなんとか狩りができそうな所まで元に戻ってきた。にしても冒険者ギルドでもらった鉄のナイフって一番安い剝ぎ取り用のナイフだったんだな。ただでもらえるのも納得です。残った銅貨一枚と潰銭七六枚をショルダーバッグのポケットに入れる。うーむ、本当に潰銭が邪魔だ。潰銭なんて要らないよって言えるくらいに金持ちになりたいなぁ。

さあ、宿に帰ろうか。


『女将、今戻った』

宿屋に戻り女将さんに《念話》を飛ばす。女将さんは酒場に来ているお客さんに料理を運んでいたが、こちらに気づき挨拶を返してくれる。

「おやおや、お帰り。今日から食事は必要かい？」

『ああ、頼む』

ぽっちゃりな娘さんの姿も見える。ぽっちゃり体型ながらキビキビと料理を運んでいるな。頑張っているなぁ。

「ちょいと待っておくれよ。ちょうど晩の食事ができたところだからね」

そう言って女将さんは奥から本日の晩ご飯を持ってきてくれた。

『そうだ、女将。あと何日ほど宿泊ができるだろうか？』

料理を持ってきてくれた女将さんに訊いてみる。

「そうだね、あと一〇日ってとこかね」

一〇日かぁ。まだまだ余裕があるな。事前に宿泊費を追加しておいて良かったぜ。

出された料理は――今日もスープです。あんたら毎日スープで飽きないのか。今日は赤いスープともさパン（勝手に命名）である。スープに入っているグリーンヴァイパーの肉は結構美味しいから、まぁ、我慢してしんぜよう。

――《糸を吐く》――

俺は糸を使って出された料理を摑み手にしていく。

「あんたのソレ、ほんと、器用に使うねぇ。まるでもう一個手があるみたいだよ」

そうだろう、そうだろう。ここまで使えるようになるまで、何日経ったかわからないくらい使い込んだからなぁ。

『うむ。大切なもう一つの手だな』

と、そこでシステムメッセージが表示された。

【《糸を吐く》スキルが成長限界に達しました】

【《糸を吐く》スキルが《サイドアーム・ナラカ》に変異しました】

【《サイドアーム・ナラカ》の開花に伴い《魔法糸》のスキルが作成されました】

は？　って、もしかしてついに《糸を吐く》のスキルが限界まで成長したのか？　やはり999が最高だったのか？　と俺の目の前に透明な腕が――引っ張っていた糸がいつの間にか一本の透き通った腕になっていた。うん？　これ、俺の意志で動くぞ！

もう一本の腕ができた感じだ。というか、長さ的にもやっと自由に動く腕ができたって感じなんですが、こ、これは？

これなら今まで糸に頼っていた行動が普通にできそうだ。

「お、おい食器が空中に浮いてるぞ！」

とそこで他のお客さんの驚いた声が聞こえた。アレ？　この腕、他の人には見えないのか？　他の人的にはスープ皿が空中に浮いているように見えるのか。浮遊と組み合わせてすーいと動きますとかやったらウケそうだな。

新しい腕でスープともさパンを持って部屋に戻る。

懐かしの自室です――いやまぁ、借りている宿の一室だけどさ。もさパンをスープに浸してもさもさと食べる。ああ、懐かしのまずさだ。まずいまずい、たまらない。でもお腹いっぱい。ついでにステータスプレート（銅）を確認する。《糸を吐く》のスキルがなくなり、《魔法糸》と《サイドアーム・ナラカ》が増えていた。スキルの項目の横は何もなく、熟練度は増えないようだ。うーむ、これが完成形ってことか。

さあ、あとは寝るだけなんですが――疲れるけど今日もＭＰの検証実験をしないとね。

朝ご飯を食べて冒険者ギルドへ。

「虫、よく来た」

今日はちびっ娘か。蜘蛛退治の依頼がないかなー。本当はもう少し矢が欲しい――当初は鉄の矢が一〇本になってから蜘蛛退治にいく予定だったけれど採取があまりにもまずすぎた。あんなに稼げないとは思わなかったもんなぁ。仕方ないので予定を早めて蜘蛛退治です。まずはお金稼ぎをできる状態になるのが重要です。

今の鉄の矢が二本の状態でも、なんとか蜘蛛を一匹倒して、それを換金して、矢を買って、倒せる数を増やして……少しずつ効率を良くしていくって感じで進めてみよう。まぁ、一匹目で普通に倒せるようなら数匹は倒してみる予定だけどね。

「虫、暇か？」

そこで珍しくちびっ娘がこちらへと問いかけてきた。む、いつもは全て面倒そうにやってるのに、どうしたんだ？

『あ、ああ』

暇と言えば、暇だけどさ。俺はお金を稼ぎたいんだよ。

「なら、付き合え」

ちびっ娘がそう言ってカウンターから出てくる。おいおい、今日はどうしたんだ？　そして、そのまま俺の背中に乗っかった。いや、あのう、俺、乗り物じゃないんですが……。

「どした、早く動け」

『どこへ？　今日は蜘蛛を狩ろうかと……』

「虫の魔法を検証する。どうせ、親玉の倒された蜘蛛の巣には蜘蛛が殆どいない」

背中から聞こえてくるちびっ娘の声。蜘蛛の巣には蜘蛛がいないから、自分に付き合えってそういうことか？　今日はよく喋るなぁ。

ちびっ娘を背中に乗せたまま芋虫スタイルでわしゃわしゃと里の中を歩いていく。

「神聖国にはヘルクロウラーを騎乗に使っている騎士もいる、気にするな」

いやいや、気にしますよ。俺は気にしますよ。それにさ、ヘルクロウラーって何ですか？　あー、もう、どうなっているんだよ。

里の外に出ようと大通りを歩いていると見知った顔を見つけた。向こうもこちらに気づいたのか、声をかけてくる。

「ソフィアちゃん先生、むふー、どうしたんです？」

「検証」

そこにいたのは世界樹で助けたシロネさんだった。

何だか、凄い久しぶりだなぁ。って、相変わらずちびっ娘は必要最小限しか喋らないな。

何故か見学に加わったシロネさん、ちびっ娘の二人とともに森の中を歩いていく。ちびっ娘、軽いけどさ、いい加減、俺の背中から下りてくれませんか。

しばらく歩いているとジャイアントスパイダーと書かれた線が延びているのが見えてきた。よし、新しくなった《魔法糸》の力と弓の威力を試してみるかッ！

――《魔法糸》――

《魔法糸》を飛ばしジャイアントスパイダーを木の上から落とす。さあて、弓を使って……。そこで何故か背中のちびっ娘に頭を叩かれた。ちょ、酷い。

「魔法を使う」

……検証って魔法の検証かよ。こっちは最大ＭＰが少ないんだぞ。

――［アイスボール］――

なけなしのＭＰを使い氷の球を浮かべる。そして、そのまま動かなくなっている蜘蛛に飛ばす。蜘蛛に氷の球が当たり、氷が弾け飛んだ。うーん、やっぱり微妙だよな。

「おかしい、もう一度」

いやいや、だからＭＰがキツいんだよ。それといい加減背中から下りてくれませんかね。

――［アイスボール］――

氷の球は蜘蛛に当たり、やはり弾け飛んだ。

「イメージ力が足りない……か？」

ちびっ娘は俺の背中の上で何やらむむむと唸《うな》っている。

「むふー。ソフィアちゃん先生、どうしたんです？」

「魔法が弱すぎる」

シロネさんの言葉にちびっ娘が答える。弱すぎるって、弱くて悪かったな。

「わかった。帰る」

あ、さいですか。じゃあ、帰りますか。何というか、ちびっ娘のわがままに付き合わされただけだなぁ。

「不満か？」

いえいえ。滅相もございません。

「今回は私からのクエスト扱いにしておく」

へ？　そ、それはありがとうございます。助かります。と、そうだ、今、凄いお金が必要なんですよ。俺さ、せっかくだからちびっ娘に『世界樹』の魔獣について訊いておくか。蜘蛛で稼げないってコトなら『世界樹』に向かってみるのも一つの手だと思うしね。

『世界樹の迷宮の魔獣などについて教えてもらえるだろうか』

俺が念話を飛ばすと背中のちびっ娘がもぞもぞと動いた気がした。

「銀貨一枚」

やっぱりお金を請求するんですね。

「ソフィアちゃん先生、むふー、まだ、それ、やってるんですね」

「うむ」

いや、でも俺、お金とか持ってないから、どうしよう。今日、稼ぐつもりだったもんな。

「私が出しますよー。むふー。これも助けてもらったお礼ですねー」

横に並んで歩いていたシロネさんが銀貨を一枚取り出し、ちびっ娘に渡していた。すまねぇ、すまねぇ。

「確かに」

俺たちはゆっくりと里へ帰りながら会話を続ける。

「今の虫が世界樹にいくのはオススメしない」

そ、そりゃあ、魔法は弱かったらしいけどさ。

「まずレベルが足りない。最低3、クラスレベルも1は上げた方が良いと思う」

うーん、ウーラさんも3にしろって言っていたもんなぁ。ボーナスポイント8で結構変わるんだろうか。

「次にGPが勿体ない。世界樹に生息する魔獣の殆どがEランクやFランクの討伐対象。今のEやFのクエストを受けられない状態でいってもGPを損するだけ」

「むふー。確かに、ですよー」

うーん、確かにその話を聞くとFランクまで上げてからの方が効率がいいよなぁ。それはわかるんだが、あと74もGPを稼ぐのはなぁ。せめて蜘蛛が効率的に回せるなら良かったんだけどさ。ちびっ娘が言うには親玉が倒されたから、殆どいないんだろ？　確かに今日は蜘蛛を見かけないもんな。さっきの一匹くらいだもん。

「それでもいってみるのか？」

俺は頷く。（頷くというか頭部分を動かすって感じだな）まぁ、お試しというか、確認程度だからさ。

「わかった」

そう言って、ちびっ娘は世界樹の迷宮の情報を教えてくれた。なんだかんだで、このちびっ娘は物知りだ。さすがはギルドの職員？　ってとこか。

「まず、世界樹の迷宮は一本道なので迷うことはない。通路も広いし、明かりもある」

あら？　俺のいた場所と随分イメージが違うな。トラップだらけだったし、薄暗かったし……。

「すでに散々踏破された迷宮なので、めぼしい財宝はあまり出てこない」

『出てくる？』

どういうことだ。

「迷宮では財宝を手に入れても暫くするといつの間にか復活しているんですよー。復活しない固定のものもあるんですけどねー。むふー。そういった固定のものは良いものが多いって聞いてます」

「うむ。が、世界樹にはもう残っていない」

復活……するのか。なんだか、ますますゲーム的だな。どういう感じなのか実際に見てみたいな。

「次に魔獣」

うん、その情報は重要だ。

「下層で出現するのはFランクの『マイコニド』キノコ人間で、ヤツの胞子を吸ってしまうと体調を崩す。素材は魔石近くにある金色の粘液。弱点は火属性、だけど焼くと素材が手に入らない」

ふむふむ、詳しい話が聞けるのは助かるな。情報があるのとないのでは大違いだからなぁ。

「むふー。私は苦手ですねー」

俺はシロネさんが腰につけている短剣を見る。ま、近接戦だと危険かもな。

「次がFランクの『ポイズンワーム』だ。虫、そっくりな姿にとげとげ。毒を持っているから絶対に噛みつかれないこと。素材は体。一応食用。まずい、売っても殆どお金にならない」

俺そっくりとか酷い言いぐさだな。わたし、ディアクロウラー様ですからッ！

「Gランクの『ヴァイン』は草、絡みつきと縛り付けがやっかい。素材は種子。食用になる。種子は焼くとふかふかしてお腹いっぱいになる。火属性に弱い」

もしかしてふかふかの栗みたいな味のするパンってこれか！

「最後にEランクの『ブルーバット』遭遇したら逃げる」

む。もしかしてアレかな、最初のときに遭遇した大きな青い蝙蝠。それほど危険な感じはしなかったけどなぁ。

「俊敏な動き、空にいるので攻撃手段が限られる。牙での噛みつきがやっかい。大きな音が弱点。だけど難しい。素材は牙と体。体は食用」

なるほど。参考になるな。

『中層は？』

下層があるなら中層もってね。もしかすると次は一気に上層なのかもしれないけど。

「中層、上層は――まずはそこまでいける実力を付けてから」

なるほど、そこまではまだ教えてくれないってわけか。

「私は、むふー。いけそうな気がしますけど……」

シロネさんの言葉はちびっ娘に無視された。

「あと、助言。世界樹で手に入った葉や枝は換金せずにギルドに持ってきたらGPと交換できる。ランクを上げたいなら持ってくる」

嬉しい助言だけど……これは金額次第かなぁ。売値が高いなら考えるよね。手製の世界樹の矢の売値が銅貨四枚だったから、それと同じくらいな気がするけどさ。

『ありがとう、助かった』

まずは情報を入手。俺はこういったマメなことが抜けている気がする。

「じゃ、私はこれでー」

何故ついてきたのかよくわからないシロネさんと別れる。どうやら話しているうちに冒険者ギルド前に戻ってきていたようだ。そのまま芋虫のようにわしゃわしゃと冒険者ギルドの中に入る。他の冒険者の姿は見えない。俺の背中から飛び下りたちびっ娘がカウンターの向こうへと歩いていく。

「虫、ステータスプレート」

あー、そういえばクエスト扱いにしてくれるって言っていたか。ちびっ娘にステータスプレート（銅）を渡すと、いつものように手をかざしていた。ホント、これ何をやっているんだろうな。

「受け取る」

ちびっ娘がカウンターの下から完了札を取り出す。ど、どれくらいの報酬なんだろうか。ただ魔法を使っただけでたくさんのお金はもらえないよな？　と、とりあえず換金所にいってみよう。

俺はその足ですぐに換金所の中へ入り、完了札を森人族のお姉さんに渡す。

『完了札の確認を頼む』

クエスト報酬：三八四〇円
ＧＰ：＋４（総計30）
合計：三八四〇円

銅貨六枚か。何というか、凄い微妙な報酬だなぁ。いや、でもＧＰが多いから、それは嬉しいかな。あー、どうせなら倒した蜘蛛の素材を持って帰れば良かった。

そんなことを俺が考え込んでいるとお姉さんが更に銀貨を一枚多く出してくれた。

『これは？』

「なんでも以前のクエストで支払いミスがあったとのことで、その補填になります」

へ？　そんなことがあったのか。これが全財産がなくなる前ならお役所仕事乙とか思っていたかもしれないけどさ、今のなくなった状態だとグッジョブと言わざる終えない。貯金があった感じですね。これで銀貨一枚に銅貨七枚、潰銭七六枚です。もう少しお金が貯まるようなら鉄の槍を買ったんだけどなぁ。

さあ、あとは鉄の矢を買って宿屋に帰りますか。


やって来ました、世界樹。日にちが変わり、すぐに世界樹へと直行です。冒険者ギルドに寄っても受けられる世界樹関係のクエストがないから無駄足になるだけだしね。

目の前にある大樹。端も見えないサイズだ。俺の他に冒険者はいない。大樹の足下、無数に這っている木の根の隙間に隠れるように、その入り口があった。入り口には門番などはおらず、勝手に入ることができるようだ。特に管理されているってわけじゃないのね。

さあ、帰ってきた。俺は帰ってきたぞー。というわけで探索開始ですね。俺はついに世界樹の迷宮に正面から足を踏み入れたのだ。うーん、感慨深いね。

迷宮内は日が差し込んでそこそこに明るい。木の中、木に包まれているのに謎の技術だ。世界樹の中を進むと右の木壁から草が生えているのが見えた。線はヴァインという表示になっている。なるほどコレがそうか。どうしようかなぁ、火の魔法でも使えれば焼いて終わりなんだろうけどな。

とりあえず矢で射ることにした。矢は草の中心、キャベツの塊のような部分に刺さる。キャベツが草を伸ばし暴れ、そのまま萎《しな》びたように崩れた。お、倒したか。一応ステータスプレート（銅）を確認してみる。すると経験値が12増えていた。ちゃんと倒せているようです。が、この弱さで12か……多いな。ＭＳＰもしっかり1増えているし、これ美味しい敵じゃね。うっし、頑張って狩ろう。

とりあえず魔石と素材を回収しないとな。近寄り鉄のナイフでキャベツを切り裂く。中には種子と小さな魔石があった。回収、回収。と油断したのが悪かったのか、視界の上方にヴァインの線が見える。

ヤヴァイ。

上からしゅるしゅると葉が伸び体に絡みついてくる。急ぎ鉄のナイフを構え、絡みついてきた葉を切る。切った先から葉が伸びてくる。（くそ、これ意外にやっかいだぞ）気づいたときにはキャベツの塊が目の前に来ていた。キャベツの塊が一枚一枚と葉の殻を開き中の姿を見せていく。開いた葉が俺を包み込むように広がっていく。もしかして俺を捕食するつもりなのか？　キャベツなのに肉食なのかよ、さすがは魔獣。このまま芯を貫けば倒せそうだが、絡みついてくる葉を切ることで手一杯になり、そこまで手が回らない。

――［アイスボール］――

効き目は薄いと思うが氷の塊を浮かべる。食らえ。一発、二発、三発……芯に次々と氷の塊をぶつける。氷の塊がぶつかるたびに緑の衝撃波が走る。その間にも伸びてくる葉を切っていく。五発目ッ！　氷の塊の衝撃に耐えられなかったのかヴァインが吹っ飛ぶ。俺はすぐに弓を構え、芯を狙い撃つ。

矢がヴァインの芯に刺さりヴァインは萎びていった。

……ふぅ。視界外から襲われるとは――線が見えることで完全に油断していた。線はモノクルを付けた右の視界の中にしか存在しないことを完全に失念していたな。辺りを見回し敵がいないことを確認。刺さった鉄の矢を抜き、先程と同じように種子と魔石を取り出す。ふぅ、油断しなければ楽勝そうだな。

いくつかのヴァインを倒しながらゆっくりとした坂を登っていくと開けた場所に出た。天井が見えない。視界の端には壁伝いに大きな螺旋状の坂があるようだ。これを登れと。

道幅は広く一〇〇メートルくらいはある。コレだけ広ければ、いくら中央が吹き抜けとはいえ、足を滑らせて落ちるようなことはなさそうだ。

それから一時間くらい歩いたが、まだヴァイン以外の魔獣には遭遇していない。意外とエンカウント率って、低いのか？

うん？　そこで道の端に木でできた瘡蓋《かさぶた》みたいな物が見えた。（何だ、コレ？）瘡蓋は綺麗に剝がせそうなので、思い切って剝がしてみることにした。瘡蓋の中には……魔法のポーチが入っていた。

うおおお、魔法のポーチだよ、返ってきたよ。嬉しいよ。もしかして、コレ、宝箱だったのか？　うおぉぉ、最初が魔法のポーチとか幸先良いなぁ。魔法のポーチをゲットだぜ。中から魔法のポーチを取り出し、さっそく使用者登録をする。

【魔法のポーチS（1）】
【亜空間に小物を収納できる魔法のポーチ。収納できる種類は1】

……は？　え？　1？　1かぁ。まぁ、矢が収納できるだけでも全然違うよね。って、矢が入らない。矢のサイズでも駄目なのか。試しに銅貨を入れてみる。銅貨は入るようだ――コレ、使い道あるのか？　普通のポーチの方が、まだアイテムが入るぞ。嬉しかった気分が一気に萎えました。とりあえずヴァインの魔石を突っ込んどくことにした。せめて、収納数が2とか3なら財布として使えないこともなかったのに……。

そうして落ち込んだ気分で歩いていると上からぼとりとキノコが落ちてきた。大きなキノコの中心には苦《く》悶《もん》の表情に見える穴が開いており、そこから胞子の粉が吹き出ていた。線の表示はマイコニドになっている。よし、ついに新顔だな。

キノコには足のようなヒダが付いており、それを動かし、のそりのそりとこちらに歩いてくる。近づかれると危険な気がする。特にあの胞子の粉はやばそうだ。ま、俺には弓と矢があるからな。遠くから射るだけです。

鉄の矢がマイコニドに刺さる。マイコニドから「ぼあぁ」と悲鳴？　が上がる。気にせずに鉄の矢を射る。二発目も命中。体が大きいので当てるのは楽勝です。マイコニドは悲鳴を上げながら、足を止めることなく近寄ってくる。三発目。まだ死なない。四発目。まだまだ、ぼあぁぼあぁ言いながら歩いてくる。鉄の矢を買い足しておいて良かったぜ。五発目。マイコニドの足が止まる。お、もう少しか？　六発目。最後の鉄の矢を射る。これで倒せないとキツいなぁ。マイコニドに最後の鉄の矢が刺さる。

しかし、マイコニドは、まだ動いていた。仕方なく残っていた木の矢を使うことにする。更に木の矢を四本ほど射ったところでマイコニドを倒すことができた。動きが緩慢な分、硬いってことか。こいつは胞子の粉に気をつけながら槍で戦った方が良いかもしれんなぁ。もしかして射撃とかに耐性があるんだろうか、と刺さった矢を抜きながら考えてみる。確か、マイコニドの素材は魔石の近くの金色の粘液だったな。って、粘液ってどうやって運ぶんだよ。困ったぞ。情報を聞いていたのに準備していないとか馬鹿ですねー。と、そこで閃くことがあった。

俺はマイコニドの体を切り開く。死んだ後は胞子の粉が飛び出すこともなく、安全に切り開けた。魔石の近くから金色のネバネバしていそうな液体がにじみ出てくる。樹液みたいだ。俺はそれを（手が汚れないように）サイドアーム・ナラカで掬《すく》ってヴァインの魔石を取り出し空っぽになった魔法のポーチSの中に入れる。うん、上手く入った。亜空間保管なら汚れることもないし、今度から、この魔法のポーチSは金色の粘液専用だな。そう考えると手に入ったタイミングはちょうど良かったのかもしれない――まぁ、元々の魔法のポーチがあれば何も考える必要なんてなかったんですけどね。

しかしまぁ、どうしようかな。今回、たまたまマイコニドが一匹だったから良かったけどさ、二匹出てきたら倒しきれないぞ。これだけ硬いと鉄の矢が一〇本しか入らない初心者の矢筒では物足りないし、もう少し強い弓も欲しいし、槍も欲しい。

うーん。

今日は一旦帰るか。今日手に入った素材を換金して、また考えてみよう。

マイコニドの経験値は64だった。ＭＳＰは2も増えている。（……これ、ここで狩っていたらすぐにレベルが上がりそうだな）

狩り場の中心を世界樹に移すべきだよなぁ。なんでこんな旨味《うまあじ》なのに他の冒険者が見えないのだろうか。レッドアイのときのことが頭を過《よ》ぎるが……まぁ、冒険者ギルドで訊いてみることにしよう。

サクサクと帰ることにしましょう。来た道を帰っていく。前回のときのように枝から飛び下りて一気に下まで到達、みたいなことができないのは不便である。あ、そうだ。ここで《転移》を使ったらどうなるんだろうか。

――《転移》――

俺の体が持ち上がり凄い勢いで上空へ。そのまま天井にぶつかり、落下し地面に叩き付けられた。うお、うお、死ぬかと思った。い、いや、でも、け、怪我はないな。あの勢いでぶつかって怪我がないとか――も、もしかして、このスキルを使っている間は防御フィールドみたいなものに守られているのか？　落下時も無理に《浮遊》スキルを使わなくても良かったのか？　うわ、無駄なことをしていたのか……。ま、まぁ、勉強になったということで。今度からは着地時に《浮遊》スキルを使わなくても大丈夫ということがわかっただけでも良しとしよう。

うん、《転移》は天井があるところでは使えない、と。……意外と不便なスキルだなぁ。

魔獣を根こそぎ狩りながら進んだはずなのに、帰り道にはヴァインが湧いていた。どこから出てきたんだ？　一本道なのに不思議なモノである。まぁ、迷宮だから謎の力が働いているのだろう。

復活しているヴァインを倒し世界樹の外に出る。帰りは急ぎ足で戻ってきたのだが、それでも往復三時間である。うーん、これ、日帰りでは攻略しきれそうにないなぁ。迷宮内で一泊する準備も必要か……。さぁ、今度こそ転移で里に帰ろう。

帰って来ましたスイロウの里。まずは換金所です。

『換金をお願いしたい』

いつものように森人族のお姉さんに頼む。ホント、休みなしなんですね。

「はい、わかりました」

『あと、魔法のポーチの亜空間の中に金色の粘液が入っているのだが』

「あー、はい竹筒を持ってくるので、そちらに移し替えてもらってもいいですか？」

へ？　今、竹筒と言いましたか？　字幕では確かに竹と表記されている。うおぉぉ、竹があるのかッ！

この世界にも竹があったのかッ！

タケノコ食べられるじゃん。竹アーマーを作ることもできるじゃん……って、作らないけどさ。

『すまない、この辺りでは竹が採れるのか？』

「いえ、この辺りでは採れませんね。北のフウアの里の特産品です。よく犬人族の方が鉄などと一緒に行商に持って来られるので、安価で手に入って重宝しているんですけどね」

なるほどー。この里の周辺では採れないとしても、竹が存在していたのは嬉しいなぁ。

『ちなみに竹筒はどこで買えるのだろうか？』

「あ、はい。ホワイトさんの鍛冶屋で買えますよ」

へ、鍛冶屋で竹が買えるのかよ。まさか、竹槍とか作ってないだろうな。あったら欲しいかも……ネタとして。とまぁ、そんなことを考えながらサイドアーム・ナラカを使い金色の粘液を竹筒に移し替える。

『この金色の粘液は何に使われるのだ？』

「これは火に弱い魔獣が多い世界樹攻略の必需品ですね。多くの冒険者が愛用しているのですが、武器に付けると一定時間、武器に火の属性を持たせることができるアイテムに加工ができます」

エンチャントアイテムになるのか。といっても加工して――ということはそのままでは使えないってことか。とりあえず換金しとこ。

ヴァインの種子：一四個×六四〇円＝八九六〇円
ヴァインの魔石：一四個×六四〇円＝八九六〇円
金色の粘液：五一二〇円
マイコニドの魔石：二五六〇円
竹筒：サービス
総計：二万五六〇〇円

銀貨五枚である。うはぁ、凄い儲かるんですけどー。や、槍、買っちゃおうかなぁ。これだけ儲かると明日も世界樹にいきたくなっちゃいますね。……明日はいかないけどさ。うーん、これならヴァインの魔石は砕いても良いかな。早く弓士のスキルを取得したいしなぁ。

情報が欲しかったので、そのまま冒険者ギルドへ向かう。

『すまない訊きたいことがあるのだが』

「おう、ランじゃねえか」

いたのは眼帯のハゲのおっさんだ。うーん、ちびっ娘の方が物知りなイメージがあるから、このおっさんに訊いてみても良いものなのかどうか悩むなぁ。

「お前、もう世界樹に挑戦しているんだってな。さすがは俺が見込んだだけはあるぜ。普通の冒険者の何倍もの早さだぞ。やっぱり人と星獣様だと造りが違うのか？　お前はこの冒険者ギルドの期待の星だぜっ！」

眼帯のおっさんがガハガハ笑っている。何このおっさん。調子良すぎない？　最初、すぐ死ぬからシラネ扱いしていたの、今でも憶えているんですけどー。

『ところで訊きたいことがあるのだが……』

「うん？　なんだ」

調子の良いとこ悪いけどさ、訊きたいことがあるんだってば。

『世界樹の中で冒険者を見なかったのだが？』

「ああ、それか」

眼帯のおっさんが語ってくれる。

「世界樹に挑戦できるような冒険者がまだ育ってねえのよ。逆に育った奴らはここを出ていくしな。ちょうど、その辺りの冒険者がいねえのよ。狩り放題で良かったじゃねえか。ま、本来は、世界樹は二人以上で攻略するのが常なんだがな。まぁ、お前なら独りでも大丈夫だろ」

ホント、適当だなぁ。にしても人がいなかったのはタイミング的なことだったのか……ソロでも寂しくないもん。と、本題、本題。本当に訊きたかったのはそれじゃない。

『それとだが……この辺りで崖があるところをご存じないか？』

「崖なんて至る所にあるだろうがよ」

はーい、使えないわ、このおっさん、ホント、使えないわー。

「ん、待てよ……？　お前が言っているのは、もしかしてあそこのことか」

お？

「フウロウの里いきが何で二日もかかるか知っているか？　直線距離ならすぐの距離だというのに、だ」

あ、そうなの？　フウロウの里って実は近かったんだ。

「あそこには大きな崖があって、更にそこを根城にしているシルバーウルフの群れがいやがる。定期的に狩ろうとしているんだがよ、奴らも狡猾《こうかつ》で上手くいってねぇ。仕方なく群れを避けて遠回りしているってワケよ」

シルバーウルフ？　フォレストウルフがFランクの討伐クエストにあったな。それの上位種とかなんだろうか。あー、でも、これ完全に当たりだよなぁ。すぐに居場所が掴めたのはラッキーだな。といっても間違っている可能性もあるし、下見は必須か……。

『すまない、助かった。ちなみに情報料は？』

眼帯のおっさんは手を振る。

「いい、いい。これくらいはサービスのうちだ。それにお前、ソフィアに本当に五一二〇円渡しているそうじゃねえか、そのお釣り分ってことでいいぜ」

うん？　どういうこと？　そういえば字幕が五一二〇円じゃなくて銀貨一枚ってなっていたよね。もしかして、アレって本当に銀貨一枚ってワケじゃなくてそういう言い回しってだけなのか！　がーん、無知故に損をしていたってことなのかー。って、それならそれでちびっ娘も言えよ、教えてくれよ。素直に銀貨一枚渡しちゃってたじゃないか。シロネさんも渡していたしさー。

ま、済んだことは仕方ない。次は鍛冶屋だな。竹筒も買わないと……はぁ。

鍛冶屋ー、鍛冶屋ー。

『竹筒をくれ』

「と、いきなりだな、おい」

今日もりりしい犬頭のホワイトさんである。

「竹筒か、良いぜ。アレに使うんだろ？　四個で六四〇〇円だ。何個いるんだ？」

何個か。何匹倒す予定かってことだよなぁ。まぁ、安いし二セット買っておくか。

『二セットもらおう』

「はい、まいど」

ホワイトさんが小さな竹の筒を八個持ってきてくれる。ちっちゃな蓋もしっかり付いている。試しに魔法のポーチSに入らないか、試してみたら入れることができた。ということで魔法のポーチに封印です。これ、素朴な疑問なんだけど金色の粘液が入った竹筒と空っぽの竹筒、別扱いなんだろうか。なんだろうなぁ。うーん、これが二種までだったなら、なぁ。ま、まぁ、次だ次。

『あと、弓はあるかな？　あるならば、どんな弓があるかを教えて欲しいのだが』

「弓か、良いぜ」

ホワイトさんは、そう言うが早いか奥から三種類の弓を持ってきてくれた。

「最初はショートボウ、軽くて取り回しの良さが売りだな。サブの遠距離武器として持っている冒険者も多いな。ちなみに一万二四〇円だ」

ふむふむ、銀貨二枚っと。これは初心者の弓に毛が生えた程度に見えるなぁ。

「次がコンポジットボウだ。鉄板と木を組み合わせて作られているので破壊力は結構あるな。サイズは小さく迷宮での使い勝手も良いがよぉ、重く飛距離もそこそこって感じだな。価格は二万四八〇円だ」

銀貨四枚ね。サイズ的にはショートボウとあまり変わらないように見える。加工はこちらの方が豪華だなぁ。複合素材とか凄い技術だよな。

「最後にロングボウだな。距離も破壊力も、今回紹介した中では一番だな。だがまぁよぉ、耐久性では一番劣る。乱暴に扱うと壊れるぞ。こいつも価格は二万四八〇円だ」

同じく銀貨四枚か。見た目は和弓によく似ており、二メートルはあろうかというサイズは凄い迫力だ。距離も破壊力もあるのは良いが壊れやすいと聞くと躊躇《ちゅうちょ》するなぁ。

「ちなみにオーダーで耐久力を上げた鉄製のロングボ

ウなんてものも作れるぞ。その代わり熟練の弓士でもないと引けないくらいの重さだがよぉ」

金額的にはショートボウだけど、まぁ、コンポジットボウだよなぁ。

『コンポジットボウをもらおう。あと、鉄の矢も四本もらえるか』

くうぅ、鉄の槍が買えなかったか……。買うのは次だな。

「まいど」

銀貨五枚と銅貨二枚を支払う。

「今使っている弓はどうするんだ？　要らないなら下取りしとくぞ？」

お言葉に甘えて下取りしてもらう。といっても銅貨一枚にしかならないんだけどねッ！　矢筒に入らなくなった木の矢も引き取ってもらう。こちらはお金にならなかった。廃棄処分っすかー。次に買うのは槍と矢筒だな。それが終わったら服を買おう。いくら芋虫の姿でも、そろそろ素っ裸は卒業したいです。

まだ少し早い時間だが宿に帰ってきた。

「おや、今日は早いね」

女将さんはテーブルを拭き片付けをしていた。

『うむ』

「こっちはこれから晩の仕込みだよ。食事はそれからになるね」

スープか？　スープだな？

『わかった、後で部屋に持ってきてもらっても良いか？』

「はいはい、後でステラにでも持っていかすよ」

ステラ……あー、あのぽっちゃりなおとなしい娘さんね。鑑定していたから名前は知っていたけど、女将さんから聞くのは初だなぁ。俺は女将さんに向けて頷くと部屋へ。

部屋に戻った俺はとりあえず魔法のポーチSから竹筒を取り出し床に置く。さあ、こっそり水魔法の練習だ。現在、最大MPは32まで増えている。

消費MPは念話が四秒に1。当初に予想していたとおり熟練度1000につき、1MPあたりの時間が一秒延びるようだ。

《糸を吐く》（今は《魔法糸》だが）の消費も一回につき1。これは六連続で発動させても、一回でも1だ。

サイドアーム・ナラカは発動に8MPを消費。一度発動させてしまえば消さない限りはMPの消費はなかった。ちなみに発動後は寝たりしても消えることはない。

浮遊の消費MPは一秒に1。これも念話と同じで熟練度1000につき、1MPあたりの時間が一秒延びそうだ。

転移の消費MPは16。予想外に多かった。というか、転移も浮遊もスキル扱いなのにMPを消費するのが納得できません。

アイスボールの消費MPは一個2。俺は一度に六個浮かべることが多いから、それだけで12も消費です。今までの戦歴を考えるとMP消費と威力が合っていない気がする。

アクアポンドの消費MPは1でした。が、これ熟練度を上げると消費MPが増えそうな気がする。熟練度を上げると水たまりの規模が大きくなるんだけど、それに伴ってMPの消費が増えてる気がするからだ。

スキル関係はMPを消費しないが、連続使用ができないって感じですね。とまぁ、そんな感じで今まで知り得た情報をまとめてみる。うーん、メモ用紙でもあれば、こういうことをメモしておくんだけどなぁ。だってさ、忘れそうじゃん。

――［アクアポンド］――

竹筒の中に水たまりを作ろうとするが発動しない。しかし、熟練度は増えているし、MPは消費しているのでこのまま続けることにする。多分、この魔法って、地面がないと発動しないんじゃないかな。で、最大MPの増える法則だが、だんだんわかってきた。多分、MPを消費する行動をとると増えることがある、だ。あとは枯渇させれば必ず1増える、だね。MPを消費する行動で増えるのは本当に稀《まれ》みたいで枯渇させた方が効率が良いくらいだった。

コンコン。と、そんなことをしているとドアをノックする音が聞こえた。

『どうぞ』

入ってきたのはぽっちゃりな娘さん、ステラさんだ。

「あ、あの……置いときますね」

ステラさんは食事を置くとすぐに帰っていった。

さぁ、今日のメニューはなんだろうなぁ。何スープだろうな……って、おいッ！

こ、これは……。

器に入ったものを見て驚いた。こ、これは米か！　びちゃびちゃとスープみたいに浸された白い米のような粒。見た目は米っぽい。おかゆみたいになっているな……。ま、まずは食べてみよう。

……一口。

こ、これはッ！　……甘い。なんだコレ、甘い。おかゆに砂糖と蜂蜜を入れた感じだ。食えないことはないけど納得できない感じだ。米っぽいのになぁ。期待した分、凄いがっかりした。懐かしの白米にありつけると思ったのに……。まぁ、食文化の遅れている異世界だもん、もし米が出てきたとしても玄米じゃないとおかしいよな。米を白くなるまで削る〝精米〟なんて発想が思い浮かぶわけないよな。見た目で期待した俺が馬鹿だったよ。おかずは何もなく、晩ご飯はこれだけである。仕込みの準備をしてこれだけとか、おかしくない？　絶対、おかしいよ。それだけ、この甘い米もどきの調理が大変なんだろうか。まぁ、こんな世界だし、甘味ってのは貴重なのかもしれないしなぁ。

翌日になり、俺は探索を開始する。《転移》を使えば一瞬で帰ることができるので思いっきり遠くまで探索をするのです。まずは馬車の停留所からフウロウの里に向かう道順をなぞる。遠回りしていたという話からフウロウの里の位置と《転移》スキルを使ったときに上空から見たスイロウの里の位置を考え、探索範囲を狭めていく。

俺は《魔法糸》を使い木々を飛び回り高速移動をする。そしてついに見つけた。飛び回ること数時間、距離にすれば百数十キロは探索したね。

視界の先にあるのはシルバーウルフの線。ここが眼帯のおっさんが言っていたシルバーウルフのいる崖がある場所だな。周囲には他に線が見えないので一匹だけだな……ちょうどいい。

俺はコンポジットボウを構える——あ、探すのに夢中になっていたけどさ、試し打ちしとけば良かったか。まぁ、いい……。

シルバーウルフの線に向けて矢を放つ。命中。攻撃を受け、こちらに気づいたシルバーウルフが駆けてくる。……でかい。と言ってもレッドアイのような要塞感溢《あふ》れる巨体ではないが、それでも普通の狼よりも一回り、二回りはでかい。ホント、何でもスケールが大きくなる世界だぜ。

シルバーウルフの速度は速いが、俺は焦らず矢を番え放つ。小さいながらも重量感溢れるコンポジットボウからうなりを上げて矢が放たれる。矢は狙い違わずシルバーウルフの脳天に突き刺さる。狼の動きが止まる。よたよたと動き、頭を振るとそのまま唸り声を上げ、また駆けてくる。矢が刺さったままなのに元気だな。

もう一射。シルバーウルフは急停止し、小さく右横に飛び回避する。な、なんだと。初心者の弓のときよりも矢の速度はかなり上昇しているはずなのに、それでも回避されるのか……。って、近寄らせるわけには……近接武器を持っていないからヤバイ。

もう一度、矢を射る。これも右横に飛び、回避される……が、大急ぎでもう一度矢を放つ。今度は命中。こちらは脳天に突き刺さる。脳天に二本も矢が刺さったシルバーウルフが大きな咆哮を上げる。その声に呼ばれたのか周囲に次々とシルバーウルフと書かれた線が増えていく。これはやばいぞ。脳天に矢が刺さったシルバーウルフに目の前まで近寄られてしまっている。というかね、脳天に矢が刺さっていても生きているとかおかしい。

集まってきたシルバーウルフも線だけではなく実際に姿が見える距離まで近寄って来ていた。二、三、四……一〇匹ほど。(これ詰んでね?)周りのシルバーウルフはいきなり襲っては来ず、俺の周りを集団でくるくると回る。やべぇ狩られる。

周囲の一匹が回転から離れ俺に飛びかかってくる。

俺は《魔法糸》を飛ばし、体をスライドさせて回避する。が、それを狙ったようにもう一匹が飛びかかってくる。俺は鉄の矢をサイドアーム・ナラカで持ち、飛びかかってきたシルバーウルフに伸ばす。鉄の矢は噛みつこうと大きく開けた口の中へ――そのまま鉄の矢がシルバーウルフの喉を貫く。シルバーウルフはたまらず大きく飛び退く。しかし、すぐに次のシルバーウルフが飛びかかってくる。くそ、無理だ。

――《魔法糸》――

俺は《魔法糸》を飛ばす。狙いは最初の、脳天に鉄の矢が刺さったシルバーウルフ。しかし、あっさりと右横にステップされ《魔法糸》を回避される――が、俺は地面にくっついた《魔法糸》をそのまま縮め、そちらの方向へ飛ぶ。そして脳天に矢が刺さったシルバーウルフの横を抜け、その抜けざまに脳天に刺さっている鉄の矢を伸ばしたサイドアーム・ナラカで掴む。

――《転移》――

俺は鉄の矢を掴んだまま遙か上空へ。サイドアーム・ナラカの下へ引っ張られる具合が凄い。これ自分の腕で掴んでいたら――腕がもげていたかもしれない。サイドアーム・ナラカの先がどうなっているかを見る余裕なんてない。上空で停止し、地面へと落下。そのまま地面へと叩き付けられる。世界樹で試したように何かの防護フィールドに守られているのか怪我をしたり、傷ついたりすることはない。

さあ、サイドアーム・ナラカの先はどうなっている？　……普通にシルバーウルフがいた。弱っているがまだ死んではいない。

――《魔法糸》――

俺は《魔法糸》を使いシルバーウルフを絡め取る。さすがにこの距離、この体勢で回避されることはない。

――《魔法糸》――

俺は更に《魔法糸》を使い木の枝の上へと飛び上がる。そこから鉄の矢を放つ。《魔法糸》に絡め取られ動けないシルバーウルフは為す術もなく鉄の矢をその身に受ける。シルバーウルフがジタバタと大きく暴れる。

もう一射。シルバーウルフは、鉄の矢が体に刺さるぎりぎりのタイミングで《魔法糸》から抜け出し、そのまま体をひねり鉄の矢を回避する。まだ死なないのかよッ！

鉄の矢の残りは二本。

――《魔法糸》――

俺は《魔法糸》をシルバーウルフに飛ばす。動きが鈍くなっているが、それでも回避される。が、その行動……読んでたぜッ！　すでに構え、放っていた鉄の矢が《魔法糸》を避けたシルバーウルフに刺さる。

……予想地点に来てくれて良かったぁ。こいつ、回避するときは常に右側にステップして回避していたからな。読み通りだったぜ。

そしてシルバーウルフはゆっくりと動きを止め――崩れ落ちた。はぁはぁ、勝ったか。レッドアイほどの激戦、苦戦ではないけれど、自力の足りなさを痛感した。決定打が欲しいなぁ。結局、鉄の矢は残り一本になっていた。くっそ、ぎりぎりの戦いすぎる。回収可能なのは刺さっている鉄の矢六本と外した一本だけだし、これシルバーウルフの換金額次第では赤字、か。三本も向こうに残してしまったのは痛いよなぁ。……はぁ、疲れた。

とりあえずシルバーウルフの経験値とMSPを確認っと。経験値は144、MSPは4だった。随分と数値が増えてきたものです。これシルバーウルフを無双できるようになったら美味しいだろうなぁ。とりあえずMSPは頑張って100まで貯めて弓技の取得を目指そう。

里は目と鼻の先だ。とりあえず帰ろう。さあ、里に帰るか。《浮遊》を使いシルバーウルフの死体を浮かせ運んでいく。使い道があまりないと思っていた《浮遊》が意外と便利です。といっても、まだまだ熟練度がしょっぱいので浮かせてある程度運んでは休憩、MP回復を、と地味に面倒な作業を繰り返すしかないんですけどね。まぁ、熟練度稼ぎにもなるし、そのうちどんどん効率が良くなっていくだろう。

まずは換金所だ。

『すまない、換金を頼みたいのだが』

ハロー、いつものお姉さんに声をかける。

「はい、わかりました。何になりますでしょうか？」

『これになるのだが……』

俺は浮遊を使いシルバーウルフの死体を換金所の中へ入れる。

「こ、これは、シルバーウルフですね。ちなみにクエストは受けられていますか？」

うん？　何のことだろう。

「シルバーウルフは特別討伐魔獣になりますので、クエストを受けられていない方でもＧＰがもらえます。こちらで待っていますので、最初に冒険者ギルドにいくことをオススメします」

ほへー。そうなのか。もらえるものは是非もらっておこう。ということで冒険者ギルドだな。向かいの建物だし、近いのは良いな。

ということで冒険者ギルドなのだった。本日は建物の中に何人かの冒険者の方々がいるようだ。うーん、そういえば他の冒険者の方々とあまり接点がないなぁ。ウーラさんともアレ以来、顔を合わさないしね。てっきりウーラさんはこの里の常駐冒険者だと思っていたんだけど、他の用事のついでだったらしい。それでもこの里の冒険者には兄貴って慕われているんだと。まぁ、面倒見が非常に良さそうな人だもんね、慕われるか。たまたまウーラさんがいたタイミングでこの里に来た俺は運が良かったのかな。

「虫、こんな時間にどした？」

今日はちびっ娘か。まぁ、眼帯のおっさんよりはマシか。

『シルバーウルフを倒したのだが』

その言葉を聞いて周りの冒険者が騒ぎ出す。マジかよとか、俺らとは造りが違うんだからとか元魔獣がとか色々字幕が見えるな。そこ、隠れて聞こえないように喋っているつもりだろうが、俺には字幕で表示されるから全てお見通しなんだよ！

「周りうるさい。シルバーウルフ程度で驚くな。だから本当の意味で駆け出しを卒業できない」

うーん、狩り場の様子から予想していたことだけどさ、この里ってあまりランクが高い冒険者が多くないのかなぁ。ＥやＦランク中心の冒険者が多いよね、多分。掲示板にかかっているクエストもＥやＦランク中心だったもんなぁ。ランクだってさ、ホーンドラットのクエストでもＧＰは最低1入るんだから、一〇〇日かければ誰でもＥランク程度にはなれる計算だもんね。勝手な予想だけど、そういった日数をかけてランクを上げている冒険者が多いのかもしれないね。

「ステータスプレート」

はいはい、提出ね。俺はステータスプレート（銅）をちびっ娘に渡す。ちびっ娘はいつものようにステータスプレート（銅）に手をかざす。

「確認した。特別報酬としてＧＰ10を付与する」

うほ。10ももらえるの？　これ一〇匹倒したらＦランクじゃん。

「あと、虫。ＧＰは魔法具との交換もできる。ランクアップは遅れるが見てみるか？」

お、そういうこともできるの？　是非見たい。

「わかった。これがリスト」

ちびっ娘が文字の書かれた木片を取り出す。リストに表示されていたのは……。

1000000ＧＰ　魔法のリュックＬ（20）　一回限定
100000ＧＰ　ゴールデンアクス
10000ＧＰ　魔法のカバンＭ（10）　一回限定
1000ＧＰ　スキル極意書
100ＧＰ　ステータスプレート（銀）　一回限定
10ＧＰ　火炎壺

「交換できる魔法具は各冒険者ギルドによって違う。うちはコレ」

って、一番上の必要ＧＰの数が……。最初、桁を書き間違えているんじゃないかと二度見してしまった。一〇〇万って――現実的に稼げる数値なのか？

「魔法のリュックＬ（20）だけはどこの冒険者ギルドでも同じ」

ああ、商品リストのトップは変わらないわけね。ゴールデンアクスとか武器として凄いのか換金物として凄いのか判断がつかないなぁ。ステータスプレート（銀）って銅と何が違うんだろうか。景品になるくらいだから何か違うんだろうけどさ。

『説明を訊いても？』

ちびっ娘はあからさまに嫌そうな顔をする。多分、面倒臭いんだろうな。

「リュック、たくさん入る。Lサイズのアイテムも入るから便利。ゴールデンアクス、強い。カバン、Mサイズまで入るから便利。極意書、魔法やスキルの熟練度が使うだけで上がる。ステータスプレート（銀）、サブクラス、サブスキルのツリーが取得できる。火炎壺、世界樹で有利に使える使い切りの火属性の攻撃魔法具」

なるほど。Lサイズがどの程度かわからないけど竜の死体でも入るぜ、くらいだったなら……完全にチートアイテムだな。もしそうなら100万GPも頷ける。というか、それくらいであって欲しい。まぁ、斧は要らないか。ステータスプレート（銀）は是非欲しいなぁ。あとは奥の手として火炎壺を持つのも良さそうだ。GPが余るくらいまで強くなったら極意書に代えまくって鍛えるみたいなのもありだよね。……欲しいものばかりだけど、桁がおかしいよね。結局、現状では無理なものばかりだ。

『すまぬ、参考になった』

現状では無理だからね。無理だからねッ！

「うむ。さっさとシルバーウルフを換金すると良い」

俺はちびっ娘にお礼を言って冒険者ギルドを後にした。

さあ、換金だ。すぐに向かいの建物、換金所に戻る。

『改めて換金をお願いしたいのだが』

「はい、わかりました」

お姉さんが他の職員の方を呼び、シルバーウルフを運んでいく。暫くカウンターで待っているとお姉さんたちが戻ってきた。

「はい査定が終わりました。魔石を取り出されていませんでしたが、それもこちらで換金してよろしいですか？」

俺は頷く。

シルバーウルフ：二万四八〇円（銀貨四枚）

シルバーウルフの魔石：四万九六〇円（小金貨一枚）

総計：六万一四四〇円

小金貨一枚と銀貨四枚である。うおぉ、懐かしの小金貨。うーむ、ポンとお金が手に入ってしまったなぁ。冒険者がこんなに儲かると他の商売をやっている人たちに申し訳なくなるな。まぁ、その分、命をかけているんだけどね。ふ、冒険者以外の職業なんて馬鹿らしくてやってられないぜー。

お姉さんに訊いてみるとシルバーウルフは牙、毛皮、肉が素材になるそうな。今回は丸ごと一匹での計算だけど個別でも買い取ってくれるとのこと。その中でも一番高いのは毛皮ってことなんで、今後、倒しすぎて嵩張るようなら毛皮だけ持って帰ってくるのもありか。

これで服と矢筒と矢と槍を買おう。レッドアイの槍の加工代金はまだまだ払えそうにないなぁ。

買い物が終わって明日は……また世界樹かなぁ。ちょっとシルバーウルフは厳しすぎる。もっと強くなってからだなぁ。

さあ、楽しい楽しい買い物タイムだ。さっそく鍛冶屋です。

『参ったぞ』

奥からやれやれと言った感じでホワイトさんが出てくる。

「お前、ホント偉そうだよな」

他にお客いないじゃん、いないじゃん。

『矢筒を買いたいのだが。あと、鉄の槍と鉄の矢も欲しい』

「矢筒か……何個かあるが全部見るか？」

俺は頷く。

「仕方ねぇなぁ」

ホワイトさんが奥から四つの矢筒を持ってきてくれる。

「とりあえず説明するぞ。最初が竹の矢筒、鉄の矢なら四本ほど入る。金額は一二八〇円だ。安くて軽いのが売りだな」

銅貨二枚か……安いけど、これは要らないな。鉄の矢四本で何ができるってんだ。

「次が皮の矢筒だな。軽くて丈夫、鉄の矢なら一二本ほど入る。金額は三八四〇円だ」

銅貨六枚ね。二本しか増えないって……要るか？

「次がオススメの鉄の矢筒だな。重さはあるが鉄の矢が一六本入るな。価格は一万二四〇円だ」

銀貨二枚か、一気に高くなったな。にしても一六本か……それでも物足りない気がするなぁ。

「最後が魔法の矢筒だな。軽いし矢も三二本入るぜ。金額は一六万三八四〇円だな」

小金貨四枚ね。頑張れば買えそうな金額だけど……それは、まだまだ先だな。

『鉄の槍と鉄の矢筒と鉄の矢を一〇本もらおう』

「まいど、三万八四〇〇円だな」

えーっと、三万八四〇〇円だと銀貨七枚と銅貨四枚かな……。

【暗算スキルが開花しました】

【暗算スキルの開花に伴い異能言語理解スキルと連動します】

は？　どういうこと？　買い物のたびに暗算を繰り返していたからスキルとして開花したのか？　というか、効果がわからない……。まぁ、暗算スキルはあとで考えるとしよう。俺は小金貨を渡し、お釣りをもらう。

次はお隣の服飾店に。

「いらっしゃいませ、ラン様」

普人族の女性店員さんが挨拶をしてくる。お、ちゃんと憶えていてくれたのか。店員の鏡だね。

『麻のベストを頼みたい。あと、マントはあるだろうか？』

「麻のベストですね。二五六〇円（銅貨四枚）になります。あとはマントですね。マントも銀糸製と麻糸製があります。銀糸製ですと八万一九二〇円（小金貨二枚）、麻糸製ですと五一二〇円（銀貨一枚）になります」

うお、字幕に変化が。円と通貨の自動変換がされるようになっているぞ？　もしかして暗算スキルの効果ってコレか？　いやまぁ、便利だし、最初に欲しいって願っていたけどさ――なんというか、今更な気が……。まぁ、小金貨は持っていないし、素直に麻のベストと麻のマントを買うことにしよう。

『麻のベストと麻のマントをもらおう』

俺は銀貨二枚を渡し、銅貨四枚のお釣りをもらう。にしてもお店の人たちはすぐにお釣りを出してくるし、細かいお金をたくさん持っているんだな。……訊いてみようか。

『細かいお金をたくさん持っているようには見えないのだが、すぐにお釣りが出てくるのだな』

「え？　ああ、そうですね。見慣れない方からすると不思議に思われるのでしょうか？」

はい、不思議です。

「それなり以上の商人は必ず持っているのですが、小さな――Sサイズを四種類だけ入れることができる魔法の財布というものがありまして……それを使っているのです。魔法の財布も入れ物系の魔法具なので登録者しか開けることができません。盗まれる心配もなく安心してお金を所持できるため、非常に重宝しています」

へぇ、便利だな。

『ちなみに幾らくらいするのだろう？』

「そうですね……私は一三一万七二〇円（金貨四枚）で購入しました」

高い、超高い、べらぼーに高い。でもあると便利なのもわかるんだよなぁ。これもいつか欲しい物リスト入りですね。

「あ、そういえば……今日、といいますか、今、入荷したばかりなのですが、シルバーウルフの毛皮で作られたシルバーウルフのマントも提供できますよ」

……それ、俺が売ったヤツじゃないか。時間的にそうだよね。今さっき売ったヤツだよね。

『ちなみに価格は？』

「最近だとシルバーウルフ自体の素材が貴重になっていますので四万九六〇円（小金貨一枚）ですね」

……本体全部で銀貨四枚で売ったのに、毛皮だけで小金貨一枚になるのかよ。ぼったくりかよッ！　この世界、一番儲けているのは商人だわー、冒険者とか足下を見られて終わりだわー。俺も商人を目指すべきだわー。

『素材の持ち込みは可能か？』

「はい、大丈夫ですよ。その際はお安く作らせていただきます」

……次は換金せずに持ち込もう。くっそ損した、損したッ！

『銀狼のマントは……ま、また機会があれば、な』

うーん。今度、シルバーウルフを狩ったら素材の持ち込みだな。

「麻のマントは手直しの必要がありませんので、今お渡しできますが、いかがなさいますか？」

あ、マントはそのままだから、今、もらえるのか。

『うむ、いただこう』

俺は麻のマントを受け取る。

さっそく試着室で付けてもらう。このマントは首部分に巻いて羽織るタイプだった。勇者とかが付けているようなヒラヒラとした空でも飛べそうなマントではなかった。なんだろう、ポンチョとかレインコートとかっていった方が合っている気がする。麻生地だからなのか、ごわごわとしたマントだ。特に全裸で着込んでいる俺にはチクチクとしてあまり着心地が良いものではない。ベストはそうでもなかったんだけど加工の違いだろうか。まぁ、何にせよ、全裸卒業である。少しは文明人に返り咲いたんだろうか。

……裸マントって完全紳士スタイルだよね。コレ、自分が芋虫じゃなかったら通報モノだよね。芋虫で良かった、芋虫万歳。さあ、用事も済ませたし、あとは宿に帰って明日の準備だな。

明日は世界樹の攻略だ。

翌日。朝一からの出発です。とりあえず露店から皮の背負い袋を銀貨二枚で購入。ついでにグリーンヴァイパーの素焼きをお弁当代わりに購入。何かよくわからない葉っぱに包んでもらう。二個で銅貨一枚です。そのまま服飾店により麻のベストを受け取る。――これで全てを失う前に近づいたんじゃないだろうか。

ショルダーバッグ、皮の背負い袋、魔法のポーチS（1）、鉄の槍、麻のベスト、麻のマント、コンポジットボウ、鉄の矢筒、鉄の矢一六本、竹筒八個……か。

さあ、準備もできたし世界樹に向かいますか。里の外に出た後は木々を《魔法糸》で飛び回りサクサクッと世界樹へ。うーん、この移動方法は便利ですな。ホント、某蜘蛛の人になった気分が味わえます。

さあ、世界樹だ。世界樹の中に入り、歩いているとすぐに見えてくるヴァインという線。はいはい雑魚雑魚。コンポジットボウに矢を番え放つ。勢いよく放たれた矢がヴァインの中央、キャベツの塊を貫く。キャベツはそのまま萎れる。楽勝楽勝。サクサクッと魔石と種子を取り出す。

さあ、がんがん進もう。

数匹のヴァインを狩りながら坂を登っていくと開けた場所に出た。そのまま壁伝いにある大きな螺旋状の坂を登っていく。（ここまでが前回の到達点だな）

吹き抜けの坂を登っていくと前回と同じように上からキノコが降ってくる。苦悶を浮かべた表情からは胞子の粉が吹き出ていた。……前回、矢の数が足りなくて苦戦したので、今回は槍で戦ってみるか。久方ぶりの槍です。

――《スパイラルチャージ》――

槍がうなりを上げ螺旋を描き、マイコニドの顔（に見える部分）を貫く。その衝撃を受け、大量に吹き出す胞子の粉。槍で貫くために接近していた俺は吹き出した胞子の粉を浴びてしまう。げほ、げほ。何だコレ。

視界が定まらなくなる。左三個の視界がおかしい。ぐるぐる回っている。叡智のモノクルが装着された右側の視界は正常なままである。足下もふらつく。まっすぐ歩けない。……って、この距離はヤバイ。ふらつく足を我慢し、残った真ん中の手を使い、ゆっくりと後退する。それに合わせてマイコニドもゆっくりだが前進する。少し離れているが、更にもう一匹のマイコニドが降ってくる。う、この状況で二体目か。

――《魔法糸》――

俺は後方に《魔法糸》を飛ばし、そのまま跳躍。マイコニドから大きく距離を取る。すぐにコンポジットボウに矢を番え放つ。動きの鈍いマイコニドは矢を回避することができず、そのまま突き刺さる。矢が刺さったマイコニドはぐらつき、頭を振る。それに合わせたくさんの胞子の粉が吹き出す――この距離なら胞子を浴びる心配もないな。

もう一射。矢が刺さる。「ぐぼう」というマイコニドの叫び。更にもう一射。命中。矢の勢いに押され、そのまま後ろに倒れ込む。最初のマイコニドは動きを止めた。よし、あと一匹。

二匹目との距離はまだまだ充分にある。矢を放つ。一発目……、二発目……、三、四、五発目……ついにマイコニドが倒れ込む。うーん、コンポジットボウと鉄の矢だと五発ってとこか。最初が三発で倒せたのだから、スパイラルチャージの威力は鉄の矢二本分ってとこか。

俺は鉄の矢を回収する。その頃には足のふらつきも視界の異常も治っていた。にしても、動きの鈍いマイコニドは鉄の槍で戦った方が楽勝かと思ったけどさ、胞子が危険すぎる。近接殺しだなぁ。こいつこそ、矢で戦うべき相手だな。次からケチらずに鉄の矢で狩猟することにしよう。忘れずに魔石と金色の粘液の採取を行わないとな。

予想していたとおり、金色の粘液を入れた竹筒と空っぽの竹筒は別アイテム扱いだった。魔法のポーチの中に一緒には入らない。仕方ないので空っぽの竹筒をショルダーバッグに移す。魔法のポーチは金色の粘液が入った竹筒専用です。そして少し早いが、このまま まご飯にすることにした。ショルダーバッグから葉っぱに包まれたグリーンヴァイパーの素焼きを取り出す。さあ、食べよう。もしゃもしゃ、うまうま。これで調味料関係が充実していたら最高なんだけどなぁ。今後、その辺を俺の現代知識を動員し、醤油や味噌や色々な調味料を開発して――チートをしないとなッ！　異世界チートの幕開けだぜー。なんて夢を妄想しながらもしゃもしゃとお肉を食べます。……うーん、喉が渇いた。うわ、水袋がない。買ってなかったッ！　ばっかじゃないの、俺、ばっかじゃないの。そうだ、今こそ、魔法だ！　今ならできそうな気がする。いや、できるはずだ。きっとできる、やればできる。そう、こうやって追い込むためにわざと水袋を忘れたんだ。きっとそうだ。

水、水、……水。イメージ、イメージ。空中に何かが圧縮していくような感覚。これは来たんじゃね。

【ウォーターボールの魔法が発現しました】

――［ウォーターボール］――

右目に装着された叡智のモノクルに表示されたシステムメッセージとともに空中に水の球が浮かび上がる。……違うそうじゃない。とりあえず浮かんでいる水の球を飛ばしてみた。凄い勢いで飛んでいき、外壁に当たってはじけ飛んだ。……違うそうじゃない。これ、アイスボールの水版か……。見た感じだけはシロネさんの作ったサモンアクアにそっくりだけどさ、どう見ても攻撃魔法だよな、コレ。

――［ウォーターボール］――

もう一度水の球を浮かべる。俺は浮かんだ水の球に顔を突っ込んでみた。水の球が弾け飛び、顔面に炸裂する。い、痛ぇ、超痛ぇ。ステータスプレート（銅）を確認してみる。SPが0に、HPが10も減っていた。ははは、笑えない。俺ってば、何やってんだ。いやまぁ、顔を突っ込んで水分補給ができるんじゃないかなと思ったんだけどさ。て、あ……。

――［アクアポンド］――

地面に水たまりを作る。よし、木の上だから発動しないかと思ったが、ちゃんと発動したな。水たまりの水をサイドアームナラカですくい口に含む。……うん、普通に飲める。って、最初からこうすれば良かったんだよなぁ。はぁ……そろそろ進むか。まだ天井は見えない。

先は長そうだ。

木壁沿いに坂を上がっていく。お、瘡蓋を発見。

やったー、宝箱だ。さっそく開けよう。と、俺が瘡蓋に近づくとポイズンワームという線が増えた――新敵か。気持ち的には宝箱の中身の方が気になるんですけどー。

現れたポイズンワームは毛虫のように小さなトゲがたくさん生えた姿をしていた。色も毒々しい紫と緑色です。あー、コレ、近寄ったら駄目なタイプだ。とりあえずコンポジットボウで攻撃だな。

矢を放つ。動きの鈍い毒芋虫が回避できるはずもなく体に鉄の矢が刺さる。毒芋虫はキュイキュイと鳴いている。はい、もう一射。これも命中。毒芋虫は、矢が刺さったままこちらにゆっくりと近寄ってくる――非常にゆっくりとした移動だ。これは近寄られる前に充分倒せそうだ。もう一射。当然、命中。相変わらずキュイキュイと鳴いています。と、そこで毒芋虫が大きく口を開き紫の液体を吐きかけてきた。予想外の不意打ちに、俺は思いっきり液体をかぶってしまう。うわ、汚な。結構な距離があると思ったのに、こちらまで届かせるとは……。

……。

……しかし、何も起こらない。うん、何も起こらないぞ。汚いだけじゃん。もう一撃加えると、毒芋虫は動かなくなった。毒芋虫は四発っと。毒嚙みつきも弓矢なら食らうことはなさそうだし、余裕だな。うん、余裕。まずは経験値と。経験値は56増えていた。これで現在の経験値は1974だから、もうすぐレベルアップだ。楽しみです。MSPは3も増えていた。お、多いなぁ。経験値はマイコニドよりも少ないがMSPが多いのは良いな。積極的に狩ろう。っていっても一本道だから必然的に倒すしかないんだけどさ。素材は肉が食用ってことだったな。……って、コレを食べるのか？　トゲが付いているし、色もグロいし――ちびっ娘はまずいって言っていたよな。よし、放置で。

魔石だけ取ろう。さあて、次はお楽しみの宝箱です。中に入っていたのは――白い小瓶だった。陶器製かな？　割れないようにそっと取り出す。よし、鑑定。

【ヒールポーションS】

【わずかばかりのキズを癒やしてくれるポーション】

ポーションかぁ。蓋を開けて中を見るとどろりとした赤い液体が入っている。うーん、これさ、塗って使うのか飲むのかわからないな。とりあえずショルダーバッグに突っ込んでおこう。割れたら割れたときで。

それから少し進むと、またマイコニドが降ってきた。距離を取って鉄の矢を五発ほど浴びせると動かなくなる。うん、楽勝。やっぱり遠距離攻撃は強いなぁ。

さぁ、お楽しみのレベルアップだ。ステータスプレート（銅）を見ると前回とは違い一言レベルアップと表示されていた。むむむ、あれは黒専用の文章なのか。

【レベルアップ】

とりあえずステータスプレート（銅）に触れる。

【8】

筋力補正：4（1）
体力補正：2（1）
敏捷補正：8（2）
器用補正：1（4）
精神補正：1（0）

お、今回も8か。これはもしかして常に8なのだろうか。敏捷補正に8振ったときはかなり大きく体感が変わったんだよなぁ。これがゲームなら冗談で特化型だ、と更に敏捷へ8振るんだが……。現実になってみると他を無視して8振る勇気はないなぁ。

……。

うーん。

よし、決めた。

筋力補正：4（1）
体力補正：2（1）
敏捷補正：12（2）
器用補正：5（4）

精神補正：1（0）

敏捷補正に4、器用補正に4振ることにする。筋力や体力、精神の詳しい効果はわかっていないけど、現状で困っていないからね。弓士の補正で器用補正と敏捷補正の数値が大きいということは——それが弓士で重要なステータスってことだろうし、それを伸ばすのが最善だよな。ステータスを振り分けると、すぐに効果が出たのか、自身の動きが機敏になった気がする。まぁ、プラシーボ効果かもしれないけどさ。これなら二本足でも普通に歩けるんじゃないか。うん、できそうだ。頑張って上体を起こし、歩いてみる。おー、イケるイケる。今後は、この上体を起こした状態で頑張って歩いていこう。と、ネクスト経験値はっと。次は3000か。もしかして1000ずつ増えていくのか？　でも、この増加の仕方ならあまり苦にならないな。効率良く稼ぐようになればレベルはぽんぽん上がりそうだ。矢を使い切らない限りは遠くから矢を射るだけで楽勝ですし。

その後もポイズンワーム二体同時や、マイコニドとポイズンワームの同時などの戦闘はあったがどれも遠くから矢を射るだけで楽勝に終わった。うーん、俺の場合は線が見えるから、視界外からの急襲とかでもない限りは戦闘の準備ができるからなぁ。近寄られて接近戦になることがまずないもん。これって普通の人よりも随分と有利だよな。

地味だけどチートだと思いました。うんうん、異世界チートぽくなってきたぜ。と、そんなことを考えながら歩いていると天井が見えてきた。おお、終点か。結局、ブルーバットには会わなかったな。

天井を越え、次のフロアに。

次のフロアは左右を木の壁に挟まれた通路になっており、その通路を進んでいくようだ。天井の高さは八メートルほど、道幅は一〇メートルほどかな。大体の感覚だから正確に計ると違うのかもしれないけどね。狭くはないが広くもないって感じだな。次のフロアに入ってすぐの地点に竜の紋章が描かれた台座があり、それを囲むように地面に円が描かれていた。

これ、迷宮王の骨があった部屋の台座と似ているぞ――しかし、台座の上には何もなかった。もしかするとこの上にも叡智のモノクルのようなチートアイテムが置いてあったのかなぁ。俺は竜の紋章が気になり、よく見ようと近寄り、その紋章に触れてみた。

その瞬間、周りの景色が変わった。


ここはどこだ？

目の前には竜の紋章が描かれた台座。台座の上には何もない。部屋の広さは一〇メートル四方くらいか。周りの壁は石でできているようだ。振り向くと狭い通路へと続く道が見える。しかし、それを塞ぐように石壁を壊し木の根が伸びていた。うーん、ここはどこだ。もう一度、台座の竜の紋章に触れてみると台座の上に映像が浮かび上がる。……これ、さっきいた場所だよな。も、もしかしてテレポーター？　中継地点か何かだったのか？　ということは……？

俺は後ろを振り返る。道を塞ぐ木の根。俺は木の根に近寄り木の質を確認し鉄の槍を構える。


――《スパイラルチャージ》――

木の根が少し削られる。よっし、いける。

――《スパイラルチャージ》――

休憩し、また槍技を叩き込む。

――《スパイラルチャージ》――

どんどん削られていく木の根。何度か《スパイラルチャージ》を叩き込み、なんとか自分が通れるくらいの隙間を作る。

さあ、進もう。しばらく進むと道は行き止まりになっていた。が、俺は慌てない。だって、目の前に隠し扉って線が見えているんだもん。俺が隠し扉に触れると『ふぉん』という音と共に扉が消えた。扉が消えると共に外から陽光が差し込んでくる。うっし、予想通り。

俺は外に出て現在地を確認する。世界樹の迷宮の入り口近く、たくさんうねっている根の一つに隠された通路だったようだ。これ、ショートカットが開通したってことだよなぁ。根の這っている具合から他の冒険者が来ていた可能性は低い。他の人は毎回律儀に登っていたのか？　にしても、他の冒険者は、こんな簡単な仕掛けに気づかないものなのか？　まぁ、いいや。とりあえず一旦帰ることにしよう。多分、あそこからが中層か。中層と上層の情報もちびっ娘から仕入れておくか。ギルドにいると良いなぁ。

――《転移》――

《転移》スキルを使い里に戻る。今回も色々とゲットしたものが多いし、換金が楽しみだな。まずは冒険者ギルドを覗いてみるか。

冒険者ギルドを覗いてみると――中にいたのは眼帯のおっさんだった。ちびっ娘じゃないのか。これは明日だな、明日。このおっさんから有益な情報が得られるとは思えないもん。そのまま、目の前の建物、換金所へ。

『換金を頼みたいのだが』

いつものように森人族のお姉さんが対応してくれる。ホント、休みなしですね。

「はい、換金ですね」

そうだ、換金の待ち時間の間、ちょっと訊いてみよう。

『商人をしているのは普人族の方が多いと思うのだが、換金所は森人族の方が多いな』

「そうですねー。森人族はお金に興味がない人も多いですし、細かいことに向いてないんですよね。あ、お嬢は例外ですけどね」

お姉さんは律儀に答えてくれる。

「私たちは狩人のクラス持ちが多いので解体が得意なんですよ。生活サイクルも普人族より長いので休みなく働けますしね。そういうこともあって換金所でお手伝いをしているんです。まぁ、探求士になった変わり種のお嬢もいますけどね」

ふーむ、探求士ってクラスかな。にしても変わり種のお嬢様か――森人族にもお嬢様とかいるんだな。

しばらくして換金結果が出た。

ヴァインの種子：六四〇円（銅貨一枚）×六＝三八四〇円（銅貨六枚）
金色の粘液：五一二〇円（銀貨一枚）×四＝

二万四八〇円（銀貨四枚）
ポイズンワームの魔石：一万二四〇円（銀貨二枚）×四＝四万九六〇円（小金貨一枚）
合計：六万五二八〇円（小金貨一枚、銀貨四枚、銅貨六枚）

うーむ。ポイズンワームの魔石の換金額が知りたくて売ってみたけど悩む金額だなぁ。今回、マイコニドとヴァインの魔石は砕くことにしたけど銀貨二枚で売れるのは悩むなぁ。よっし、現状、お金に困っていないし（欲しいものが高すぎるッ！）次からは砕くか。もうちょっとで弓技を覚えるのに必要なMSP100に届くもんね。あ、そうだ。ポイズンワームの肉の換金額とヒールポーションの換金額も訊いてみよう。

「ポイズンワームの肉ですか？」

お姉さんはすっごく嫌そうな顔をしているが、それでも答えてくれる。

「八円（潰銭一枚）ですね」

やっす。無茶苦茶安い。持って帰らなくて良かった。すっごい嵩張る量になっていたもんなぁ。

「ポイズンワームの肉は一応食べられますし、頑張れば調理もできるんですけど、すっごく、すっごくっ！まずいんです。あれならクリエイトフードの方がまだマシってくらいです」

そこまで力説するほどなら食べなくても良いんじゃないかなぁ。というか、食べ物の扱いにしなくても良いと思うんだけどなぁ。

「ヒールポーションは量にもよりますけど、一番小さなものなら五一二〇円（銀貨一枚）で買い取りますよ。ただ、こちらで売るよりは魔法具屋に持っていくことをオススメします」

魔法具屋かぁ……。そういえば名前は聞いたけど一度も顔を出していないな。よっし、いってみるか。

お姉さんに訊いてみると鍛冶屋や服飾店のある通りにあるそうな。……返してもらえなかった竹筒を鍛冶屋で補充して、その足でいってみよう。金色の粘液を入れていた竹筒を返してもらえなかったからなッ！

魔法具屋は鍛冶屋から少し歩いただけで見つかった。

木だけではなく土を使った土壁の建物で、中には色々な色の小瓶が並べられている。中には店主であろう普人族の老婆がゴザの上に座っていた。猫でも膝に乗せてそうな感じの干物具合である。

『もし?』

俺は声をかけるが老婆に無視される。

『もし!』

「何か言いましたかな?　あいにくと耳が遠くてのぉ」

いやいやいや、それは無理があるだろ。

『すまないが、《念話》なので聞こえていると思うのだが』

「そうじゃった、そうじゃった。晩ご飯かのう?」

う、うーん。話が通じない。もしかしてこのお婆ちゃん、お留守番役か何かなのだろうか。話がわかる人がいないと何もできないなぁ。魔法薬の説明や付与魔法のこととか聞きたかったたし、相場次第では銀糸装備を買って付与を何かやってもらいたかったんだけどなぁ。仕方ない魔法具屋は後日だな。

そのまま鍛冶屋に寄って帰ることにする。ということで鍛冶屋。

『竹筒をもらおう』

「はいはい、まいどまいど」

ホワイトさんは結構適当な感じの接客になっている気がする。

「いやだってよぉ。最初はこえぇ、魔獣かよって思ったけどよぉ。お前お馬鹿じゃねえか。怖がるだけ損だと思ってよぉ」

いや、あの……お馬鹿とか酷いと思います。というか、接客が適当になっている理由と関係ないよね、ソレ。

『あと、槍の手入れもしてもらいたい』

ホワイトさんに鉄の槍を渡す。

「うわ、またひでえな。お前、ホント、武器を大事にしないのな」

えー。そんなことないよ。今回、殆ど使った覚えがないし……って、スキルか。やっぱり予想していたとおり《スパイラルチャージ》が武器を傷めている原因だよなぁ。

『多分、それはスキルの影響だろう』

「はぁ、お前、武器を傷めるような強力なスキルが使えるのか？　いや、それがあるから、か」

何やらホワイトさんが納得している。

「お前さんが世界樹に挑戦していることだよ。普通より早く挑戦しているのは、そういった強力な攻撃スキルがあるからかと納得していたんだよぉ」

うーん、でも世界樹では殆ど使ってませんよ。殆ど遠くから弓でチクチク倒してますよー。まぁ、わざわざ言わないけどさ。

「まぁ、そうとわかりゃ、がんがん使ってがんがんウチの商品を買っていきな」

えー。

「終わったぞ。竹筒と合わせて一九二〇円（銅貨三枚）だ」

俺はホワイトさんに銅貨三枚を渡し、新品同様になった鉄の槍を受け取る。うーむ、相変わらず謎の技術。さあ、明日も世界樹かな。

朝一で冒険者ギルドを覗いてちびっ娘がいたら情報を入手して……魔法具屋は帰りかな。

さあ、明日も頑張るぞー。

朝ー。朝だよー。ということで翌日です。ふあぁ、眠い。ステータスプレート（銅）にも時刻表示機能があるんだから、目覚まし機能くらいあっても良いのにね。

さあ、さくっと朝食をいただいて冒険者ギルドに寄ってみるか。ちびっ娘がいなかったら世界樹いきはやめということで。ちなみに昨日の晩ご飯はスープともさパンでした。どーも食事が冒険者が狩っている魔獣に左右されている気がする。朝ご飯は前回も食べた甘いおかゆもどきだった。女将さんに原材料を訊いてみた。場合によってはご飯として活用できるかもだしー。

「それかい、そいつはキャリア・ビーの卵だね」

ぶほっ、食べたものを吐くかと思った。む、虫の卵かよ……。

「最近、世界樹の中層で狩りをしている冒険者がいてね。その素材が回ってくるんだよ」

俺以外にも世界樹攻略者がいたのか……。しかも中層というとこれから向かうとこだな。

「猫人族？　の子なんだけど、その子もあんたと同じでソロで頑張ってるんだと。見かけたら声かけたげなよ」

うお、猫人族だと！　猫耳か、猫耳なのか。キター、ついにキター。何を隠そう、俺は猫耳が大好物なのだ。是非知り合いにならないとなッ！　うん、イエス、猫耳。

女将さんから猫耳という非常に有用な情報を得たし、冒険者ギルドにいきますか。

すぐに冒険者ギルドに到着っと。最初の頃からは想像できないくらいに早く歩けます。二本足でも余裕だぜ。さすがに里の中でまで《魔法糸》を使って移動はできないからなッ！　レベルアップサマサマですよー。そこらで歩いている人より早いくらいだぜッ！

さっそく冒険者ギルドの中に入ってみると——中にいたのはちびっ娘だった。よし、当たりだ。俺の登場にたくさんいた他の冒険者が静かになる。お？　ふふふ、俺に恐れを成したか。

「む。虫」

はい、芋虫です。

「クエストか？」

違いますぅー。

『情報をもらいたい』

「む」

『昨日、中層に到達した。中層と上層の情報が欲しい』

「むぅぅぅ」

ちびっ娘が腕を組んでうなる。

「思っていたよりも早い」

そうだろう、そうだろう。俺は本気で強くなるつもりだからな。強くなる——そのために世界樹を攻略しているんだ。

「わかった。銀貨一枚」

俺は銀貨一枚をちびっ娘に渡す。これはそういった言葉遊び、というか、言い回しなんだってわかったけどさ、それでも俺は銀貨一枚を渡す。ちびっ娘の情報にはそれだけの価値があると思ったからだ。

「うむ」

ちびっ娘は頷いて受け取る。って、当たり前に受け取るのかよ。遠慮とかしろよー、もう。

「まずは中層、一本道。ぐるぐると回るように中心に進み、中心に登る坂がある」

ふむふむ。中層は登っていく感じじゃないのね。

「ここでもポイズンワームが出る。後はEランクの『ラージマイコニド』マイコニドがもっと大きくなって手が付いた、お父さんマイコニド。殴られると死ぬ。素材は一緒。金色の粘液の量が多い」

死ぬってなんだよ、死ぬって。

「次がEランク『キャリア・ビー』上層にいるクィーンの働き蜂。卵を運んでいる。下半身が卵で覆われている。それが素材、食用。甘くて美味しい。動きは遅めだけど空中にいるのがやっかい。やっぱり火に弱い」

うーん、想像するとすっごいグロい姿なんですが。俺も食べたけどさ、虫の卵だって思うと食べる気が失せるよなぁ。

「最後がFランク『アッヒルデ』ネバネバ、ぬらぬらした血吸い虫。気持ち悪い。素材は魔石だけ。火に弱い」

よーわからんな。まぁ、気持ち悪そうだってことは伝わった。

「次に上層」

はーい。

「中層からの坂を登ると広間、その後一本道で外周へ向けて登る」

ふむふむ。

「上層に上がってすぐがクィーンの巣。Eランクのキャリア・ビー、『ソルジャー・ビー』『エリート・ビー』とDランクの『クィーン・ビー』がいる。全部火に弱い。素材は卵と甲殻、顎」

なんだか、いきなりキツそうだな。中ボスか？

「次がEランクの『ジャイアントクロウラー』虫」

おい、説明しろよ、虫って何だよ、虫って。しかし、Eランクなのか……。

「後はBランクの『セフィロスライム』遭遇したら絶対逃げる」

Bランクだと？　一気にランクが上がったな。

「セフィロスライムには攻撃が効かない。武器を突き刺せば、そこから武器が溶かされる。火属性なら若干通る。中のコアを潰せば勝てるが危険。その前に溶かされる。素材はそのコア」

ちょ、勝つにはコアを潰す必要があって、素材はコア？　どんなとんちだよ。ま、まぁ危険なのはわかった。スライムって雑魚なイメージがあったんだけどなぁ。僕は悪いジャイアントクロウラーじゃないよ、ぷるぷる。

「最後が世界樹の迷宮のボス、Dランクの『ウッドゴーレム』倒せば世界樹の迷宮は終わり」

へ？　そこで終わりなの？　どーいうこと？　俺がいた場所やシロネさんがいた場所がないんだけど。上層が、そうなのか？　うーん、わかんないなぁ。

「ウッドゴーレムは火に弱い。素材は動力コア。倒すと小部屋が開いて、そこから地上に転送される」

ふむふむ。

「最初はそこに杖があったといわれている。世界樹の杖、ちょっとした魔法具」

初回限定アイテムか――なくて当然だよな。すでに攻略済みっていわれていた迷宮だもんな。

「以上」

『わかった。かたじけない』

うん、すげぇ参考になった。けどね、俺はお金を払って情報を聞いているから良いんだけど、周りの冒険者連中も聞き耳立てているんですけど、ですけどーッ！　タダ聞きかよッ！　お前らも金払えよ……。

お、大らかで優しい俺は何も言わないけどさ。ちょっとどうかと思うなー。ホント、どうかと思うなー。俺は小物じゃないから何も言わないけど、そういうのはちょっとどうかと思うなー。ホント思うなー。冒険者の多い朝一で来たのがまずかったか。ま、まぁ良い。

さあ、これから世界樹の中層だ。頑張るぞー。しかし、アレだな。情報を得て思ったけど上層が怖いなぁ。大量の蜂に襲われるんだろうなぁ。矢だと数が足りなくなるだろうから、槍で頑張るしかない……か。槍が壊れたときが怖いな。そのときはなんとか撤収するしかないか。

ま、まぁ頑張ろう。

やって来ました。世界樹。お弁当の準備も万端です。

昨日の隠し通路を通り台座の前に。竜の紋章に触れると台座の上に画像が表示される。うーん、コレ、多分、何カ所かあって通過したところだけいけるようになる感じだよね。とりあえず今、表示されている中層を選ぶ。台座を中心に円を描くように周りが光り始め、そのうち風景が変わる。

俺は一瞬にして世界樹の中層に移動していた。うーむ、謎装置である。ということで世界樹の中層だな。猫耳さんには会えるかなー。

道幅は割と広いので歩くのに困ることはない。ちびっ娘が言っていたように外周から円を描くように中心部に歩かされている感じだな。壁があり窓もないため、比較対象がなく『それっぽい』くらいの感覚なんだけどさ。

少し歩くと目の前にラージマイコニドとマイコニドの線が見えた。おや？　普通のマイコニドも現れるのか……。まぁ、いいや、とりあえずマイコニドから倒そう。

ぽんぽんぽんと矢を放ち、矢が五本当たったところでマイコニドはこけるように倒れ込んだ。よし倒した。後はラージマイコニドだな。

現れたラージマイコニドはマイコニドを一回り大きくした感じだった。歩くエリンギだな。普通のマイコニドと同じように苦悶の表情を浮かべた空洞があり、そこから胞子が漏れていた。そして大きな違いは体から裂けるように腕のようなものが付いていたことだった。なんだアレ？　とりあえず矢で射ろう。大きなサイズなので外すこともなく普通に命中。そして矢の刺さったラージマイコニドは「ぼあぁ」と叫び、こちらに突進してきた。あまりの早さに矢を番えるのが遅れたくらいだ。はぁ？　マイコニドはゆっくりとしか歩けなかったのに、何、その全力ダッシュ。もう一射。矢は普通に命中するが勢いは衰えない。うわ、まずい。

――《魔法糸》――

俺は《魔法糸》を飛ばし、高速回避する。俺がいた場所をでんでん太鼓のように腕と体を揺らしたラージマイコニドが通過する。そのままラージマイコニドは腕を壁に叩き付けるように衝突した。ズドンと大きな音と共に木の壁に大きな衝撃が走る。おいおい、あんな勢いで殴られたらミンチより酷い状態になるぞ。俺はコンポジットボウから鉄の槍に持ち替えスキルを発動する。

――《スパイラルチャージ》――

槍がうなりを上げて螺旋を描き壁にぶち当たり動きを止めたラージマイコニドに突き刺さる。少しは効いたのかラージマイコニドは「ぼあぁ」と大きな叫びを上げる。しかし体を削ることはできなかった。そして吹き出す胞子。

――《魔法糸》――

俺は魔法糸を使い距離を取る。まぁ、マイコニドで学習したからな、食らいはせんよッ！

しかしまぁ、マイコニドも硬かったけど、それに輪をかけて硬そうだなぁ。

ラージマイコニドはゆらりとこちらに向き直り、また突進してくる。ワンパターンかよ。最初はびっくりしたが、距離があれば食らうこともない。敏捷補正を上げた俺の体はラージマイコニドの突進を難なく回避する。ラージマイコニドは、またも壁にぶつかり動きを止める。

――《スパイラルチャージ》――

槍技をぶちかまし、《魔法糸》で吹き出た胞子を回避する。ラージマイコニドの攻撃は腕を振り回した突進しかないようだった。コレ、当たったら怖いけど、こんな大振りが今の俺のステータスで当たるかよ。

それからは単純作業だった。突進を回避しては槍技を当て、《魔法糸》で吹き出た胞子を回避。繰り返すこと四度ほど。ラージマイコニドは壁に寄りかかったままずり落ちるように倒れ込み、そのまま動かなくなった。うーん、コレ、矢の方が楽勝かなぁ。しかしスパイラルチャージ六回分と鉄の矢二本ってことは倒すまで一四発必要ってことだよね。ぎっりぎっりだなぁ。一匹だったから楽勝だったけど二、三匹出たらやばいな。大振りとはいえ、食らったら即死級の攻撃だもん。複数匹から突進してこられたら回避しきれないかもしれない。そう考えると強敵か。線が見える利点を生かして必ず一匹になるように相手すべきだな。

マイコニドとラージマイコニドから鉄の矢を回収し、魔石と素材を取り出す。ラージマイコニドからは大量の金色の粘液が溢れ、それは竹筒四本分にもなった。しまったなぁ、コレ、竹筒が足りないぞ。仕方ない、竹筒がなくなったら魔法のポーチS（1）にそのまま入れるか……。

その後、すぐにラージマイコニドの線を見つける。近くにもう一匹の線が見えたので、一匹だけ鉄の矢を当ておびき寄せる。近くで攻撃を受けてもリンクしたりはしないようだ。つまり、こっちの姿が気づかれない限りは複数匹戦になるってことはないわけだ。

時間はかかるがコンポジットボウでチマチマと攻撃していく。倒せたのは予想通り、鉄の矢が一四本当たった時点だった。その後、もう一匹もおびき寄せ、難なく撃破。回収した金色の粘液はサイドアーム・ナラカで掬い魔法のポーチS（1）へ、そのまま入れる。汚れることはないとはいえ、あまり気持ちの良いものでもないな。しかしまぁ、火力不足が酷い。鉄の矢を回収しているときに襲われたらひとたまりもないし――レベル不足にスキル不足なんだろうなぁ。特に弓スキルがないのが痛いんだと思う。早くＭＳＰを100貯めないとな。あ、そうだ、経験値とＭＳＰを確認しないと。

ラージマイコニドは経験値が112、ＭＳＰが３か……。うーん、微妙。魔獣の強さによる経験値の増え方がわからないけど、コレ、戦いやすさを考えたらヴァインを腐るほど狩った方が良いような……。まぁ、ヴァインの生息数にも限りがあるし、一概には言えないか。ゲームならぽんぽん湧く楽勝な雑魚を狩った方が時間効率は良いんだけどなぁ。現実だと数の限りって問題があるのがネックだよな。

そのまま歩いていると木の瘡蓋を発見した。お、中層も瘡蓋なんだ。瘡蓋を開けようとすると、上からポイズンワームが振ってきた。またかよッ！

俺にのしかかるように振ってきたポイズンワームはそのまま俺の背中にとりつき齧り付く。背中に走る激痛……痛ぇ。俺はサイドアーム・ナラカに鉄の槍を持たせ背中のポイズンワームを突き刺す。ポイズンワームは少し怯《ひる》むが背中から動かない。く……、うん、そうだ。そういえばサイドアーム・ナラカでもスキルって発動できるのか？

――《スパイラルチャージ》――

キュイキュイという悲鳴。背中の状況は見えないけど、鉄の槍がうなりを上げて螺旋を描き貫いているはずだ。よっし、問題なく発動した……こ、これって、ひ、閃いてしまった。って、今はそんな状態じゃなかった。もう一発！

――《スパイラルチャージ》――

背中にいたポイズンワームは吹っ飛び、動きを止めた。よし。ふぅ……。宝箱の近くには魔獣がいることって多いのかなぁ。次からは注意しよう。そして、戻ったら鉄の槍をもう一本買おう。コレ、予想通りなら凄いことできるよね。と、それよりもまずは魔石の回収と瘡蓋を剥がさないとな。

中に入っていたのは一本の木の枝だった。は？　枝？　……っと、落ち着け、まずは鑑定だ。

【世界樹の枝】
【加工されていない世界樹の枝。わずかばかりだが魔法使用の触媒にもなる】

ふ、ふーん。反応に困るアイテムだなぁ。そういえばちびっ娘が冒険者ギルドに持ってくればGPに変えてくれるって言っていたな。とりあえず皮の背負い袋に入れておこう。はぁ、疲れた。一旦休憩して、ご飯を食べて、それからもう少し歩いてみますか。しかし、喉が渇いたな。って、あ、今日も水袋を買い忘れた。俺、ホント、馬鹿じゃん。この年で認知症が始まったか……。いやいや、大丈夫だ。まだ三〇の大台には上がっていない、大丈夫なはずだ。大台に上がる前日に転生したもんねー。気持ちは二〇代です。と、とりあえずアクアポンドで作った水を掬って飲むことにしよう。はぁ……、何やっているんだか。

さぁて、ご飯も食べたし、黙々と進もう。

もくもく、もくもく。もくもくと歩いているんですが、ちょーっとエンカウント率が低すぎやしませんかねぇ。ポイズンワームを倒してからまったく敵が出てこないんですけどー――ホント、どうなっているんだ。キャリア・ビーもアッヒルデにも会わないんですけどー。

そして、そのまま歩いていると目の前に酷い光景が広がった。

なんだコレ。目の前にあるのはぐちゃぐちゃになったり、切り刻まれたりした大量の『五〇センチくらいのサイズに肌色でナメクジのような姿をした魔獣』の死骸だった。肌色だし、ネバネバしているし、気持ち悪い口のようなものもあるし、お腹が開いて吸盤みたいになっているし、ホント気持ち悪いです。そんな気持ち悪い魔獣が大量に死んでいた。線が死骸で埋まって見えなくなるくらいの量だこれ、一〇や二〇って数じゃないぞ。なんつう大量虐殺だ。多分、これがアッヒルデか……。あ、ああ、つまりヒルだったのか。よく見ると（よく見たくないけど）ヒルを大きくして気持ち悪くした感じです。きっもちわるいなー。アッヒルデの体からはしっかりと魔石が抜き取られているようだった。これだけの数があると取り漏れくらいはありそうだが、あまりの気持ち悪さに探す気にはなれなかった。と、というか、このぐちゃぐちゃを乗り越えないと先に進めないのか……うわぁ、最悪。

よ、よし、頑張ろう。

――《浮遊》――

浮遊で自分の体を浮かせる。

――《魔法糸》――

そのまま遠くの壁に《魔法糸》を飛ばし、すぃーっと進む。最近は熟練度も上がり《浮遊》のＭＰ効率が大分良くなってきたよね。使い続けるのって大事だよねー。こういうときに汚れずに進めるもんねー。

何度か《魔法糸》を使いながら進むと、変わったものが見えてきた。中央が盛り上がっており、それを守るようにたくさんのアッヒルデの死体が重なっている。中央の山は蓋が開いており、中に何かが納められていたように見えた。……宝箱か。これだけのモンスターハウスだから、さぞや良いものがあったんだろうか、それともがっかりな宝だったんだろうか。ここを抜けた冒険者に訊いてみたいモノだね。

すぃーっと進んでいたら死骸の線の中にカタカナが交ざっているのが一瞬見えた。見えた瞬間には、そいつはこちらに覆い被さろうと飛びかかってきた。こっちの方が気づくのは一瞬早かったぜッ！

――《スパイラルチャージ》――

鉄の槍が飛びかかってきた物体に突き刺さり螺旋を描き抉《えぐ》り取る。それは、そのまま動かなくなった――鉄の槍に貫かれたそいつは予想通りアッヒルデだった。倒し損ないか。一撃で倒せたもんな。アッヒルデの死骸の山を抜けたところで鉄の槍から引き抜き魔石を回収。素材はないってことだしね。そして経験値とMSPを確認した。経験値は36、MSPは2か……って、2ももらえるのか。ここを抜けた人はどれだけMSPを稼いだことやら。

さあ、気を取り直して進むか。

平坦で変化も乏しいつまらない一本道をしばらく進むと空中にキャリア・ビーという線が見えてきた。おっし、変化歓迎である。と、よく見ると線は一本ではなく、三本……いや、五本重なっていた。うおぉ、こいつがEランクの理由って数が多いからか？

とりあえず弓を構える。近寄られる前に何匹か倒しておかないと。一発目。狙っていたキャリア・ビーが下半身の重さに耐えきれなくなって沈んだかのように、ふいと下がり矢を回避する。て、避けられた？　こちらの攻撃に気づいたのか、キャリア・ビーたちが重い体をふらふらさせながら近寄ってくる。そいつらはこぶし大サイズのスズメバチに似た魔獣だった。そして、その下半身には無数の卵が寄生されている。卵を運んでいるというより、体にめり込むように卵を産み付けられてるって感じだ。き、気持ち悪いんですけど。あ、アレが食用なんだよね。た、確かに俺も食べたけどさ……食べたくなかったッ！　知りたくなかったッ！

卵に寄生された下半身が重いのか動作はゆっくりだ。それでもさっき鉄の矢を回避されたんだよなぁ。とりあえず連続で矢を放つ、放つ、放つ。何本かは回避されたが（後の回収が大変だなぁ。吹き抜けじゃなくて良かった）放ったうちの何本かは命中する。サイズが思ったほど大きくなかったし、上下にふらふら動くので当てにくい。くそっ、それでも鉄の矢が三本ほど当たったキャリア・ビーは動きを止め落下した。体力は少ないようだ。何本かは回避されたが、それでも更に二匹のキャリア・ビーを倒すことに成功する。残り二匹ッ！　って、鉄の矢が切れたッ！　こ、これは……ついに魔法の出番か。

――［ウォーターボール］――

水の塊が浮かび上がる。まだアイスボールのように六個の塊を浮かべたりはできないが、これも熟練度上げだ。ＭＰに気をつけながら水の塊を浮かせては飛ばす、浮かせては飛ばすを繰り返す。水の球の速度はあまり早くないが、それが逆に良かったのかキャリア・ビーにしっかりと命中する。水の球に当たったキャリア・ビーは動きを止め地面に落下する。死んではいないが動くこともできないようだ。二匹共が落下したところで近づき鉄の槍を構える。

――《スパイラルチャージ》――

《スパイラルチャージ》の一撃では倒しきれなかったので、そのまま鉄の槍で突くとキャリア・ビーは動かなくなった。

――《スパイラルチャージ》――

もう一匹も《スパイラルチャージ》をぶちかまし、それでも死ななかったので鉄の槍で突き刺して殺した。

ふぅ。楽勝、楽勝。どんな攻撃方法を持っていたか知らないが、近寄られる前に、攻撃される前に倒すッ！　安心、安全、確実な方法です。

俺は卵のくっついた下半身を鉄のナイフで切り落とし、そのまま皮の背負い袋に突っ込む。ぐちゃぐちゃになって買い取り価格が下がったとしても、それはそのときである。胴体にあった魔石も体を引き裂き取り出しておく。さて経験値とMSPは、と。経験値は40、MSPは3か。うーん、経験値が少なめだな。今のところ経験値はラージマイコニドが一番多い。MSPはどれも3で同じか。と、ここでMSPが100を超えたことに気づく。現MSPは104か。よっし、弓技を取得しようッ！　弓技にMSPを100振り分ける。

【《弓技》スキルが開花しました】

【《弓技》スキルの開花に伴い《チャージアロー》スキルが発生します。弓の使用頻度が熟練度として反映します】

うお、槍技と同じように攻撃スキルと弓の熟練度が表示されるようになった。

弓技：熟練度402　チャージアロー：熟練度0

弓の熟練度が意外と低い……。結構使っている気がするんだけどなぁ。ま、まぁ弓にも攻撃手段が増えたのは嬉しいよねッ！　と、早く飛んでいった鉄の矢を拾いにいかねば。

落ちている鉄の矢を拾いながら歩いていると緩やかな上り坂にぶち当たった。その近くには竜の台座もあり、そこが中層の終点を示していた。中間地点か……。ということはここからが上層ってワケね。どこの誰かはわからないが先行していたであろう冒険者のおかげで殆ど戦いらしい戦いもなく上層到着だなぁ。上層に上がってみたらクィーン・ビーの巣もなかったりして。ま、ちょうど中間地点だし、今日は帰ろう。里に着いたら換金と魔法具屋を覗く、だな。今日は魔法具屋に会話のできる店員さんがいると良いなぁ。そのまま竜の台座に触れる。すぐに竜の台座を中心に円を描くように光り輝き周りの景色が変わった。

飛ばされたのは以前と同じ部屋だった。試しに台座の竜の紋章に触れてみると表示される画像が二つに増えた。よし、予想通り。向こうからはこっちへの直通。こちらからは行き先指定ができるってわけね。いやぁ、もし変な場所に転送されていたり、トラップで壁の中だったりしたらどうしようかと思ったぜー。良かった、良かった。さて、あとは里に戻るだけなんだけど――せっかくだから憶えた弓技を試してみようかな。

とりあえず世界樹の迷宮から外に出て少しうろうろしてみる。すぐに見つかるホーンドラット。うん、くっそ雑魚だね。

さぁ、試し撃ちだ。

――《チャージアロー》――

矢がうっすらと光り発射される。矢はホーンドラットを貫き地面にささる。うん？　あまり変わらない気がする。ちょっと強くなったかな。ホーンドラットが雑魚すぎてわからない。……て、もしかして！　俺の中のゲーム脳がフル回転を始める。もしかしてチャージって突撃って感じのチャージじゃないのか。威力が強いんだぜ、くらいの意味で捉えていた。槍技は突撃の方のチャージだよね。もしかして弓技のチャージって――こっちは溜める方のチャージかッ！　エネルギーチャージみたいな感じか！　ということは……？

すぐさま二匹目のホーンドラットを探す。はーい、すぐに見つかりました。

――《チャージアロー》――

スキルを発動させてすぐに矢を放つのではなく、弓を引き絞り溜め続ける。矢の光がどんどん強くなっていく。よし、当たりだ。

矢の光が最大限に高まったところで放つ。光り輝く矢がホーンドラットに刺さり――爆散した。なんつう威力だ。と、というか、鉄の矢は無事か？　まさか鉄の矢も砕け散ってないよね。慌てて鉄の矢の状態を見にいく。しかし鉄の矢はしっかりと折れていた。ショック、超ショック。威力は高くても矢が使い捨てになると思うと、うーむ。最高状態まで溜めなければ大丈夫とかないかなぁ。ま、まぁ、とりあえず里に帰ろう。はぁ、しかし猫人族の人には会わなかったなぁ。猫耳が恋しいです。

――《転移》――

《転移》スキルの力によって里に近くに戻る。まずは冒険者ギルドにいこう。世界樹の枝をＧＰに変えて、その後は換金所、魔法具屋だな。

冒険者ギルドに到着っと。さあ、ちびっ娘よ、世界樹の枝を持ってきたぞ。

「虫、帰ってきた」

おう、帰ってきたぜ。俺はちびっ娘の前に世界樹の枝を置く。

「うむ」

ちびっ娘は世界樹の枝の上に手をかざす。やはり手の下に金属のプレートが見えるな。

「ステータスプレート」

はいはい、ステータスプレート（銅）も要るワケね。ステータスプレート（銅）も渡す。

「うむ」

ステータスプレート（銅）の上に手をかざす。

「終わった。受け取る」

はいはい、と。ステータスプレート（銅）を受け取り、増えたGPを確認する。GPが90になっていた。

ほへ？　50くらい増えたのか？　もうすぐ100じゃん、ランクアップですよ、どうしましょ。


「また来る」

はいよ、また来るねー。てかね、もうすぐランクアップかと思うと適当なクエストを受けようかなぁって気になるなぁ。でもでも我慢我慢です。今は早く稼いで強くなるべきときだからね。そして、そのまま向かいの建物の換金所へ。

『換金を頼みたいのだが』

いつものように森人族のお姉さんに頼むのだ。

「はい、では受け取りますね」

『あと、金色の粘液が魔法のポーチS（1）の中に入っているのだが』

「あ、はい。竹筒を用意してきますね」

さて、換金結果は……。

金色の粘液：五一二〇円（銀貨一枚）×一三＝六万六五六〇円（小金貨一枚、銀貨五枚）
竹筒：▲一二八〇円（▲銅貨二枚）
ラージマイコニドの魔石：一万二四〇〇円（銀貨二枚）×三＝三万七二〇〇円（銀貨六枚）

アッヒルデの魔石：二五六〇円（銅貨四枚）
キャリア・ビーの卵：二五六〇円（銅貨四枚）×五＝一万二八〇〇円（銀貨二枚、銅貨四枚）
キャリア・ビーの卵の傷：▲六四〇円（銅貨一枚）×五＝▲三二〇〇円（▲銅貨五枚）
キャリア・ビーの魔石：一万二四〇円（銀貨二枚）×五＝五万一二〇〇円（小金貨一枚、銀貨二枚）
合計：一五万九三六〇円（小金貨三枚、銀貨七枚、銅貨一枚）

結構良い金額です。一気にお金持ちになったなぁ。

と、魔石の換金額を見て思ったのだが、多分、ＭＳＰ量で換金額が決まっているよね。ＭＳＰ１が六四〇円（銅貨一枚）、ＭＳＰ２が二五六〇円（銅貨四枚）、ＭＳＰ３が一万二四〇円（銀貨二枚）、多分だけどＭＳＰ４が四万九六〇円（小金貨一枚）かな。換金額が知りたくて初見の魔石は必ず換金をするようにしていたんだけどさ、もしその法則が当てはまるなら、ＭＳＰ量の少ない魔石は確認せずにいきなり砕いても良いかな。にしてもレッドアイの魔石の換金額は幾らだったんだろうなぁ。ＭＳＰ80だもん、冗談抜きで家が買えるくらいの金額だったんじゃなかろうか。……はぁ。そのお金があれば、色々と欲しいものが買えたのになぁ。ま、まぁ次を考えよう。

次は魔法具屋かな。あと、竹筒はどうしようかなぁ。上層を探索するならもうマイコニドは出てこないしなぁ。金色の粘液が手に入ったら魔法のポーチＳ（１）にそのまま、入れるということにしよう。よし決定。

さあ、初の魔法具屋だ。

向かった魔法具屋の中には、昨日と同じように普人族の老婆が置物のように存在していた。

『もし？』

俺は、一応、その老婆に声をかけてみた。

「はいはい、聞こえていますよ」

そりゃ《念話》だから必ず聞こえるよねー。

『魔法具が欲しいのだが』

「はいはい、そうですね」

うーん。このお婆ちゃんは、実は店番をする魔法具か何かで本当は人間じゃないとか。もうね、そう思わないとやってられないぜ、こんちきしょー。

「あ、お客さん？」

と、置物のようなお婆ちゃんの相手をしていると後ろから声がかけられた。う、後ろを取られただと！

「あ、噂の星獣様ですよね、星獣様だー。お婆ちゃんごめんねー、お客様だよー」

後ろにいたのは普人族の少女？　だった。そばかすのついた赤髪ポニーテールさんです。だぶだぶズボンがアラビアンな感じですな。

「はいはい、お客様ですね」

そうだよ、お客様だよ。

「お婆ちゃん、ごめんねー。僕、お客様の相手をするから奥で休んでてねー」

お婆ちゃんは「はいはい」と答えると奥の部屋へと帰っていった。置物かと思ったが、本当に店番をしていたのか？

「はい、では改めまして、星獣様ー。ようこそ、クノエ魔法具店へ！」

クノエ？　彼女の名前だろうか？　よっし、鑑定してみよう。

「あ、今、何かしようとした？」

うお、感づかれた？　危ない、危ない。魔法とかに携わるような人だと察知されるんだろうか。

『星獣の氷嵐の主という。よろしく頼む』

鑑定しようとしたことなどなかったかのように挨拶をする。

「はーい、クノエです。よろしく！　星獣様……えーっと、ランさんは、本当にジャイアントクロウラーなんですねー。ジャイアントクロウラーが喋っているなんて不思議です。実はテイムした人が隠れている、とかないんですかー？」

ないでーす。って、このクノエさんが店主で良いのかな。店主をやるには随分と若いように見えるな。見た目は普人族だけど、また何か違う種族の方なんだろうか。

「ランさんはどのようなご用で？　魔法付与ですか？

ちゃちゃっと僕がエンチャントしちゃいますよ。それとも何かお薬ですか？　それとも魔法の装飾品や魔法の矢ですかー？」

う、うーむ。クノエさんは僕っ娘《こ》か。リアルで見たのは初めてだ。って字幕が僕になっているだけだから、本当は違うってパターンもあり得るか。

『換金所でこちらを案内されてな。ヒールポーションを持ってきたのだ』

「あー、なるほどー。混ぜ混ぜですか？　増量ですか？　保管ですか？」

混ぜ混ぜ？　増量？　保管？　説明してもらわないとわかりません。

「混ぜ混ぜは魔法薬を混ぜて新薬にします。例えばヒールポーションとフォレストウルフの魔石でアタックポーションって感じだね」

魔石ってそんな使い方もあるのか。

『混ぜ混ぜの種類と結果を訊くことは可能か？』

「それは試してみてのお楽しみ……かな？」

う、ケチ。

「基本はポーション系とポーション系かポーション系と魔石だね！」

ふむふむ。

「ある程度の結果を知りたいなら、この魔導書《グリモア》を買ってください。一冊三二万七六八〇円（金貨一枚）だよ。載っていない組み合わせも試すごとに自動で記載されていく優れものだね」

高いなぁ。これもいつかは買うリストで。

「増量は同じポーション同士で混ぜ混ぜして一つ大きなサイズにすることだね」

ふむふむ、一応、混ぜ混ぜの延長なワケだな。

「例えばSサイズのアタックポーションは飲んでから一〇秒しか効果がないんだ。Mサイズなら二〇秒になるんだよ。大っきい方が有利だよね！　ポーションは一度に連続で飲めないから大きくしとくのは重要だよー」

なるほど。というか、ポーションって飲むタイプだったんだな。どろっとしていたけど塗るタイプじゃなかったんだなぁ。

「あとは保管かな。冒険の間、邪魔にならないように僕が保管するよ。保管料はタダだけど、一週間ご利用がないと僕がもらっちゃいます」

うーん。一週間って長いようですぐだよな。こちらの世界の八日間だとしても、だ。うっかり忘れていてレンタルを延滞しちゃうような俺はやめた方がよさそうだ。

ふむ。確か、ポイズンワームの魔石があったよな。試しに混ぜ混ぜしてみるか。

『この魔石とヒールポーションSで混ぜ混ぜを頼みたいのだが』

「はーい。Sサイズとポイズンワームの魔石だね。そうだねー、五一二〇円（銀貨一枚）になります」

まぜまぜ料金って意外と高いのな。まぁ、それでも試してみようか。俺は銀貨一枚とヒールポーションS、ポイズンワームの魔石を渡す。

「ではお預かりしますね。僕は奥で作業してくるね。ではお待ちくださいませ」

クノエさんが奥の部屋に入り――すぐに出てきた。

何というかすっごく早いな。本当に作業をしたのか疑ってしまう早さだ。

「はい、完成しました。ポイズンボムSだね」

俺はポイズンボムSを受け取り鑑定してみた。


【ポイズンボムS】

【相手にぶつけることで毒を浴びせる爆弾】


……完全に攻撃アイテムじゃないか。

「ちなみにこれは混ぜ混ぜも増量もできないからね！」

そりゃまぁ、そうか。しかしまぁ、なんでポーションが爆弾になるんだ。よくわからない世界だな。

『あと、先程、魔法付与という言葉が出ていたようだが、どういったことができるのだろうか？』

「魔法付与かー。僕ができるのは水属性付与、風属性付与、耐風、防水、風纏《ふうてん》、治癒かな。それぞれ三二万七六八〇円（金貨一枚）だね。もちろん、付与できる素材じゃないと無理だからね」

これもびっくりするくらいに高いです。魔法を付与できる装備品自体が高いのに付与も高いとかお金が全然足りないな。そういえば魔法の矢とかも言っていたな。それも訊いておくか。

「あー、ランさんは弓を扱うのか。それなら是非、僕の店で魔法の矢を買うべきだね。ホワイトさんのトコだと鉄の矢しかなかったでしょ。僕の店なら色々あるよー」

なるほど。矢はこっちの扱いだったのか。

「まずは火の矢。火属性を持った矢だね。世界樹攻略にオススメ。八万一九二〇円（小金貨二枚）」

世界樹は火属性に弱い魔獣が多いからなぁ。これは欲しいかも。

「次が火炎の矢。相手を燃え状態にできるよ。使い捨てだし、素材を壊しちゃうこともあるから最後の手段だね。これも八万一九二〇円（小金貨二枚）」

火の矢とは別扱いなのか。燃え状態って……何というか状態異常武器ってか。

「そして爆裂の矢。これも使い捨て。矢が刺さると爆散して大怪我を与えてくれるよ。これは一六万三八四〇円（小金貨四枚）」

使い捨て系は買うのを躊躇《ためら》うなぁ。奥の手に持っておくのは良いんだろうけどさ。

「あとは水の矢に、風の矢だね。火の矢と同じ属性矢だけど、これは僕が作っているから半額の四万九六〇円（小金貨一枚）で良いよ」

うーん、半額なのは嬉しいけど、世界樹だと使い道がないよなぁ。

『火の矢を二本もらおう』

「ありがとうだね。……アレ、でも矢筒に入らないよ。どうする？」

仕方なく矢筒に入らなかった鉄の矢一本は背負い袋に入れることにする。……折れないと良いけど。そして受け取った火の矢は紫色をしていた。アレ？　火の矢っていうくらいだから赤いのかと思ったら紫なのか。うーん、火属性の色は紫かぁ。水属性は青だったよな。

その後、装飾品なども見せてもらったが金額の桁が違っていた。現状では買える金額じゃない。ヒールポーションSも小金貨二枚という結構高めな金額であった。これ換金額は銀貨一枚だったよね。一六倍かよ……。

そのまま鍛冶屋へ。ホワイトさんから鉄の槍と切断のナイフを購入。鉄のナイフと鉄の矢の下取りの代わりに持っていた鉄の槍の手入れもしてもらう。いつ壊れてもおかしくないくらいに傷んでいたとのこと。

これで残りの残金は一万五九六八円（銀貨三枚、潰銭七六枚）だ。大分、使ったなぁ。明日は世界樹の上層も攻略してしまおう。頑張りますかッ！

世界樹の転送装置から上層前に転送する。うーむ、やっぱり便利だな。

緩やかな上り坂を登ると、またも大きく開けた部屋に出た。下層と同じように壁沿いに螺旋を描いた坂があり、中央は吹き抜けになっていた。そしてその吹き抜け部分には天井が見えないような上空から大きな蜂の巣が伸びてぶら下がっていた。大きな蜂の巣の前には一メートルサイズの杖を持った巨大な蜂がおり、それを護衛するようにその半分くらいのサイズの槍や剣を持った複数の蜂がいた。二、三〇はいる……いきなりハードルが高いなぁ。手前のがソルジャー・ビーにエリート・ビーで奥にいる偉そうなのがクィーン・ビーか。にしても武器を持つとか卑怯《ひきょう》だろ。

蜂どもが俺の存在に気づいたのか、こちらへと飛んでくる。更に女王は杖掲げ、杖から謎の緑の光線を飛ばしてきた。しかし光線は距離があることもあり余裕の回避である。すたたっとな。速度はそこそこだが、なぎ払ったり連続で出したりはできないようだ。距離を取れば楽勝で勝てそうだな。が、緑の光線を回避しているうちに大量の蜂に襲われる。近寄られる前に、と放った鉄の矢はエリートが手に持った剣にあっさりと弾かれた。ちょ、これは無理無理。

俺は一時撤退を決める。このままだと数の暴力で殺されてしまう。

俺が後退すると何匹かのソルジャー・ビーが追って

きた。移動速度はこちらの方が若干速い。俺がどんどん逃げていると追ってくるソルジャー・ビーの数は減り、ついに二匹まで減った。あまりにも下がりすぎたからか、後方にはアッヒルデという線が見えている。これ以上後退し続けるとアッヒルデに襲われかねないか――よし、覚悟を決めよう。

俺は右手に鉄の槍を、そしてサイドアーム・ナラカにも鉄の槍を持たせ構える。ソルジャー・ビーの一匹が手に持った槍をこちらに突き刺してくる。

――《払い突き》――

突き出された槍を打ち払いそのまま一回転、鉄の槍が目の前のソルジャー・ビーに刺さる。そこを狙ったかのようにもう一匹のソルジャー・ビーが突きを繰り出してくる。それをサイドアーム・ナラカに持たせた鉄の槍で打ち払う。さすがにスキルは連続で使用できないか。使ったばかりの《払い突き》は現在リキャスト中。

――《スパイラルチャージ》――

《払い突き》を食らいふらついていたソルジャー・ビーに螺旋を描く槍が突き刺さる。そのままソルジャー・ビーを抉り殺す。よし、一匹。

俺はそのまま水の球を浮かべ、もう一匹にぶつける。

――［ウォーターボール］――

水の球をぶつけられたソルジャー・ビーがぽとりと地面に落ちる。この水の球、動きはあまり速くないが若干の誘導性能があるのか、非常に命中精度が高い。よし、キャリア・ビーのときにもしやと思ったけど予想通り。こいつら、水が当たると羽が濡れて、一瞬だが飛べなくなるようだ。ダメージを与えている様子もないし、一瞬地面に落とすくらいだが、それで充分ッ！　落ちたソルジャー・ビーを鉄の槍で突き刺す。飛び上がって逃げようとしたところを突き刺し落とす。何度か繰り返すとソルジャー・ビーは動かなくなった。なんだろう、モグラ叩きでもやっている気分だな。とりあえず魔石を取り出してっと――俺は切断のナイフの上質な切れ味に感動する。すいすい切れるッ！　前回は結局、その切れ味を試せなかったもんなぁ。

ソルジャー・ビーの持っていた小さな槍は矢として

流用できそうだった。よし、これチャージアロー用の使い捨ての矢として持っていこう。上層に戻り、弓を構える。ソルジャー・ビーの槍を矢として番えスキルを発動させる。

――《チャージアロー》――

力を溜める。どんどん光が矢に溜まっていく。が、こちらに気づいたクィーン・ビーたちが攻撃を仕掛けてくる。緑の光線を回避し（溜めながら動けるか不安だったが、ゆっくりとした動作なら可能だった）溜め続ける。まだソルジャーたちとの距離はある。

最大限まで溜めて矢を放つ。矢がソルジャーたちを貫通する。が、クィーンの前を飛ぶエリートの剣によって弾き返された。うーむ、何匹かの体を貫通しているというのにソルジャーですら一匹も倒せていなかった。俺は、そのまま先程と同じように後退することにした。追ってきた蜂のみを倒し、槍を手に入れ、溜めては放ちを繰り返す。地道に数を減らすしかない。

そして、繰り返すうちに大量にいた蜂はクィーンとそれを守るエリートの三匹のみになった。エリートはクィーンを守るように浮かび、その場から動かない。ふむ……近寄らなければ攻撃されないか。となるとクィーンの光線だけが脅威ってことか。そしてクィーンの光線を回避するのはそれほど難しくはない。これは勝ったかな。

俺は鉄の矢を取り出し、クィーンへと放つ。鉄の矢はエリートの持った剣によって弾き飛ばされた。むぅ。次に火の矢を取り出し番える。

――《チャージアロー》――

火の矢が紫色に輝いていく。クィーンの緑の光線を回避しながら最大まで溜める。そして放つ。先程と同じようにエリートが立ちふさがるが、エリートはチャージされた火の矢を防ぎきることができず、剣を弾かれ、大きく紫色に輝く矢に体を貫かれた。そのまま後ろのクィーンも貫き、蜂の巣に刺さる。この一撃でエリートの一匹を倒すことができ、更にクィーンも苦しそうに呻《うめ》いている、が、まだまだ死にそうにはない。うーん、さすがにクィーンだけあって硬いか。次は鉄の矢で試してみるか。緑の光線から逃げ回り、スキルが使えるようになるのを待つ。

よし、いけそうだ。

――《チャージアロー》――

最大限まで溜めて矢を放つ。残った二匹のうち、一匹が先程と同じようにクィーンの前面に立ち、手に持った剣で矢を弾こうとする。しかし光り輝く矢の威力を殺しきれず剣を弾かれ体に矢を受ける。貫通はしないか。剣を弾かれふらついているエリートを見て、このまま接近して攻撃をしたくなる――が、我慢する。いけそうだって思っての接近戦って死亡フラグだよなぁ。矢で安全に狩れそうなんだ、無理をすることはない。時間をかけても誰かに怒られることはない。これは現実なんだ、焦ったり、時間短縮や効率を求めたりして死んでしまったら元も子もない。まだ鉄の矢は残っているんだ。つまらなかろうが安全確実に狩ろう。

――《チャージアロー》――

先程防いだエリートがしびれから立ち直ったのか、同じように剣で矢を防ごうとする。が、同じように剣を弾かれその身に矢を受ける。そして、そのまま地面に落ちた。よし、エリートはあと一匹。あとは同じことを繰り返すだけだ。チャージアローが再使用できるようになるまで頑張って光線を回避し、使えるようになったら溜めて放つだけ。最後のエリートを倒した後は早かった。溜めた矢を六本放ったところでクィーンも力尽きた。ソルジャーもエリートも体力が少なめで良かったたぁ。更にソルジャーの槍が矢として使えたのも助かったな。矢切れで近接戦闘を選んでいたら……どうだったんだろうなぁ。意外と接近戦に弱かったって可能性もあるけど、危険は冒すべきじゃないな。これで矢はあと二本。鉄の矢一本に火の矢一本である。

うーん、一度戻って補充したいところだなぁ。勝つためとはいえ鉄の矢を贅沢《ぜいたく》に使い捨ててしまった。これで元が取れなかったら……蜂の素材が高く売れることを祈るしかないな。さあ、螺旋の坂を登っていきますか。あとの見ていない魔獣はジャイアントクロウラーとウッドゴーレムか。

とりあえず現在のＥＸＰとＭＳＰを確認しよう。現在の総ＥＸＰ２６３６か……。あの数を倒したんだからレベルが上がるかと思ったんだけどなぁ。ちなみに次のレベルアップは3000だな。MSPはっと86か。次の弓技が200だから遠いなぁ。うーん、集中や遠視は20しか使わないし、浮気して上げてみるのも良いかなぁ。いや、駄目だ。まずは弓技を2にすべきだな。2の次は300だろうから、2に上げてどうなるかを確認して、そのときになってから他を上げてみよう。

さあ、素材回収だ。今回大量の死骸が散らばっているもんなぁ、時間がかかりそうだ。まずはたくさん散らばっているソルジャーの死骸から甲殻をっと。切断のナイフを使ってべりべりーっと。中は割とぐちゃーっとしていて気持ち悪いです。ソルジャーからは顎を取ることはできそうになかった。退化しているのか顎がちっさいんですよね。食事とかどうしているんだろう。エリートの剣も回収っと。サイズがサイズなので子供用のナイフみたいだな。エリートの甲殻もばりばりーっと剝がして回収。エリートの発達した顎もぐちゃーっと引っ張って取り外して回収。べちゃぐちゃぐちょーである。クィーンの杖も回収っと。これを振ったら魔法とか使えないかなぁ。ちょっと鑑定してみよう。

【クィーン・ビーの指示杖】
【クィーン・ビーの素材の一つ】

うーん、素材扱いか。何かしないと武器とかの扱いにならないのかなぁ。でもソルジャーの槍は矢の代わりとして使えたんだよな。全部使い切らずに鑑定用に残しておけば良かった。にしてもチャージアローって、威力は高いけど矢を壊しちゃうのがネックだよな。最初の弓技として、それはどうなんだって思うよ。ゲームだとさ、一番最初に憶える技って普通は汎用性が高くて最後まで使えるみたいなのが多くない？　矢を壊すし、溜める時間もかかるし……もっと強い技が手に入ったら使わなくなりそうだ。

集めた素材を巣の前に山盛りにする。魔石はショルダーバッグに入れた。ショルダーバッグの容量も結構キツい感じです。いくら小さな魔石とはいっても二七個も集まると結構な量である。蜘蛛狩りしていたときより多いもんな。にしても素材をどうしようか。ソルジャーやエリートなら一個一個の素材がそこまでのサイズではないが――といっても数が数だし、クィーンの素材は結構大きいしなぁ。よし、次の魔獣を倒したら帰還ということにしよう。おびき出しては倒してって数を減らすためにかなり時間をかけて戦っていたから、もう結構いい時間だしな。これらの素材は魔法糸で包んでここに置いとこう。さすがに殆どの冒険者が挑戦していない、今の状況なら盗まれることもないだろう。あと一回戦闘をして、帰りに回収っと。

うんじゃ、様子見がてら登ってみますか。

しばらく坂を登っていたが魔獣の線は見えなかった。うーん、ウッドゴーレムは一番最後にいるんだろうし、出るならジャイアントクロウラーだよな。同族殺しか……、いやいや相手は魔獣だし、自分はディアクロウラーだから別物だしー。あまり深く考えないようにしよう。にしても全然出てこないな。仕方ない、これ以上粘ると翌日になりかねないし帰還するか。しかしまぁ蜂退治で時間がかかりすぎたなぁ。本当は今日中にウッドゴーレムまで倒す予定だったんだけどなぁ。まぁ倒せたら、だけどさ。これ、一番怖いのは里に戻って一晩経ったら、蜂たちが復活しているってパターンだよな。またチマチマ倒していたらいつまで経っても攻略できないぞ……。と、来た道を帰っていると視界の上にセフィロスライムという線が見えた。上を見ると壁に大きく広がった半透明な粘液の塊がこびりついていた。粘液の中心には少し大きくなった魔石のようなものがうっすらと見える。線が見えたのは本当に偶然だったが、コレ、気づかなかったらやばかったんじゃね？　セフィロスライムの下を通っていたら完全に不意打ちされていたよな……。

とりあえず矢で射るか……。

――《チャージアロー》――

もう帰還するだけだし、出し惜しみはしない。最後の鉄の矢を番え、力を溜める。最大まで光ったところで矢を放つ。光り輝く矢がセフィロスライムに飛んでいく。よし、気づかれていない。回避とかはされなさそうだな。そして刺さった矢が刺さった部分から溶けていった。はぁ？　弾かれるとかではなく、消化された？　しかも矢の飛んだ勢いのまま？

攻撃を受け、こちらの存在に気づいたのかセフィロスライムが壁からぼとりと落ち、こちらへと動いてくる。動きはゆっくりだが、道の中央に陣取っており、セフィロスライムを回避して通り抜けることはできなさそうだった。そっち帰り道なんですけど……。そ、そういえば火に弱いってちびっ娘が言っていたな。くそ、勿体ないけど最後の火の矢を使うか。動きは鈍いし、充分溜めている時間はあるはずだ。

――《チャージアロー》――

火の矢が紫に輝いていく。うぅ、勿体ないなぁ。そして最大限まで溜めて放つ。紫に輝く火の矢がセフィロスライムに刺さる。セフィロスライムの表面がうっすらと紫色に染まり少しだけ深く中に沈む――が、それだけだった。そしてそのまま、中のコアに届くこともなく鉄の矢と同じように消化された。う、嘘だろ？

確かに少し体積が減ったように見えるけど、こんなん、火の矢が何本いるかわからないくらいだぞ。しかも弓技を使ってコレだ。も、もしかして詰んだか……。いや、まだだ。まだ鉄の槍がある。アレに近接攻撃を挑むのは凄まじく怖いけど仕方ない、覚悟を決めよう。

セフィロスライムに近寄ると、ヤツは体の一部を触手のように変異させ伸ばしてきた。その早さにびっくりする。

――《魔法糸》――

急ぎ《魔法糸》を飛ばし後方へと回避する。こ、こわ……。獲物に攻撃してくるときのスピードが半端ないんですけど……。あんなのに近寄るなんて自殺行為じゃねえか……あ、そ、そうだ、ま、まだ、魔法があったッ！

――［アイスボール］――

俺は六個の氷の塊を浮かべる。ゲームなんかだと物理無効のスライムは魔法に弱い場合が多いしね、これは良い考えじゃね？　六個の氷の塊を次々とぶつける。氷の塊はぶつかったそばから吸収される。氷の塊を吸収したことで体積も増えたように見える。あわわわ、マジかよ。つ、次だ。

──［ウォーターボール］──

次は水の球を浮かべセフィロスライムに飛ばす。

……結果は氷の塊と同じだった。魔法無効かよ。それどころか吸収して大きくなってるじゃねえかよ。あとは魔法糸だけか……。これが効かなかったら、近接攻撃しか手段がないんですけど。

──《魔法糸》──

最後の望みを託して《魔法糸》を飛ばす。しかし《魔法糸》も吸収されてしまった。ま、マジかよ。最後は鉄の槍か……。コアを潰せば勝てるんだよな。槍が溶けるよりも早くコアまで到達して潰すことができれば……なんとかなるか？

俺は意を決して近寄る。ヤツは体から複数の触手を伸ばして襲ってきた。右の触手を左に避け、避けた先に襲いかかってきた左の触手を前に出て回避し、更に上から来た触手を更に前に出て回避し、それら次々と襲ってくる触手をぎりぎりで回避しコアの前に。敏捷補正を上げておいて良かった……。

俺は右手に持った鉄の槍とサイドアーム・ナラカに持たせた鉄の槍を構える。食らえッ！

【スキルの同時発動が発現しました】

【《Wスパイラルチャージ》が発動します】

システムメッセージが見えたが、今の俺には気にしている余裕がない。

──《Wスパイラルチャージ》──

二つの槍が同時にセフィロスライムのコアを目掛けてうなり上げ、螺旋を描き貫こうと進んでいく──そして、そのまま吸収された。技の発動途中だが、俺は慌てて槍を手放す。……技を途中でキャンセルできて良かった。あのままだと俺ごと突っ込んで吸収されるところだったよ。って、この状況は……？

そう、今、俺はセフィロスライムのコアの目の前。伸びた触手に囲まれた状態だ。囲んでいた触手が降ってくる。うおぉぉぉぉ。俺は何も考えず、ただ必死にサイドアーム・ナラカを振り回した。それはただの防衛本能から来る行動だった。そして、サイドアーム・ナラカは吸収されることなく、その触手を弾き飛ばした。……なんだと！

次々と迫り来る触手。それらをサイドアーム・ナラカを使い必死に振り払う。あの吸収速度だ、触れられたらその瞬間に切り取られるように吸収されることは確実だ。火事場の馬鹿力ともいえるような奇跡で全ての触手を振り払い、そのままサイドアーム・ナラカをコア目掛けて突き刺さす。

そしてコアを摑み、そのまま引きずり出す。コアがなくなったセフィロスライムは、そのまましぼむように溶けていった。

はぁ、はぁ、はぁ、死ぬかと思った。ホント、死ぬかと思った。サイドアーム・ナラカがなかったら確実に死んでいた。あの無数の触手を一本でも振り払えていなかったら……き、危険すぎる。今回の経験で倒し方はわかったけれど、もう二度とやりたくない。絶対にやりたくない。……帰ろう。あと一戦とか考えずに帰っていれば良かった。ホント、泣き叫びそうなくらいに怖かった。ホント、死ぬかと思った。スライム怖い。もう、武器もないし、次に魔獣が出たら……、うん、帰ろう。本当に帰ろう。

と、とりあえずセフィロスライムのＥＸＰとＭＳＰだけは確認するか。ステータスプレート（銅）を見ると……。

【レベルアップ】

お、レベルが上がっている。ということはセフィロスライムの経験値は364以上か。さすがにＢランクだもんな。

【８】

筋力補正：４　（１）
体力補正：２　（１）
敏捷補正：12　（２）

器用補正：5（4）
精神補正：1（0）

今回もボーナスポイントは8かぁ。これはもう毎回8で決定かもね。割り振りの予定はもう決めているんだぜ。

筋力補正：4（1）
体力補正：2（1）
敏捷補正：18（2）
器用補正：7（4）
精神補正：1（0）

敏捷補正に6、器用補正に2を振る。今の少ないSPだと一撃を食らったら危ないからね。敏捷補正を上げてがんがん回避するのです。

さてレベル上げも終わったし、セフィロスライムの経験値とMSPはっと。現経験値は660／4000か。となると経験値は1024か。さすがに多いな。これを四回繰り返せばレベル5か……って、アレを四回も繰り返すなんて無理です。そして現MSPは86……？増えてないじゃん。うーん。そういえばコアはあったけど魔石がなかったな。それが原因か？　まぁ、帰ろう。

俺はクィーン・ビーの巣の前に《魔法糸》で包んで山盛りになっている素材を回収する。よっこいしょっと背中に背負い歩いていく。敏捷補正を上げたおかげか体が軽いです。さあ、中間地点から入り口に転送してっと。

世界樹の迷宮から外に出てみると日が落ち、辺りは暗闇に包まれていた。もう夜か……。蜂との戦闘に時間をかけすぎたよなぁ。まぁ、でもアレを突っ込んで倒せるとは思えないし、仕方ないか。

――《転移》――

里に戻ってきました。里の中は昼間と違い、露店や屋台などの姿は消えていた。歩いている人の姿もない。

大通りにだけ篝火《かがりび》があり、その明かりだけが道しるべだった。辺りが暗いと殆ど見えないな。夜目スキルとかないのかなぁ。目が悪いから暗いのは本当にキツい。営業しているのかわからないけど、換金所で換金したらすぐに宿に戻ろう。暗いの怖いし。暗闇を進み、なんとか換金所に到着。換金所は普通に営業していた。冒険者ギルドも開いているようだ。もしかして24時間営業なのか……？

『夜分にすまない、換金を頼みたいのだが』

「はーい、換金ですね」

出てきたのはいつもの森人族のお姉さんではなかった。よく似ているが、もっと大人びており、ちょっと色っぽい感じのお姉さんだった。

「あー、星獣様のランさんですね。妹から聞いてますよ」

うん？　もしかして昼のお姉さんのお姉さんか。お姉さんのお姉さんって、まぁ、うん、アレだ。

「そうですね。昼があの子の担当で、私が夜の担当です」

へぇ。姉妹で24時間か……大変な仕事だな。

「と、鑑定でしたね。受け取ります」

俺はお姉さんに《魔法糸》で包んだ素材とショルダーバッグから魔石を取り出し渡す。

「こ、これは多いですねー」

そしてセフィロスライムの核も取り出し、渡す。

「こ、こ、こ、これは。セフィロスライムのコアですか？　本物ですか？　久しぶりに見ました！　お、お預かりしますね」

お姉さんのお姉さんは他の換金所の職員の方と奥の部屋に消えていった。さあ、鑑定結果が楽しみだな。先程の反応から結構良い金額が出そうだ。

そしてお姉さんが戻ってきた。

「鑑定結果が出ました」

ソルジャーの甲殻：二五六〇円（銅貨四枚）×二一＝五万三七六〇円（小金貨一枚、銀貨二枚、銅貨四枚）

ソルジャーの魔石：一万二四〇円（銀貨二枚）

エリートの剣：一二八〇円（銅貨二枚）×五＝六四〇〇円（銀貨一枚、銅貨二枚）
エリートの甲殻：二五六〇円（銅貨四枚）×五＝一万二八〇〇円（銀貨二枚、銅貨四枚）
エリートの顎：二五六〇円（銅貨四枚）×五＝一万二八〇〇円（銀貨二枚、銅貨四枚）
エリートの魔石：一万二四〇〇円（銀貨二枚）
クィーンの指示杖：二五六〇円（銅貨四枚）
クィーンの甲殻：五一二〇円（銀貨一枚）
クィーンの顎：五一二〇円（銀貨一枚）
クィーンの魔石：四万九六〇〇円（小金貨一枚）
セフィロスライムの核：六五万五三六〇円（金貨二枚）

総計：八一万五三六〇円（金貨二枚、小金貨三枚、銀貨七枚、銅貨二枚）

大金である。蜂の数が多かったため、蜂の分だけでも凄い金額だが、セフィロスライムの核が一番びっくりである。金貨二枚ですよ、金貨二枚！　一気に超お金持ちです。セレブです。どーにも、世界樹の迷宮に挑戦する冒険者が減ったことで蜂が溜まりに溜まっていたらしいです。ということは猫耳の人は上層に挑戦しなかったみたいだな。あの大量のアッヒルデを倒したことで満足したのだろうか。色々と話を聞く限りだと次に世界樹に向かったときは復活している蜂の数はかなり少なそうだ。今回がある意味ボーナスともいえたのかな。

今回も試しに魔石一個ずつだけ換金に出してみたのだが、ＭＳＰ３が一万二四〇〇円（銀貨二枚）、ＭＳＰ４が四万九六〇〇円（小金貨一枚）で間違いないようだ。混ぜ混ぜのこともあるし、ポーションが買える、または手に入ったら、魔石を換金に出さない方が良いかもなぁ。といっても現状では保管場所もないから、どんどん砕く予定だけどね。

ソルジャーの魔石二〇個とエリートの魔石四個は宿に帰ってから砕くことにする。それだけでＭＳＰ72だもんね。総計158の計算である。次に世界樹に向かったときには弓技もＬＶ２にできそうだ。どうなるか楽しみだな。新しい技とか憶えるんだろうか。そして明日はお楽しみのお買い物タイムです。がばーっと良いモノを買いまくっちゃうぞー。槍も矢もなくなっちゃったもんなぁ。

翌日、買い物にいこうと大通りを歩いていると冒険者ギルドの前が騒がしくなっていた。うん？　何だろう。冒険者ギルドにいく用事はなかったけど寄ってみるか。

冒険者ギルドの前には三〇人ほどの冒険者たちが集まっている。

『何かあったのか？』

冒険者の一人がこちらを向く。

「おー、星獣様か。待ってな、もうすぐ説明があるからよ」

ふーん。しばらく待っていると眼帯ハゲのおっさんが冒険者ギルドから出てきた。

「おーっし、集まっているな。説明するぞって、ランもいるじゃねえか。お前はまだGランクだから参加資格ねえぞ」

うん？　参加資格って何だ？

『まぁ、説明だけ聞かせてくれ』

聞くだけ聞いとこ。

「まぁ、いいけどよ」

そう言って眼帯のおっさんは説明を始めた。

「今回Fランク、5レベル以上の冒険者に集まってもらったのは他でもねぇ、魔人族の住み処の掃討だ」

はあぁ？

「集まってもらったパーティでレイドを組んでもらうぜ。入手した情報では、奴ら、シルバーウルフをテイムして使役しているらしい。更に十数人規模の集まりだ」

間違いない……奴らのことか。

「おいおい、シルバーウルフかよ」

冒険者の一人が声を出す。

「ああ、シルバーウルフだ。まぁ、その分、数を集めたんだから大丈夫だろ？　盗賊連中は大体5レベル相当らしいしな。まぁ、二人ほど高レベル相当がいるってことだから、そいつらだけが要注意だな」

「5レベル相当か……。まぁ、この数なら楽勝か」

「そういうことだ」

数の暴力は凄いよね。

「出発は明日だ。今日一日しかねえぇが、気張って準備しやがれ」

「今回のは強制か？」

冒険者の一人が質問をする。

「一応な。帝国からの依頼てぇのもあるしな。その関係で帝国の軍人も参加するらしいぜ」

その言葉に冒険者連中は騒ぎ出す。

「軍人かよ」「俺たちだけの方が上手くできるぜ」「そうだそうだ」「うぜぇ」

なんというか、荒くればっかりだね。

「で、報酬は？」「それが重要だぜ」「そうだそうだ」

「うぜぇ」

お金は大事だよね。

「パーティ単位で三二万七六八〇円（金貨一枚）だ」

「少ねぇ」「ケチだ」「そうだそうだ」「うぜぇ」

少ない……のか？

「あとは魔人族連中が隠し持っている宝が報酬だな。ただし、捜索依頼のかかっているヤツはなしだぜ。その分はＧＰで還元だ」

「ち、我慢するぜ」「仕方ねぇな」「ふぅ……」「うぜぇ」

……一人、賢者がいるな。にしても明日か。急だな。今回の情報がどこからもたらされたのかわからないけれど、話を聞く限りでは確実にエンヴィーたちのアジトのことだよな。高レベルってのがヤツのことなんだろうか。はぁ、話の中に出てきた帝国の軍人ってソード・アハトさんのことだよなぁ。蟻人族がどれくらい戦闘に長けた種族なのかはわからないけれど、あの人はかなりできそうだったよなぁ。くっそ、完全に予定が狂った。まぁ、知らない間に倒されているよりはマシか……。

買い物の予定の内容が完全に変わったな。現在の所持金は金貨二枚、小金貨四枚、銀貨二枚、銅貨二枚、潰銭七六枚か……。当初はレッドアイ素材の槍の残金にしようかなと思ったんだが、まだ完成していないものにお金を使うのはな。完成していたなら受け取って戦力の増強を図るのも一つの手だったんだけどなぁ。あとはＭＳＰか……。現在のＭＳＰはちょうど160。200まで貯める予定だったけど、そういうわけにもいかないか。

よし、決めた。まずは早弓に40を振り分ける。

【《早弓》スキルが開花しました】

【《早弓》スキル：常時発動《パッシブスキル》、弓を射る速度が向上する】

うん、予想通りのスキルだ。早弓の次のレベルは80か。よし更に振ろう。

【《早弓》スキルがレベルアップ】

【《早弓》スキル2：2連続で矢を射ることができる】

お、連続矢か。次は120か。やっぱり40ずつ増える感じなのか。最初の数字が足されていくってのは全スキル共通ぽいな。にしても120かぁ、現状で振るのは無理だな。

残り40、集中と遠視に20ずつだな。

【《集中》スキルが開花しました】

【《集中》スキル：集中力が増す】

これはアクティブスキルか。発動させて使う感じみたいだけど、使えば集中力が増すのかな。まぁ、発動系ってことはリキャストタイムがあるんだろうなぁ。受験勉強とかに便利そうなスキルです。

【《遠視》スキルが開花しました】

【《遠視》スキル：常時発動《パッシブスキル》、遠くがよく見えるようになる。調整可能】

うお、急に目が良くなった。今までのぼやけた視界から一気にクリアになったぞ。これもパッシブ系なのか。てっきり発動させて使うスキルだと思ったんだが……。お、割と調整が利く。遠くを見ようと思えば遠くに視点が合ってよく見えるようになるし、近くを見るときは近くに視点が合うな。これは便利だ。うん、このスキルを重点的に上げた方が良かったかも。失敗したなぁ。まぁ、何にせよ、これでMSPは0だ。次は買い物だな。

まずはクノエ魔法具店である。

お、ちゃんとクノエさんがいる。これでお婆ちゃんだったら、どうしようかと思ったぜ。今日の予定が完全に崩れるところだった。

『すまない、矢を買いたいのだが』

「あ、ランさん。おはようございます。矢ですねー」

クノエさんがこちらに気づいて挨拶をしてくれる。

『ああ、おはよう。して矢なのだが、爆裂の矢を三本に火炎の矢を一本もらいたい』

クノエさんが奥から矢を持ってきてくれる。

「五七万三四四〇円（金貨一枚、小金貨六枚）になりますね」

俺はお金を渡し、矢を受け取る。

さあ、次は武器だな。やって来たのはホワイトさんの鍛冶屋だ。

『武器をもらいたい』

「はいはい、今度は何が要るんだよぉ」

奥からホワイトさんが出てくる。

『鉄の槍二本と魔法の矢筒、鉄の矢二八本だな』

「お、おまえ、また武器を壊したのかよぉ！」

いや、違うんですってば。今回は不可抗力なんです。全部セフィロスライムが悪いんです。

「まぁいい。あーあとな、作っている槍だけどもうすぐ完成するぞ。お前さん向けな武器になりそうだ」

へぇー。俺向きってどんな感じなんだろう。

「で、鉄の槍二本と魔法の矢筒と鉄の矢二八本だったよな。二三万四〇〇円（小金貨五枚、銀貨五枚）だ」

俺はお金を渡し商品を受け取る。これで手持ちは銀貨五枚と銅貨二枚、潰銭七六枚だ。はぁ、一気にお金を使ったなぁ。

「鉄の矢筒はどうすんだ？　何なら下取りするぜ」

あ、はい、お願いします。そしてもらったのは銅貨一枚だった。って、マジですか。元値の一六分の一かよ。ま、まぁゴミになるよりは……良いのか？

これで準備は完了だ。

さあ、決戦だ。


《魔法糸》を使い森を駆けていく。時間との勝負です。前回と違いある程度の場所がわかっているのは楽だな。崖の近く――見えるシルバーウルフと書かれた線。俺はコンポジットボウに鉄の矢を番える。

――《チャージアロー》――

鉄の矢が光り輝いていく。

――《集中》――

《集中》し、ゆっくりになった世界の中、遠視の力で見えるようになったシルバーウルフの姿のみを捉え、狙い放つ。そしてすぐに次の矢を番え放つ。光り輝く矢がシルバーウルフの脳天に刺さり、それを追うように飛んだ矢が更にシルバーウルフの脳天を貫く。シルバーウルフは声を上げることなく、そのまま崩れ落ちた。

さあ、慎重に行動するか。森を抜け崖下に到着し、盗賊のアジトを探しているとシルバーウルフの線が見えた。（二匹目か……）遠視を使って遠くにいるシルバーウルフの姿を見るといつ死んでもおかしくないくらいによろめきながら歩いていた。

――《チャージアロー》――

光り輝く矢を放ちシルバーウルフを撃ち貫く。弱っていたシルバーウルフは一撃で倒れる。ま、そりゃそうか。にしてもシルバーウルフに囲まれるかと思って爆裂の矢を用意してきたんだが、拍子抜けだな。

崖下を慎重に進んでいくと遠目に天然の洞窟の入り口が見えた。そして、その前には周辺を警戒するように『魔人族』の線が一本延びている。……ついに見つけたぜ。

ふぅ……。

俺は深呼吸をし息を整える。さあ、ここからは後戻りができないぞ。俺がやろうとしていることは自己満足で身勝手な行動だ。最悪、明日の討伐に支障を来す最低の行動だ。明日まで待って、頼み込んで俺も討伐に参加させてもらうのが正しいってのはわかる。な。わかっているんだ。でも、やめられないんだよ。やめるわけにはいかないんだッ！

俺は殺されかけた。

グレイさんは殺された。

俺のステータスプレート（黒）は奪われた。

レッドアイの魔石も奪われた。

訳もわからないまま異世界に来て、なんとか生活できるようになって、色々な人に助けられ、認められ、ゲームのようなこの世界も悪いもんじゃないと思った先の出来事だった。

認められるか、認められるかよッ！！

俺が俺であるために、これからこの世界で前に進むために、そのためだけに、俺は、俺のわがままを通す。

俺の身勝手を通すッ！！

俺はコンポジットボウに鉄の矢を番える。さあ、いくぞ。

――《チャージアロー》――

矢に光が溜まっていく。洞窟の入り口を見張っている魔人族が気づいている気配はない。

――《集中》――

集中力が増し、目標が定まる。俺は光り輝く矢を放つ。すぐに次の矢を番え、そのまま矢を放つ。光り輝く矢は狙い違わず相手の脳天に刺さる。矢の刺さった魔人族は驚き、こちらを見、声を出そうとする。その口中へ次の矢が刺さる。声が、叫びが出ることはなく、ひゅうひゅうと空気の漏れる音のみが文字として表示されていた。俺は駆け出し、崩れ落ちそうな死体をそのまま抱え、入り口前の壁に張り付く。ゆっくりと死体を下ろし、入り口から中を覗く。

中は天然の洞窟を加工しているらしく、洞窟が崩れ落ちないように木枠で補強されていた。これは結構、広そうだ。交代要員が来る気配はなく、入り口近くに他の魔人族はいないようだ。さあ、ここからだ。

洞窟の中を進んでいく。複数の分岐道があり、いくつか木でできた扉もあった。扉に近づき、中の様子を確認し、魔人族がいなさそうな扉をゆっくりと開けてみた。大抵の扉の中は小さな部屋で粗末なゴザと汚らしい布団があるだけだった。個人の仮眠室か何かだろうか。少し進み、曲がり角から覗いてみると遠くにこちらへと近づく魔人族の線が見えた。俺は曲がり角の壁に張り付き鉄の槍を構え待ち構える。

近寄ってくる足音。さあ、息を殺せ、気合いを入れろ。足音が近くなったところで俺は飛び出す。

――《Wスパイラルチャージ》――

右手とサイドアーム・ナラカに握られた鉄の槍が二重の螺旋を描き、俺の目の前にいる、俺の姿を見て驚いている魔人族の体を抉り貫いていく。驚いた顔が苦悶の顔に代わり、そして悲鳴を上げた。ちぃ、しまった。

悲鳴を聞きつけたのか、魔人族の線が何本か見えてくる。仕方ないな、これは仕方ない。よし、いくか。俺は覚悟を決め、駆け出す。

うおぉぉぉぉぉぉ、死ねぇ。

「な、魔獣！」

俺の姿を見た魔人族は驚き、動きが止まっている。

――《Wスパイラルチャージ》――

そのまま相手の体を抉り貫く。俺はすぐに槍を引き抜く。相手は血しぶきを上げてそのまま仰向けに倒れる。その後ろから次の魔人族が駆けてくる。目の前で仲間を殺されたからか、怒りをあらわに手に持った剣を振り回してくる。

――《払い突き》――

剣を打ち払い、その勢いのまま体を回転させ手に持った槍で貫く。更に、

――《スパイラルチャージ》――

もう一つの鉄の槍から放たれる螺旋。螺旋が最初の突きでよろめいた相手の体を抉り削り飛ばす。相手は剣を落とし、あがあがと言いながら傷を押さえている。もう助からないな。

次々と現れる魔人族。俺のいる、このあまり広くない通路だと不利だな――このまま突っ切り奥にいくの

は悪手だよな。先の状況もわからない所に飛び込むなんて最悪だよな。

——ああ、最悪だよなッ！

俺は奥へと駆け出す。どうせ全部殺すんだ。悪手？　それがどうした。襲いかかってくる魔人族の剣を打ち払い、自分の体をぶつけ吹き飛ばし、駆け抜ける。

おら、ついてこいッ！！

攻撃をかいくぐり、奥へ奥へと駆けていく。駆けながら弓を手に持つ。走りながら後ろを見る——ついてきているのは二、三、四人か。ちょうど狭い通路だな。

俺は爆裂の矢を番え、放つ。矢が追ってきていた盗賊連中の足下に着弾する。そして、そのまま爆発した。本当に言葉通りの意味で爆発した。燃える視界、生じる爆風に洞窟が揺れた。振動にぱらぱらと粉が落ちる。ははははは、崩れなくて良かったぜ。いやぁ、これは——さっきの四人は死んだかな。と見てみるとまだ息があるようだった。マジかよ。常識的に考えて爆発に巻き込まれたら死ぬだろ。コレもＳＰなんてものがある異世界ならではか。ふらふらとだが、立ち上がろうとしている盗賊連中にトドメを刺そうと矢を番えていると奥の扉が開き、何かが駆けてきた。

「このクソ野郎が！　洞窟の中で爆裂の矢を放つとか、自殺する気か！」

そいつは手に持った見覚えのある真銀の剣で斬りかかってきた。素早い斬り込みを転がり回避する。

——《魔法糸》——

転がった体勢のまま《魔法糸》を飛ばし扉の先へ飛ぶ。それを追うように斬撃の衝撃波が飛んでくる。俺はすぐさま体勢を整え、鉄の槍を縦に持ち、鉄の槍にて衝撃波を受ける。衝撃波の勢いを殺しきれず、俺の体が吹っ飛ぶ。扉の先に吹っ飛び、そのまま転がる。

そこは大広間だった。盗賊連中の集会場所なのか、広く大きな何もない部屋だった。奥には錠前の下りた鉄の扉が一つ。俺はすぐに立ち上がり、吹っ飛ばされてきた扉の先を見る。

真銀の剣を手に持ち、背が高く上質な皮鎧を着込んだ魔人族の男がゆっくりと歩いてきていた。

「んあぁ、なんでジャイアントクロウラーが入り込んでるんだぁっ！」

俺は鉄の槍を構える。鑑定してみるか……？

「ん？　こいつ鑑定を使うのか？」

【名前：ラース・ストレングス】

【種族：魔人族】

「は？　何を読みやがった？　俺のSPか？　レベルか？　技か？　はん、俺たち相手に無駄なこって」

名前だよッ‼

「うん？　鑑定が読まれたのが不思議か？　そうだよな、普通の魔人族じゃあ読まれねぇもんなぁ。俺にはな、この魔力のネックレスがあるからなっ！」

そう言って目の前の男は首から提げているネックレスを持ち上げる。

「まぁ、読まれたところでお前が死ぬのには変わりねぇ」

目の前の男は真銀の剣を構える。……盗賊風情がッ！

『まずはその真銀の剣、返してもらう』

それはグレイさんの剣だからなッ‼

「ほ、こいつは《念話》かっ！　魔獣かと思いきや星獣かよ」

会話しながらも相手の動きを見る。

「どうしたっ！　かかってこねぇのかよ、この真銀の剣を取り返すんだろうがっ！」

相手の挑発。のるかよ。

『俺のステータスプレート（黒）も返してもらうぞ』

その言葉にラースが目をむく。

「はっ！　そうかよ、お前、トゥエンティの……なるほどな。確かに変わった魔石を持った芋虫を殺したって言ってたな」

『ヤツはどこにいるッ！！』

「ははは、猛《たけ》るなよっ！　ヤツなら変わったステータスプレートと二つの魔石を持って大陸に帰ったぜ。俺は居残り組ってワケだ」

喋り終わると同時にラースが斬りかかってくる。俺はレベルアップで上昇した敏捷補正に任せ回避する。

「所詮、魔獣か……あめえな」

視界が真っ赤に染まる。なッ？

【《危険感知》スキルが開花しました】

ラースの振り下ろした剣がそのままの勢いで下から上へと――やべぇ。俺はとっさに鉄の槍を構え下からの攻撃を防ごうとする。

「さらにあめぇ」

構えた槍ごと切断される。く、このままだと俺の体は真っ二つだ。俺はそのまま無理矢理、上体を反らし何とか刃を避けようとする。かわしきれず俺は真銀の剣をその身に受けてしまう。

「ち、切れたのは半身か」

体を切られ、体液がこぼれ落ちる。痛ぇ、いてぇ、くそっ、だけど致命傷は回避した。

「で、攻撃してこねえのか？　この真銀の剣を取り返すんだろ？」

ラースのにやにやとした笑い。くそが。


――《スパイラルチャージ》――

鉄の槍が唸りを上げラースへと突き進む。

「お前らが言うところの槍の中級技か。なかなかの技だな、が、足りねえなッ！」

ラースは真銀の剣を水平に構え、こちらの突きに合わせるように突き返してくる。

「食らいな、烈風突きっ！」

真銀の剣と鉄の槍がぶつかり合う。真銀の剣の威力に負け鉄の槍が弾かれる。

「おっと、そのままだと死ぬぜ、烈風二段っ！」

ラースの二段突き。そして視界に見える赤い二カ所の点。俺は本能に従い、赤い点を回避する。

「ほぉ、避けたか」

鉄の槍を持った手にはしびれが残っている。くそ、技の手持ちが足りねぇ。

「ふぁふぁ、死ね、死ね、死ねー」

ラースはご機嫌に真銀の剣の振り回してくる。視界に見える赤いガイドライン――これは攻撃予測か！

赤い線を回避するように体を動かしていく。

「おら、かわせ、かわせ、死ぬぞ、死ぬぞ」

ラースの猛攻を回避していく。

「ほらほら、速度が上がっていくぞ、死ぬぞ、死ぬぞ」

赤い線の数が増えていく。そして視界が全て赤に染まる。やばい。

とっさにスキルを発動させる。

――《払い突き》――

「だから、そんなゴミみてえな技が通じるかよ！」

ラースの真銀の剣を払おうとした鉄の槍がそのまま切断される。

「じゃあな、死ねよ、芋虫」

目の前にあるのは真っ二つになった鉄の槍。真っ赤になる視界。どうする？　どうする？　ゆっくりと迫る真銀の剣。細部までこだわった丁寧な装飾の造りまで見える。ああ、綺麗な刃だな……はは、ここで終わりかよ。

しかし刃はいつまで経っても俺の体を斬り裂かなかった。

俺の目の前には肩に手持ちの剣をかけ真銀の剣を受け流した一人の冒険者がいつの間にか立っていた。

「間に合ったなぁ。ランさん無事かい？」

ああ無事だよ、無事だ。

そして目の前の冒険者は受け流した剣でラースを弾き飛ばし、こちらに振り返る。その顔は――顔を隠すように目の部分だけが開いた銀の仮面を付けていた。

って、誰だよッ！

……。

……なーんてね、俺には誰かわかるよ。生きていたのかグレイさん。

『その仮面は？』

「ああ、これかい？　奴らに顔を切り刻まれてしまって……」

いや、それ嘘じゃん。嘘じゃん。俺、最後まで見てたけど顔とか斬られてなかったじゃん。

『……』

「すんません。ちょっとかっこいいかと思って付けてた」

マジかよ。というか、俺はな、あんたが殺されたと思って、その復讐に……。グレイさんとは猫馬車で一緒になっただけの短い時間だったけど、それでも気の良い人で……くそぅ、生きてて、生きてくれて良かったぜッ！

「後続は全部、斬ってきた！」

そういえば戦闘に夢中で気づかなかったけど生き残っていたはずの爆裂の矢で吹き飛ばした連中がこっちに来なかったな。それが原因か……。

『生きてたのか、生きててくれたのかッ！』

「ああ、亡霊じゃないさ。奴らにやられた傷で復帰には時間がかかったけどなぁ」

ラースが体勢を立て直し真銀の剣を構えている。

「うんあぁ、不意を突かれたか」

「その真銀の剣、返してもらうぜ。いこう、ランさんッ！」

ああ、取り返そうッ！

『俺はバックアップに回る』

グレイさんはラースを視界に捉えたまま頷く。俺は近接武器を持っていないからね。弓で援護するべきだな。

そして戦いの第二幕が開けた。

斬り合い、斬り結ぶグレイさんとラース。剣術の技量としてはグレイさんの方が上だが、武器の強さでは真銀の剣の方が上のようだった。グレイさんは相手の攻撃を受け流すことしかできず、直接、相手の剣の刃を受けないようにすることしかできないようだった。

俺はラースの隙を突いてチマチマと鉄の矢を射る。グレイさんの剣を回避した先に《集中》を掛けた鉄の矢を飛ばす。ラースは俺の攻撃を回避しきれず、その身に鉄の矢を受ける。が、あまり効いていないみたいだ。《チャージアロー》を使わないと攻撃を通すのは難しいか……しかし、チャージしているような矢はさすがに回避されそうだしなぁ。

『グレイさん、グレイさんが次に攻撃を受け流したところにポイズンボムSをぶち当てるぞ』

俺はグレイさんに限定して《念話》を飛ばす。俺の

《念話》にグレイさんが頷く。グレイさんがラースの攻撃を受け流す。

よし、今だ。俺はポイズンボムSを投げつける。俺の《念話》を聞いていたグレイさんはすぐにラースとの距離を取る。

ラースが飛んできたポイズンボムSを斬り払う。斬り払われたポイズンボムSはその場で割れ、その中身をラースの上にぶちまける。

「ぐえ、なんだこいつはよー、て、毒かっ！」

どの程度の毒かはわからないが、これで隙はできたはず。隙を突き、グレイさんが斬りかかる。俺も《チャージアロー》を発動させる。

――《チャージアロー》――

「嘗《な》めるんじゃねえっ‼」

ラースの体から衝撃波のようなものが立ち上がり、グレイさんを吹き飛ばす。くっ、だが矢を溜める時間は稼げた！　食らえ！

――《集中》――

そして光り輝く矢を放つ。

「くそがぁぁぁっ！」

ラースが真銀の剣で光り輝く矢を受け止める。そしてそのまま矢を弾き飛ばす。ラースは光り輝く矢に押されながらも、なんとか打ち払うことに成功したようだった。しかしヤツは肩で息をしている。ふん、甘いな。

「な！」

肩で息をしていたラースに火炎の矢が刺さる。ばーか、《チャージアロー》は囮だよ。刺さった矢から火が発生し、全身に燃え移る。

「が、がが、があぁぁ」

火だるまになり、もがき苦しむラース。その目の前には体勢を整え、剣を上段に構えたグレイさんがいた。

「終わりだ」

グレイさんの剣が振り下ろされる。光り輝く剣の軌跡。ラースの体が裂け、血しぶきを上げながら倒れる。

終わった。

本当に終わったんだな。

グレイさんがこちらを振り返りVサイン。あ、こっ

ちでもVサインなんだな。って、俺の手ではVサインできないや。仕方なく、手を上げて応える。ふぅ、しかし、今回も武器を壊してしまったなぁ。またホワイトさんに怒られそうだ。

番外編〈なぜなにむいむいたん２〉

シ「前半、終了！」
ミ「えーっと、何が前半なのだ？」
シ「むふー。そこは気にしないことー」
ス「あの……私もいます……。よろしくお願いします……」
シ「むふー。進行役を取らないでよー」
ミ「まぁまぁ、話を進めようではないか」
ミ「今回、気になったのは御屋形様のスキル表示なのだが」
シ「表示？」
ミ「ああ、聞いた話なのだが、自分側が表示されるのも、相手側のスキルが表示されないのもわかるのだ」
シ「ふむふむ」
ミ「しかし、どこかの誰かが自慢げにサモンアクアを披露したときなど表示されることもあるのが、な……設定ミスなのだろうか？」
ス「設定ミス……」
シ「はいはい、説明するよー。アレは相手に見せようとしているから、だと思うねー。パーティを組んでいないときや自分の戦闘ではないときに見えないのは『当たり前』だよねー。あとは中級鑑定程度では抵抗《レジスト》されることもあるみたいだねー」
ミ「なるほど」
ミ「そういえばポーションの価格設定のミスを見つけたのだが。クノエ殿は間違っているぞ」
シ「むふー。唐突にどうしたの？」
ミ「ウーラ殿が言っていたマナポーションの価格とクノエ殿のお店のポーションの価格が合わないのだ。通常はマナポーションの方が高額になるはずなのだが？」
ス「それは私が説明します……」
シ「む？」
ス「ランさんが持っていたのはヒールポーションSです……。ウーラさんが言っていたのは『ライト』マナポーションSのことです……」

シ「もちろん、『ライト』ヒールポーションSもあるねー」
ミ「なるほど、ライトがあるのだな」
シ「むふー。その通りだねー」
シ「そうそう、経験値が入らないときや微妙に数値が違うこともあるんだけど」
ミ「そうなのか？」
シ「そうだねー。こまめにステータスプレートを見ないと気づかないいんだろうけどね。理由に関してはおいおいってことでー」
ス「決して計算を間違っていたわけじゃないいんです……」
シ「そういえば大量のアッヒルデの中にあった宝箱って中身なんだったの？」
ミ「うむ。月の雫《しずく》という名前の付いたロングソードであった……あったらしい」
シ「わっざとらしいなー」
ミ「な、何が？　ま、まぁ、要らないのでフウアの里でインゴットにしてもらった後、刀に作り替えたのだがな」
シ「へー、そうなんだ」
シ「むふー、にしてもそろそろ出番だよねー、羨ましいよねー」
ミ「な、何が？」
シ「しりとりで負けちゃう名前の人が出番だねーっと」
ス「羨ましいです……」
エミリオ「にゃあ、にゃあ」
シ「ま、また湧いてきた！」
ミ「ひっ、ご、ご勘弁を」
エ「にゃ？　にゃあー」
ス「可愛い、可愛い」
シ「最後に属性と色の説明をして今回は終わりにしますー」
ス「終わるの……？」
シ「今回はラストですー」
ミ「うむ」
シ「火属性の色は紫、水属性の色は青、木属性の色は緑、金属製の色は黄、土属性の色は橙《だいだい》、風属性の色は赤、闇属性の色は黒、光属性の色は白になりますー」

ミ「これは曜日とも連動しているのだな」

ス「です……」

ミ「御屋形様は何で風が赤なんだー、赤は火だろっと言われていたな」

シ「私たちからすると普通なんだけどねー」

エ「にゃあ」

シ「というわけで、一旦終了になりますねー」

ミ「うむ、また」

ス「またです……」

エ「にゃ」

むいむいたん／完

【あとがき】

本書を手に取っていただきありがとうございます。

初めての方には初めまして。そしてWEB版からお付き合いいただいている方、こちらでもご拝読いただきありがとうございます。

この作品は『小説家になろう』というWEBサイトにて連載されている（二〇一六年現在進行中）作品を書籍版として改稿したものになります。

小説家になろうというサイトには毎日更新している作家がいたり、一〇〇万字以上の作品がありふれていたりと、とてもおそろしい小説投稿サイトです。

そんなサイトで、「新聞の連載小説よりは楽だろう～」と安易な考えで地道にちまちまと書き続けていたら、いつの間にか書籍になっていました。

あれれー、おかしいぞー。

そんなワケで『むいむいたん』という変わった名前の作品ですが、これからも、どうぞよろしくお願いします。

素晴らしいイラストを描いてくださった柏井さん、色々とギリギリな話をした担当さん、そしてこの本を手にとっていただいた皆さん、本当に、本当にありがとうございました！

……売れないと次が出ないので、売れて欲しいなぁ。

二〇一六年　九月

無為無策の雪ノ葉

MAG Garden NOVELS

むいむいたん

発行日　2016年10月23日 初版発行

著者 無為無策の雪ノ葉　イラスト 柏井

発行人　保坂嘉弘

発行所　株式会社マッグガーデン

〒102-8019 東京都千代田区五番町 6-2
ホーマットホライゾンビル 5F

編集 TEL：03-3515-3872　FAX：03-3262-5557

営業 TEL：03-3515-3871　FAX：03-3262-3436

印刷所　株式会社廣済堂

装　幀　ガオーワークス

本書は、「小説家になろう」（http://syosetu.com/）作品に、加筆と修正を入れて書籍化したものです。

ISBN978-4-8000-0617-2 C0093

著者へのファンレター・感想等は弊社編集部書籍課「無為無策の雪ノ葉先生」係、「柏井先生」係までお送りください。